書下ろし

悪魔の大陸(上)

新・傭兵代理店

渡辺裕之

祥伝社文庫

目次

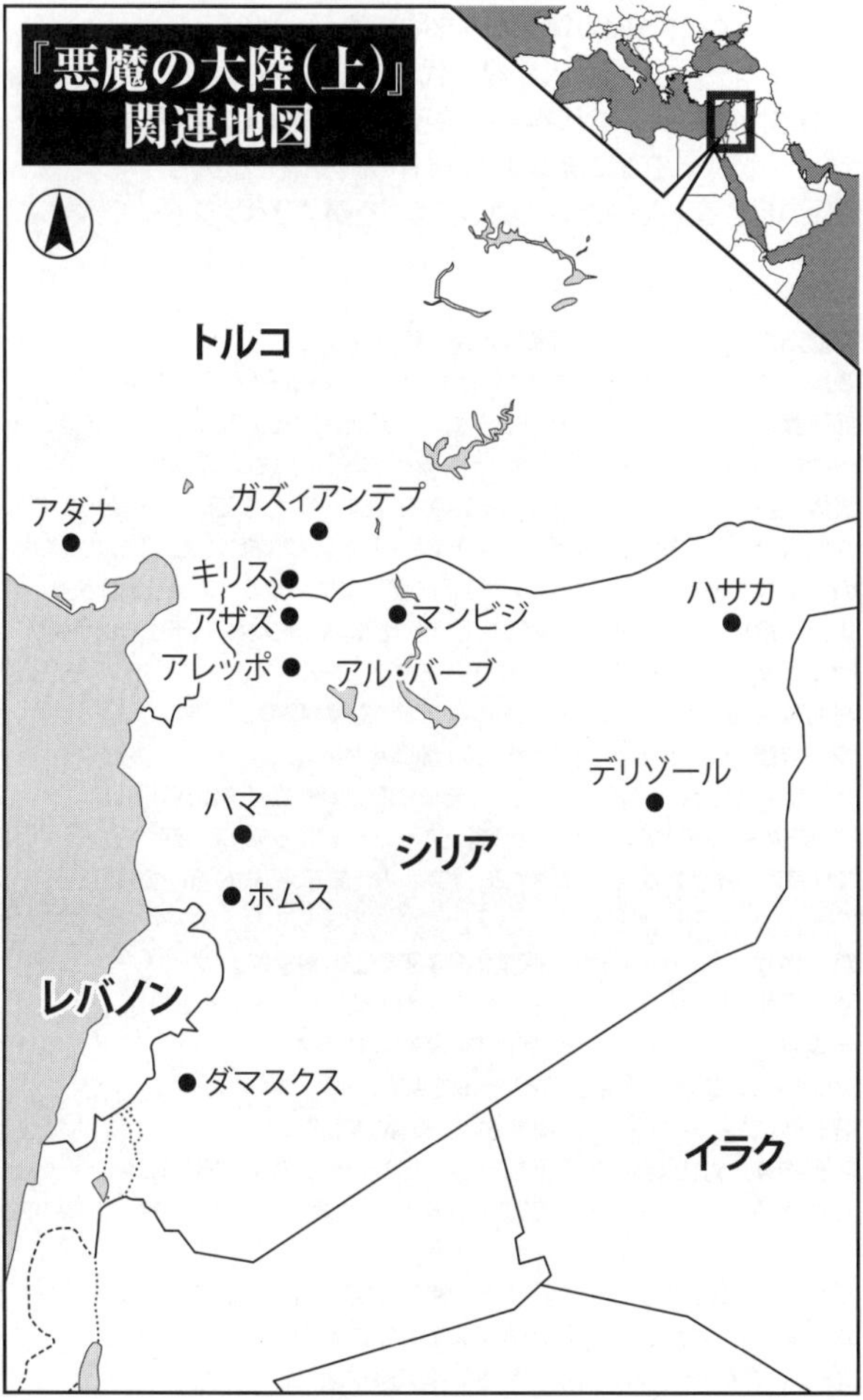
『悪魔の大陸(上)』
関連地図
トルコ
アダナ
ガズィアンテプ
キリス
アザズ
アレッポ
マンビジ
アル・バーブ
ハサカ
デリゾール
ハマー
シリア
ホムス
レバノン
ダマスクス
イラク

各国の傭兵たちを陰でサポートする。
それが「傭兵代理店」である。
日本では防衛省情報本部の特務機関が密かに運営している。
そこに所属する、弱者の代弁者となり、
自分の信じる正義のために動く部隊こそが、“リベンジャーズ”である。

【リベンジャーズ】

藤堂浩志……………「復讐者」。元刑事の傭兵。
浅岡辰也……………「爆弾グマ」。浩志にサブリーダーを任されている。
加藤豪二……………「トレーサーマン」。追跡を得意とする。
田中俊信……………「ヘリボーイ」。乗り物ならば何でも乗りこなす。
宮坂大伍……………「針の穴」。針の穴を通すかのような正確な射撃能力を持つ。
寺脇京介……………「クレイジーモンキー」。Aランクに昇級した向上心旺盛な傭兵。
瀬川里見……………「コマンド1」。元代理店コマンドスタッフ。元空挺団所属。
黒川　章……………「コマンド2」。元代理店コマンドスタッフ。元空挺団所属。
中條　修……………元傭兵代理店コマンドスタッフ。
村瀬政人……………「ハリケーン」。元特別警備隊隊員。
鮫沼雅雄……………「サメ雄」。元特別警備隊隊員。
ヘンリー・ワット……「ピッカリ」。元米陸軍犯罪捜査司令部(CID)中佐。
アンディー・ロドリゲス…「ロメオ34」。ワットの元部下。ラテン系。爆弾に強い。
マリアノ・ウイリアムス…「ロメオ28」。ワットの元部下。黒人。医療に強い。

森　美香……………元内閣情報調査室情報員。藤堂の恋人。
池谷悟郎……………「ダークホース」。傭兵代理店社長。防衛省出身。
土屋友恵……………傭兵代理店の凄腕プログラマー。
マジェール・佐藤……大佐というあだ名の元傭兵。
明石妙仁……………古武道の達人。藤堂の師となる。
明石柊真／影山明……明石妙仁の孫。フランス外人部隊に所属している。
片倉啓吾……………「C-3PO」。外務省から内調に出向している役人。美香の兄。

ジェレミー・スタルク……フランス情報機関・対外治安総局(DGSE)職員。
ムスタフ・ハンビエフ…ヌスラ戦線所属のチェチェン人。
ターハ・イスマイール…ヌスラ戦線所属のヨルダン人。

カメロン記念日

一

雨が降り注ぐ石畳《いしだたみ》に軍靴《ぐんか》の規則正しい音が響く。

二〇一三年四月三十日、フランス領コルス島カルヴィ、外人部隊最強と言われる第二外人落下傘《らっかさん》連隊（空挺《くうてい》連隊）の基地である。この日は年に一度の〝カメロン記念日〟で、唯一の基地開放日でもあった。

メキシコから銀を産出し、親フランス政権の樹立を欲したナポレオン三世は一八六一年にメキシコ出兵をした。フランス軍は激戦の上、一八六三年にメキシコ市を陥落《かんらく》させて傀儡《かいらい》政権を成立させた。中でも一八六三年四月三十日、メキシコのカマロン・デ・テヘーダでの戦闘は、外人部隊の名を歴史に刻《きざ》む過酷《かこく》な闘いであった。

およそ二千人とも三千人とも言われるメキシコ軍に対し、ダンジュー大尉《たいい》率《ひき》いる中隊は指揮官も含めてたったの六十五名だった。補給物資の護衛を命ぜられた中隊は、メキシコ軍から追われて建物に逃げ込み、十一時間にも及ぶ籠城《ろうじよう》戦を敢行《かんこう》する。この戦闘で敵に大ダメージを与えるもダンジュー大尉も含め四十三名の兵士が死亡し、捕虜《ほりよ》となった十九名も瀕死《ひんし》の重傷を負《お》う。だが、彼らの犠牲により補給物資は無傷で届けられた。

この勇戦と戦闘に参加した兵士に敬意を表して、外人部隊では四月三十日を〝カメロン記念日〟として制定し、もっとも重要な催事《さいじ》として儀式を行う。

五日前から雨が降り続く生憎《あいにく》の天気だが、気温は二十五度近くまで上がり、午後になって雨脚も穏《おだ》やかになった。記念日と言ってても半分はお祭りのようなもので、兵士が出す模《も》擬《ぎ》店には、食事やドリンクだけでなく、ダーツで景品を当てる店まである。

藤堂浩志《とうどうこうじ》はグランドの片隅《かたすみ》に観覧席として設《もう》けられた仮設テントのテーブル席でフランス産の〝アビィ・ビール〟を片手に空を見上げていた。Tシャツにゴアテックスのジャケット、それにジーパンを着ている。雨が降っているので、コートを着ている見学者も大勢いた。

前回の任務は、アルジェリアで拉致《らち》された内調の捜査官の救出だった。作戦を無事に終えた浩志は、森美香《もりみか》に誘われてモロッコで二週間近く過ごした。体の傷も癒《い》えて暇を持て余しはじめた頃、久しぶりに日本に帰ると言う彼女を空港で見送った浩志は、その足で英国に向かった。

英国には世界で一番はやく誕生し、最強と言われる特殊空挺部隊（ＳＡＳ）がある。十年以上も前になるが、紛争地で知り合ったＳＡＳの少佐の紹介で、浩志は短期の格闘技教官になったことがあった。

近接戦闘であるＣＱＢ《クロース・クオーター・バトル》の訓練では銃だけでなく、格闘技も要求される。ＳＡＳでは自軍の教官だけでなく、異種の実戦格闘技能を有する者を臨時の講師として迎えることがあり、浩志もその一人であった。特に彼の場合は、傭兵として戦地を経験しているだけに貴重な存在と言えた。そのため、ヨーロッパに行くようなことがあれば、顔を出すように言われている。今回は自らの訓練も兼《か》ねて一ヶ月の契約をし、ＳＡＳの隊員を相手に三週間の技術指導を行った。

浩志のような外部の講師に学ぶ隊員は、すでに鍛《きた》え上げられた兵士ばかりであるため、彼らの信頼を得るには相当なレベルを要求される。もっとも警視庁時代の剣道、柔道だけでなくフランスの外人部隊ではサバット（フランス式キックボクシング）を取り入れた格闘技を学び、近年では明石妙仁《あかしみようじん》から古武道を習得しているため、ＳＡＳの猛者《もさ》でも浩志に敵《かな》う者はめったにいない。

残りの一週間を前にして、四日間の休暇を取って浩志は空路でマルセイユまで行き、定期便のフェリーでコルス島を目指した。飛行機なら一時間、高速フェリーで二時間四十五分のところをあえて十三時間もかかる通常のフェリーに乗ったのは、急ぐ旅でもなく、四月三十日までに間に合えばよかったからだ。それに郷愁《きょうしゅう》にかられたわけではないが、浩志が外人部隊に所属していた頃、船足が遅い定期フェリーは休暇をとってフランス本土に行く場合の足だったこともある。だが、乗客の減少により便数も減り、好んで利用する観光客はあまり見かけない。

コルス島の北西部に位置するカルヴィに到着したのは、昨日の夕方。旧市街である城《じょう》郭《かく》にほど近い〝ベル・オンブラ〟というホテルに宿泊している。小さなキッチンが付いているアパートメントホテルで、長期宿泊するつもりはないが、ホテルの脇に駐車場があるという理由で決めた。カルヴィは駐車場も完備していない小さなホテルが多いので、路上駐車は日常的である。駐車場の完備はポイントが高いのだ。

外人部隊にいた頃は、街を散策することはあってもホテルを利用することなどなかった。もっとも兵士の彼女がホテルに泊まることがあるため、仲間からは情報を聞いていた。これといった産業もない地方都市なので、二十年近く経《た》っても街並は変わらず、迷うことはなかった。

空が幾分明るくなり、霧雨《きりさめ》になった。

微《かす》かにヘリの飛行音が聞こえる。四千メートル近い高度を飛んでいるのだ。

やがて雲の隙間《すきま》から黒い小さな粒が落下して来る。それが人だと認識できるほどになると、花火のようにいくつものパラシュートが開いた。空挺連隊と呼ばれるだけあって、パラシュート降下のデモンストレーションがあり、式典の華でもあった。通常訓練では三百メートルの高度でパラシュートを開くことになっているが、さすがに今日はそれよりも高い高度で行われる。

　降下して来た隊員らが、目の前のグランドに次々と着地すると、会場からは拍手《はくしゅ》が鳴り響《ひび》いた。浩志もビールを片手ににやりと笑い、誰よりも華麗《かれい》に着地した隊員を見つめていた。身長は一八〇センチ、戦闘服がよく似合う逞《たくま》しい体格をしている。明石妙仁の孫である柊真《しゅうま》だった。

　柊真はすばやくパラシュートを丸めて抱えると、グランド中央に集合した他の隊員とともに整列した。

　四年前、柊真はタイの国境地帯からミャンマーに潜入《せんにゅう》し、武装民兵に拉致されたところを浩志が助け出している。その後、置き手紙を残して彼はタイからフランスに渡り、外人部隊に入隊した。理由は本人に聞かなければ分からないが、浩志の影響が少なからずあったはずで、責任も感じている。

　孫を心配する妙仁からは、柊真の様子を見て来て欲しいと、以前から頼まれていたためにわざわざコルス島まで足を延ばした。

　四年も経てば世界も変わる。軍事国家として悪名を轟《とどろ》かせていたミャンマーも、二年前に民主化に大きく舵《かじ》を切った。だが、浩志はチームを率いて何度も潜入して民兵や国軍と戦火を交えているだけにその様変《さまが》わりを疑っている。欺瞞《ぎまん》に満ちた平和で紛争を終わらせた国もあれば、中近東やアフリカのように新たに紛争地になった国も沢山《たくさん》あり、傭兵の仕事が尽きることはない。

高校を卒業したばかりだった柊真も今年で二十二歳になった。入隊して基礎訓練を受けた彼は、持って生まれたずば抜けた運動能力と武道家の家に生まれて子供の頃から鍛え上げられた格闘技センスを買われて、第二外人落下傘連隊に配属となった。外人部隊には、伝統的にアノニマ（偽名《ぎめい》制度）があるため、柊真は影山明《かげやまあきら》というレジオネール名となっている。

浩志が入隊したのは、一九八九年のことである。この頃の外人部隊はまだ過去を捨て去るために犯罪者が入隊することもあった。退役後《たいえき》は晴れてフランス国籍を取得する、いわば人間洗浄という一面もあったのだ。だが、今では入隊時に犯罪歴は厳しくチェックされるらしい。

柊真とは一週間前にコンタクトを取った。すると、基地開放日である〝カメロン記念日〟が何かと都合《つごう》がいいと言ってきた。浩志にとっても退役後、一度も記念日に出ていなかったので、懐《なつ》かしさもあり都合を合わせたのである。

三本目の〝アビィ・ビール〟を飲みながら、売店で買ったピスタチオを食べていると、迷彩《めいさい》服姿の柊真が一人でテントに現れた。

「ご無沙汰《ぶさた》しています」

柊真は深々と頭を下げた。

「久しぶりだな。とりあえずビールでも飲むか。今日はもういいんだろう？」

午後五時を過ぎている。式典は終了し、自由時間になったはずだ。

「喜んで。私が買ってきます。藤堂さんは、ここでお待ちください」

軽く敬礼すると、柊真は身軽にテントを出て行った。

言葉遣いも最後に会った時とは比べられないほど、しっかりとしている。

浩志は思わず目を細めて、柊真の後ろ姿を見送った。

二

浩志と柊真は基地のグランドの片隅に設営されたテントの観覧席で語り合った。

古武道の師である妙仁からは、柊真に色々と言って聞かせるように言付《ことづ》かっていたが、二十歳を超えた立派な大人にあれこれと言うつもりはなかった。何を考え、進路をどうするのかは、本人の決めることである。また、彼が誤った方向に進むかどうかはその目を見れば、分かる。柊真の目には一点の曇《くも》りもなく、澄《す》み切っていた。彼を信じてやればそれでいいのだ。

はじめのうちは日頃の訓練の様子をまるで上官に報告するように話していた柊真だが、次第《しだい》に硬さが取れてくると、失敗談などもおもしろおかしく話しはじめた。彼が外人部隊に入隊したことは、気まぐれでも衝動的な行動でもなかったようだ。タイの難民キャンプで働く前から考えていたことで、武道家の家に生まれたことの意味を兵士になることで、帰結したらしい。

「藤堂さん、明日も来られますか?」

話が一区切りすると、柊真は顔色を窺《うかが》うように尋《たず》ねてきた。

〝カメロン記念日〟は式典が主体で、翌日は模擬店を中心としたお祭りになる。兵士も二日目の方が、気晴らしができるのだ。

「急ぐつもりはないからな」

SASとの契約はまだ一週間残っているが、休暇はまだ二日あった。英国に戻り、訓練を終えれば、マレーシアのランカウイ島に戻った大佐ことマジェール・佐藤《さとう》に会いに行くつもりだった。懸命《けんめい》のリハビリの結果、杖もなしに歩けるようになったそうだ。

「今日はこれから仲間との打ち上げがありますので、明日はバーで飲みませんか?」

「いいだろう」

大きな街ではないが、昔から外人部隊御用達のバーやレストランはいくつかある。だが、限られた休日を男と過ごすようでは、柊真に女気はなさそうだ。

「実はここだけの話ですが、明後日から、しばらく連絡がつかなくなります。その前にゆっくりと話ができたらと思っています」

柊真は声を潜《ひそ》めて言った。

「作戦行動か、それとも配属が変わるのか？」

浩志は表情も変えずに尋ねた。

「後者の方です」

ゆっくりと柊真は頷《うなず》いてみせた。

「ほお」

浩志は右眉《まゆ》を上げた。

作戦行動に出るためにどこかの紛争地に行く場合、二、三ヶ月連絡が取れなくなることもある。だが、配属が変わり、それを口外できないとなれば、外人部隊でも精鋭と言われる第二外人落下傘連隊の中でもさらにエリートを集めた特殊部隊であるパラシュート・コマンド部隊、通称〝ＧＣＰ〟になるということだろう。〝ＧＣＰ〟はヨーロッパで最強、現在では英国のＳＡＳと肩を並べるとまで言われている。

だが、入隊して四年にもならない隊員が配属になるケースはまずない。柊真はよほど優秀ということになる。浩志は五年の任期を終えて退役した。延長するのなら〝ＧＣＰ〟に推薦《すいせん》すると上官から誘われたが、断った。もっとも当時は〝ＧＣＰ〟の存在は隊の中においてもほとんど知られていなかった。

「おめでとう、と言っておこうか」

浩志は頷くと頬《ほお》を緩《ゆる》ませた。目の前の若者は、しばらく見ないうちに思いのほか成長を遂《と》げている。それが我がことのように嬉《うれ》しく誇《ほこ》りにも思えた。

「ありがとうございます。お願いがあります。落ち着いたら連絡できるとは思いますが、爺《じい》さんには適当な理由で連絡できないことを伝えてもらえますか。肉親にも詳しくは話せませんので」

素直に礼を言うところをみると、やはり〝GCP〟に配属されるようだ。

どこの軍隊の特殊部隊もそうだが、隊員は訓練も作戦もすべて極秘で行われるために家族にも仕事の内容は口外できない。また、存在すら秘密になるために軍歴さえ抹消《まっしょう》されるケースもある。

「分かった。とはいえ、難しい依頼だな」

浩志は首の後ろを叩《たた》いて苦笑いをした。

古武道研究家で疋田新陰流《ひきたしんかげ》の継承者である妙仁は、七十歳を超えた今でも浩志すら寄せ付けない武道の達人である。厳格で物事に動じるようなことはなく、崇高《すうこう》な精神の持ち主なのだが、唯一《ゆいいつ》の弱点は孫の柊真であった。彼を自由にさせてはいるが、妙仁は心配で堪《たま》らないらしい。

「助かった」

柊真は大きな溜息《ためいき》を漏《も》らすと、屈託《くったく》のない笑顔を見せた。

テントの中は、折り畳《たた》みのテーブルが四卓繋《つな》がれた列が五つあり、パイプ椅子《いす》には兵士や民間人が座ってビールを飲んだり軽食を食べながら、雑談を交わしている。その中で浩志らから少し離れた席に座っている四人の若い兵士が、こちらの様子を窺っている。

「仲間か？」

浩志はちらりと男たちを見て言った。

「すみません。同じ隊の仲間です。今日は叔父《おじ》が訪ねて来ると言ってあったので、興味本位で見に来たのでしょう。勝手に親類にしてすみません。怒らないでくださいね」

柊真は笑いながらぺこりと頭を下げた。

「叔父か」

浩志は苦笑を浮かべた。

柊真の父親は浩志と年格好《としかっこう》が似ていたため、誤って殺されている。以来、浩志は彼のことを何かと気遣っていた。恨《うら》まれたこともあっただけに叔父と言われると照れくさい。

「今日の打ち上げは、八人ほど仲間が集まってくれて私の送別会も兼ねているんです。それが待ちきれなくて、暗に催促《さいそく》しているんですよ。困った連中です」

にやにやと笑いながら手を振る仲間に、柊真は首を振ってみせた。若くして〝ＧＣＰ〟

に入るのなら、同僚《どうりょう》からのやっかみもあるはずだが、彼の場合は杞憂《きゆう》らしい。誰もが認める実力があるということなのだろう。

「気にするな、俺は帰る」

席を立った浩志は、柊真に軽く手を上げてテントを後にした。

三

柊真と別れて基地を出た浩志は、レンタカーのプジョー206に乗り、日が暮れかかった国道197号線を西の半島の先にあるカルヴィの街に向かっていた。基地からホテルまで六キロほど、雨もほとんど上がっている。コルシカ島とも呼ばれるコルス島は、イタリアのジェノヴァの南約百五十五キロ、サルデーニャ島の北隣に位置する。

地中海に浮かぶ島のために雨が少なく温暖な〝地中海性気候〟かと思いきや、冬から春先にかけて雨が多く、特に山間部では豪雨になることもあり、千メートルクラスでは冬に降雪もあるので服装には注意が必要だ。沿岸部は一年を通して穏やかな気候だが、夏以外は基本的に風が強い。

午後六時二十分、プジョーをホテル脇にある駐車場に入れた。比較的高い場所にあるので、駐車場が風に吹き晒《さら》される。気温は十六、七度、雨上がりだが強風のせいで湿気はさほど気にならない。浩志は紙包みを小脇に抱え、ゴアテックスのジャケットが風に膨《ふく》らむのに任せてホテルの玄関に向かった。大きなホテルではないので、こぢんまりとしたフロントの前にはラウンジはなく、ソファーが一つ置かれているだけだ。

浩志が無人のフロントの前を通り過ぎると、ソファーに座っていた初老の男が立ち上がった。歳は五十歳前後、身長は一七二、三センチ、仕立てのいいチャコールグレーのスーツを着ている。日に焼けて浅黒い顔をしているため、ラテン系、あるいはアラブ系にも見えなくもない。

「ムッシュ・藤堂」

呼び止められて浩志は立ち止まった。

男は鼻が大きく、口髭《ひげ》を生やしている。少し長めに切り揃《そろ》えられた白髪《しらが》混じりの黒髪は自然に分けられており、格好から職業を推《お》し量《はか》ることは難しい。

「はじめまして、私は、ジェレミー・スタルクと申します。ベルナール・レヴィエールの上司と言えば、分かってもらえますでしょうか」

男は慇懃《いんぎん》に挨拶《あいさつ》をした。フランス名だが、よくよく見るとラテン系というよりアラブ系の顔立ちで、瞳《ひとみ》は濃いブラウンをしている。

「……？」

レヴィエールという名前は記憶になかった。

「お忘れかもしれませんが、レヴィエールはニジェールでお世話になったフランス人です」

首を傾《かし》げる浩志にスタルクは、笑顔で言った。

「ニジェール……」

浩志はゆっくりと頷いた。

アルジェリアでテロリストに拉致された内調の片倉啓吾《かたくらけいご》を救出する作戦で、一緒に拉致されていた米国人やフランス人も救い出した。片倉とフランス人は敵のアジトがあるマリまで連れて行かれ、救出に激しい戦闘が伴った。レヴィエールはロケット弾の破片で負傷しており、救出後はすぐにフランス軍に手渡していた。口を利《き》くこともなく別れていたため記憶に残らなかったようだ。

彼の上司と言うのなら、フランスの情報機関である対外治安総局（DGSE）に所属しているのだろう。DGSEなら、浩志の所在を突き止めることなど容易《たやす》いことだ。

「ここではなんですから、もし、よろしければ、レストランでお食事でもご一緒にいかがですか？」

スタルクはフロントをちらりと見て言った。浩志が帰って来たために中年のフロントマンが、控え室から戻ってきたのだ。食事か暇つぶしにテレビでも見ていたのだろう。

「素性《すじょう》の分からない男と食事をするほど、間抜けじゃない」

浩志は冷たく言い放った。見知らぬ男と食事をするくらいなら、食べない方がましだ。

「確かにそうですね。それでは、カフェでお話を聞いていただけませんか？」

スタルクは額《ひたい》にうっすらと汗を滲《にじ》ませている。

「同じことだ。仕事の話なら、代理店を通してくれ」

これまでも仕事の話をクライアントと直接することはなかった。

「まずは、部下を救っていただいたことのお礼から言わせてください」

額の汗をスタルクはハンカチで拭《ぬぐ》った。何としてもきっかけを作りたいようだ。

「仕事が終わればそれで関係はなくなる。礼をしたいのなら、日本の代理店にでも言うのだな」

男の執拗《しつよう》な態度が鼻につく。浩志は思わず眉間《みけん》に皺《しわ》を寄せた。

「失礼しました。それではすぐにでも日本の傭兵代理店に連絡してみます」

軽く頭を下げたスタルクは、ホテルから出て行った。

部屋に戻った浩志は、シャワーを浴びて着替え、木製の丸テーブルに置いておいた紙包みから、街のスーパーで買ったサルシッチャとパン、それにワインを出した。

コルス島の豚は放し飼いにされているため運動量が多く、外見も猪《いのしし》に近い。だが、肉は脂身が少なく身が締まって旨《うま》い。そのためフランス本土では高級品として扱われるが、島内では市場やスーパーで手頃な値段で買える。スタルクを冷たくあしらったのは、初対面の男を警戒《けいかい》してのことだが、夕食は誰が何と言おうとサルシッチャに地元のパンとワインと決めていたからだ。

生ソーセージであるサルシッチャをキッチンに備え付けのフライパンで焼く。途端《とたん》に香《こう》ばしい香りが部屋に充満する。両面を焦《こ》げ目が付くまでこんがりと焼くと、フライパンごとテーブルに載せた。

高級レストランのみに卸《おろ》されるコルス最高のワイン、グロット・ディ・ソールはさすがに手に入らないが、ホテルのレストランでも出されるアレアティコの赤を買ってきた。肉と同じで地元では手頃な値段で買える。やはりコルスのサルシッチャには地元のワインだろう。

フォークまでは用意されていないので、アーミーナイフにサルシッチャを刺してかぶりつく。粗挽《あらび》きの歯ごたえのある肉から香り高い肉汁が口の中に広がった。色々な部位の肉が使用されているために濃厚で味わい深い。そうかと言って化学調味料を使用していないため、混じりけのない素直《すなお》な肉の味が楽しめる。

「旨い！」

しばらく嚙《か》み締めた後で、ワインをラッパ飲みする。野性味溢《あふ》れるサルシッチャの香りが、華やかなワインの香りと混じって互いを高め合う。至高の晩餐《ばんさん》になった。

また一口サルシッチャを頬張り、今度は小麦粉のかわりに栗粉を使ったパンをちぎって食べる。農業に向かない厳しい環境の島では、昔から山の幸である栗を碾《ひ》いた粉でパンが作られる。ほんのりと栗の風味がしてほどよい甘味が口に残った。砂糖ではない自然の味だけに、サルシッチャやワインにも相性がいい。

ワインが半分近くになった頃、ポケットの衛星携帯が鳴った。サルシッチャを刺したナイフをフライパンに置き、口の中に残った肉をワインで流し込んで携帯を取った。

——ご無沙汰しております。池谷《いけたに》です。

傭兵代理店の社長、池谷悟郎《ごろう》である。馬のような長い顔が頭に浮かんだ。

——ＳＡＳで短期の教官をされているそうで、体調はすっかりよくなられたのですね。

さりげなく嫌みを言われてしまった。池谷には負傷を理由に仕事を断っていたからだ。

日本は南スーダン共和国独立に伴い、二〇一一年十一月から、ＰＫＯ活動に自衛隊を派遣している。だが、二〇一三年に入り、北スーダンが関係する反政府勢力によりテロ活動が散発的に勃発《ぼっぱつ》し、危険な場面も出てきた。そこで極秘の護衛任務を〝リベンジャーズ〟は先月から引き受けていたのだ。

テロ組織の自衛隊員への攻撃、あるいは周辺住民への襲撃があっても自衛隊員が反撃すれば、集団的自衛権に直接関わるだけに大問題になる。それにたとえ正当防衛だろうと、中国、韓国は軍事国家へ踏み出すために利用したと騒ぐに決まっている。その点、〝リベンジャーズ〃が反撃しても、民兵同士の交戦だと言い逃《のが》れができるのである。

浩志はＳＡＳの契約期間中ということもあり、彼が率いる傭兵特殊部隊、〃リベンジャーズ〃の指揮を浅岡辰也《あさおかたつや》に任せて傭兵代理店と交渉させた。いつもはサブリーダーとなっている辰也だけでなく、チームのメンバーは誰しも指揮官として自分のチームを持っていいほどの力量を持っている。誰が指揮をしてもいいように浩志がいないという環境も必要だと思っていたので、いい機会だった。

「相変わらずの地獄耳だな」

ＳＡＳとは、代理店を通じずに直接契約を交わしている。特殊部隊の教官という仕事だけにトップシークレットのはずだが、池谷は英国軍とも通じているのかもしれない。

――情報こそ、代理店の命ですから。

池谷はすました声で答えた。

「何の用だ？」

食事を邪魔されていささか不機嫌《ふきげん》に答えた。戦闘中はともかく、普段の生活で浩志は飲み食いに少々こだわりがあるためなおさらだ。

――三十分ほど前にそちらにフランス人のジェレミー・スタルクさんが、お見えになったと思いますが、彼から仕事の依頼が入りました。

「内容は？」

――シリアで行われている戦闘での人道的問題を調査する査察官の警護です。

「人道的問題というのなら、シリア政府に正式に申し込めば、保護が受けられるはずだ。正規の部隊が警護すればいいだろう」

フランスに限らず大国が人道的問題と言う場合は、必ず裏がある。

――ご存知と思いますが、シリアの内戦で化学兵器が使われたという噂《うわさ》が絶《た》えません。正式に申し込めば、シリア政府は査察を妨害《ぼうがい》するか、隠蔽《いんぺい》工作する可能性があります。極秘に調査したいようです。

二〇一三年四月十八日、英仏両政府が国連の潘基文《パンギムン》事務総長に、シリアのアサド政権が国内で化学兵器を使用したと書簡で報告した。北部アレッポや中部ホムス周辺のほか、首都ダマスカスでも神経ガスの攻撃が行われたという。だが、シリア政府とロシアは、反政府勢力こそ化学兵器を使った犯人であると批判し、米国をはじめシリアへの制裁を主張する国々を牽制《けんせい》している。

二〇〇三年のイラク戦争では、当時の大統領であるシラクが強固に戦争に反対し、米仏関係は冷え込んだ。だが、後任のサルコジは経済危機打開のため親米へシフトさせ、現大統領（二〇一三年現在）であるフランソワ・オランドは、その路線を引き継いでいた。

オバマ大統領は米国が世界の警察である立場を崩さないようにシリアへの攻撃を提案している。ところがイラク戦争でブッシュ大統領の、大量の化学兵器をイラクは保持しているというでっち上げに騙《だま》されて参戦したヨーロッパ諸国は、慎重な態度を示していた。

「続けてくれ」

浩志は池谷を促《うなが》し、右手のワインのボトルをテーブルに置いた。

四

長らく低迷を続けるフランス経済を建て直すことができなかった国民運動連合のサルコジを破って、二〇一二年に野党である社会党のオランドが大統領に就任した。だが、彼の緊縮財政はフランス経済を萎縮《いしゅく》させ、失業者の増大をもたらし、支持率も二〇一三年四月現在で三十パーセント台に落ち込んでいた。

オランド大統領の政策は内外からこき下ろされるも唯一賞賛《しょうさん》されたのは、二〇一三年一月のマリ攻撃である。マリ北部を制圧していた反政府武装勢力アンサル・ディーンが南部への攻勢を強め、マリ政府の要請《ようせい》を受けた旧宗主国であるフランスは人道的な立場からという理由で軍事介入に踏み切った。

テロと対決する姿勢を示したオランドを評価したのは、戦争を嫌う市民ではなく財界であった。マリの隣国ニジェールには、豊富なウラン資源があり、フランスはそのほとんどの権益を有していた。マリの治安悪化は、隣国ニジェールにもダイレクトに影響する。原子力立国であるフランスにとって地域の平和と安定は死活問題であり、紛争地に真っ先に投入されるのは外人部隊であった。

　翌日の十時、浩志は人の頭ほどの大きさがある石が足下に転がる荒れ地に立ち、眼下に見える地中海の紺碧《こんぺき》の海と雲一つない青空のコントラストを見つめていた。気温は十五度と少し肌寒さを感じるが、昨日までとは打って変わって天気もいい。思わず深呼吸をして海風を肺に入れた。

　浩志の立つ荒れ地は、街の東にある城砦《じようさい》の北側にあり、コロンブスの生家跡と言われている。コロンブスの生誕に関しては諸説あり、もっとも有力なのはイタリアのジェノヴァ説で、街はずれに十八世紀に復元された生家があるほどだ。だが、コロンブスが生まれた頃、コルス島は都市国家であるジェノヴァの支配下にあったので、フランスのコルス説もまんざら嘘《うそ》とも言えない。

「お待たせしました」

　背後から現れたジェレミー・スタルクは、浩志の左横に立った。

　この場所を選んだのは浩志である。周囲がよく見渡せ、駐車場に停まった車からスタルクが丘を登って来る様子がよく分かった。彼は一人でやって来た。

「詳しく聞こうか」

　挨拶も抜きで、浩志は質問した。池谷からは大筋は聞いていたが、改めてスタルクから詳しく話を聞き、作戦の真意を推し量るつもりだった。

「ご存知かと思いますが、シリアの内戦は激化しております。しかし、政府側は卑怯《ひきょう》にもサリンと思われる化学兵器を使用し、無抵抗な市民までも虐殺《ぎゃくさつ》しているのです。先月の十八日にも我が国と英国で調査し、国連の事務総長に書簡を出しましたが、彼は一向に動こうとしません。彼は朝鮮人です。彼のバックには韓国があり、韓国が配慮《はいりょ》するのは中国です。シリア攻撃に中国とロシアが反対している以上、彼はシリア攻撃を要望している我が国や米国に異を唱《とな》え続けるでしょう」

スタルクは熱く語った。

「そんな見え透《す》いた話で世間は欺《あざむ》けても、俺が信じると思っているのか？　本当のことを話さなければ、俺は帰る」

首を横に振った浩志はスタルクを睨《にら》みつけた。

「しかし、これは事実ですし……」

戸惑《とまど》いの表情を浮かべたスタルクは、上目遣いに見てきた。

「一月から続くマリ攻撃でフランスは泥沼《どろぬま》状態になっている。だが、米国の後方支援がなければ、フランス軍は現地部隊を維持することも撤退《てったい》することもできないはずだ。シリアの攻撃はオバマの顔色をオランドが窺っているからだろう」

フランス軍は世界屈指《くっし》の武器を保有し、軍事費も二〇一三年現在で中国に次ぐ第三位である。だが、二〇〇一年の兵役制撤廃《てっぱい》による兵力の縮小と反比例して高騰《こうとう》した人件費が軍事費のおよそ五十パーセントを占めるようになり、国防予算を圧迫することになった。その結果、輸送機や車両などの装備の更新《こうしん》が遅れ、ついには兵士の輸送にも事欠《ことか》く事態に陥《おちい》っている。

予算の支出バランスの悪化が軍を文字通り弱体化させており、マリでの戦闘は苦戦を強《し》いられている。フランスは米国の兵站《へいたん》輸送などの後方支援がなければ、派遣した三万の兵士を見殺しにすることにもなりかねない。今やフランスの政治は国民議会のブルボン宮殿でも元老院のリュクサンブール宮殿でもなく、歴史の浅いホワイトハウスで決められているのだ。そもそもＮＡＴＯ軍へ復帰させたサルコジ大統領時代に、フランスは米国の施政下に入ったと言っても過言ではない。

「さすがですな。凄腕の傭兵と聞いていましたが、ムッシュ・藤堂、あなたは、世界情勢を裏側から見ることができるようだ。しかし、それを知った上で是非《ぜひ》ともお願いしたい。我が国は長らく米国と距離をとっていたが、最良の同盟国となるべく方向転換しました。得るものもあれば、失うものも多々ありましたが、フランスが生きて行くにはもはや米国は無視できないのです。察してください」

どうやら腹の中をスタルクは吐き出したようだが、まだ何か含んでいる気がする。

「護衛に、なぜ正規軍を使わない」

「今回の人員構成は、化学兵器の研究員と医者、それに護衛となる外人部隊の四人。いずれも白人系の者は一人もおりません。それに私です。私はアラビア語に堪能《たんのう》でガイド役になります。チームは、シリアの化学兵器が使われたとされる場所の調査を行い、結果が得られればすぐにシリアを脱出しますが、私はその後も諜報《ちょうほう》活動をしなければならないのです。外人部隊が帰還した後も、あなたには最後まで護衛に就《つ》いて欲しいのです」

潜入調査というのが、今回の仕事らしい。とすれば戦闘はできるだけ避けるのだろう。

「それにあなたはかつて外人部隊に所属されていました。フランス国家に一度は忠誠を誓《ちか》われたはずです。他の傭兵と違って信頼できます。当局にもあなたなら雇っていいと、承認を得ています」

スタルクは浩志を持ち上げているつもりかもしれない。外人部隊に所属する場合、フランス国家に忠誠を誓わせられる。軍である以上当たり前の話だが、それはあくまでも部隊を退役する前の話だ。

「政府からの依頼は、化学兵器の調査だけで、後の作戦は二人だけということか」

一つ目の作戦を終えた後で、ＤＧＳＥの仕事までさせようということらしい。

「外人部隊の任務は、無事科学者と医者をシリアから脱出させることです。それに紛争地だけにチームで活動するより二人という少人数の方が、安全性は高いはずです。ですが、もしものことがあった場合、実戦経験がある凄腕に付いていて欲しいのです」

スタルクは浩志の視線を外《はず》さずに言った。嘘は言ってないようだ。

「俺は外人部隊の指揮下には入らずに、あんたを護衛すればいいんだな」

仕事を引き受けるにしても、他人の命令を受けるつもりはない。

「その通りです。武器の調達は、すべて我々の方で行います。希望があれば言ってください」

浩志がオーケーを出すとスタルクは満面の笑顔になった。

「四人の外人部隊は、〝GCP〟か？」

紛争地に少人数で潜入するというのなら特殊部隊の〝GCP〟に違いない。

「えっ、まあ、そうですが」

存在自体トップシークレットだけにスタルクは言い辛そうに返事をした。

「それなら、彼らと同じ装備を用意してくれ」

〝GCP〟の装備なら間違いないはずだ。

「了解しました。出発は一週間後ですが、よろしいですか？」

「一つ条件がある。一緒に行くメンバーの実力をすぐに見せてくれ。今のシリアは戦地と同じだ。足を引っ張るような奴がいては困るからな」

〝GCP〟とはいえ、戦地未経験者を連れて行けば、彼らの護衛をすることにもなりかねない。今日の予定は、柊真とバーで飲んだくれるだけだ。時間もたっぷりある。

「ちょっと待ってもらえますか」

小さく頷いたスタルクは浩志から離れると、携帯で電話を掛けはじめた。

「担当指揮官と連絡が取れました。午後の一時に基地に来てくれますか」

「一時だな」

浩志は念を押すと、スタルクに背を向けて丘を下りた。

五

第二外人落下傘連隊の基地である〝キャンプ・ラファリー・CEA〟は、コルス島北部沿岸部から山間部を繋ぐ国道197号線に沿《そ》って東西に一キロ、南北に一キロあり、少し膨らんだ歪《いびつ》な五角形をしている。

基地の主要な建物や兵舎は北東の三分の一ほどの敷地に収まっており、残りの三分の二は自然のままの訓練地として利用されている。

プジョー206で乗り付けた浩志は、基地の南東の一角にある射撃場の前にある駐車場に車を入れた。浩志が現役の頃と施設の配置は変わってはおらず、北の正門ゲートで許可さえもらえれば、後は案内がなくとも目的地まで行ける。

午後一時五分前に着いた。駐車場には軍用四駆であるプジョー〝P4〟が二台停まっていた。浩志が車を下りると、それぞれの〝P4〟からアサルトカービンである〝M4カービン〟を肩にかけた五人の迷彩服姿の兵士が下りて来た。一人は白髪が交じった金髪で手ぶらである。部隊の幹部に違いない。

「傭兵のムッシュ・藤堂か。私は今回隊員を選抜したジャック・デュルケームだ」

年配の男が名乗った。レジオネール名からすると、フランス人のようだ。外人部隊とはいえ、上級士官はフランス人がほとんどだ。肩章からNATO階級のOF3、つまり少佐だと分かるが、自分では言わなかった。浩志を民間人だと思っているからだろう。

「選抜された？　〝GCP〟のユニットチームじゃないのか？」

少人数で行動するためのチームはユニットと呼ばれ、日頃からチーム単位で訓練を行っている特殊部隊が多い。スポーツと同じで連係プレイがとれなければ、実力を出し切ることはできないからだ。

「今回の作戦は、破壊活動を目的としていない潜入で、シリアで目立たないことが目的だ。だが、近年アラブ系の入隊は厳しく制限されている。外見的にアラブ系に見えて、シリア語かアラビア語を話せる者だけで構成されたユニットチームはなかった。そのため、私はこの四人を新たに選んだのだ」

デュルケームは自信ありげに言った。口ぶりは浩志を明らかに見下していた。

「チームで訓練は行ったのか？」

「我々は〝GCP〟だ。並の兵士とはわけが違う。出発までの一週間の訓練で充分だ」

デュルケームは苦笑して見せた。

「俺はこの目で確認するまでは信用しない。まずは、射撃の腕を見せてもらおうか」

浩志も苦笑いを浮かべ、首を横に振った。

「いいだろう。だが、君の腕も見せてもらうぞ。彼らの足を引っ張られても困るからな」

憮然《ぶぜん》としたデュルケームは車から〝M4カービン〟を出すと、浩志に投げ渡した。

射撃場には五十メートルと百メートルのターゲットが用意されていた。アサルトカービンとはいえ、射程距離が短い。狙撃用のスコープを付けずに銃身のスタンダード照準で撃つために短めに設定したのだろう。

「順に見せてやる。まずはセルシオ・ジュバイルからだ。彼がチームの指揮官になる。ルールは二つの的《まと》に五発ずつ当てることと、間髪《かんはつ》を入れずに射撃することだ」

「はっ！」

呼ばれたジュバイルはデュルケームに敬礼した。階級はOR9で上級曹長、身長は一八〇センチほど、年齢は三十代後半、名前からしてスペイン系かもしれないが、日に焼けているためにアラブ系だと言われても分からない。

ジュバイルは立ったまま五十メートルのターゲットを狙い、五発中三発を中心に当て、続いて膝《ひざ》撃《う》ちで百メートルのターゲットを撃った。五発とも的に当たり、二発が中央に当たった。

　まあまあの腕と言えよう。もっとも、照準を瞬時に合わせて撃っているので、さすが〝ＧＣＰ〟と褒《ほ》めるべきかもしれない。

「次は、副指揮官であるジルマ・グスマン」

　名前を呼ばれたのは、身長一八二、三センチ、歳は三十代半《なか》ばの男で、肩章はＯＲ８である曹長である。彼もすばやく射撃をはじめ、五十メートル、百メートルともに五発中二発真中に当てた。

「次、ムハマド・バローズ」

　アラブ系の一人が前に出た。おそらくフランスが植民地にしていた国からやってきたのだろう。

　身長は一七五、六センチ、年齢は三十代半ば、肩章はＯＲ６である軍曹である。

　バローズはさりげなく〝Ｍ４カービン〟を構えると、五十メートルに四発、百メートルには三発中心に当てた。

「ほお」

　チームの指揮官であるジュバイルが、感心してみせた。バローズの射撃をはじめて見るようだ。浩志の申し入れをすぐに許可したのは、仲間同士でチームの実力を見せる必要があったからだろう。

「次、アスマイル・ラムズィ」

最後の一人が前に出た。眉毛《まゆげ》が太いアラブ系の顔をしている。年齢は三十前後、身長は一七八センチほどで一番若そうに見える。だが、顔色が極度に悪い。緊張しているのかもしれない。三人がそこそこの腕前を見せただけに最後に撃つのはプレッシャーがかかるものだ。

ラムズィは慎重に狙いを定めて撃った。

「むっ！」

思わず浩志は顔をしかめた。五十メートルでいきなり二発続けて的を外し、三発目でなんとか当たり、五発目でやっと中心近くに当たった。百メートルに至っては、三発外し、二発を的の端に当てるのがやっとだった。

「……………」

デュルケームもあきれかえって、首を横に振っている。

〝GCP〟に所属するだけに優秀な兵士に違いない。だが、少数のチームとして紛争地に派遣されるのははじめてかもしれない。あるいはいつものチームと違うために臆《おく》しているのか。いずれにせよ作戦への不安と恐怖が腕を狂わせたとしても、プロがそれでは困るのだ。

「俺の番だな」

浩志は自ら前に出て、軽く首を回すと〝M4カービン〟を構えてトリガーを引いた。一発目は的の中心から二センチ左にずれた。二発目は右に一センチ、残りの三発はすべて真中に当てた。撃ちながら銃の癖《くせ》を読み取るのだ。これを近距離の五十メートルの的でできなければ、ラムズィのように百メートルの的に当てるのに苦労することになる。

続けて百メートルの的を狙ったが、五発中四発真中に当て、残る一発も中心から一センチずれただけで弾を真中に集めることができた。

「射撃はうまいようだな。チームと行動を共にすることを許可する」

デュルケームは忌々《いまいま》しそうな顔で言った。

「まだだ、格闘技はどうなんだ。潜入することを考えれば、素手で闘うこともあり得るぞ」

浩志は〝M4カービン〟を傍《そば》に立っていたジュバイルに投げ渡した。

「どうしろと言うのだ。五人でリーグ戦でもするのか？」

デュルケームは肩を竦《すく》めてみせた。

「そんな必要はない。俺が直接試験をする。一人ひとりかかって来てくれ」

浩志はゴアテックスのジャケットを脱《ぬ》いでレンジの後ろにあるベンチに放り投げ、ストレッチ体操をはじめた。

「二十年前に外人部隊にいたそうだが、止《や》めておいた方がいい。彼らは現役だぞ。怪我《けが》するだけだ」

デュルケームが大袈裟《おおげさ》に首を振ると、他の四人が声を出して笑った。

「それなら、俺に負けた奴は一人残らず、作戦から外せ。それでいいな」

浩志もわざとらしくにやりと笑ってみせた。

「馬鹿な。いい加減にしろ。射撃の腕を認めてやったんだ。おとなしく彼らに付いて行けばいいんだ」

格闘技を若さと力だと誤解しているようだ。それに傭兵ということで馬鹿にしているのだろう。そもそも外人部隊も傭兵ということを忘れている。

「負けるのが恐いのか」

浩志は挑発的に言った。

「何を！　曹長、行け！」

デュルケームは真っ赤な顔になり、グスマンを指差した。

指名されたグスマンは、ボクシングスタイルで浩志の前に立った。

「ルールは気絶するか、柔道のように〝マイッタ〟を言った者が負けだ」

浩志はゆったりと立った。すでに古武道の自然体に構えている。

グスマンが右ストレートを打って来た。浩志は左手でパンチを摑《つか》んで引きながら、右手刀を相手の首筋に当て、左に捻《ひね》って投げ飛ばした。グスマンは勢い余って二回転して気絶した。

「なっ！　……次、バローズ！」

唖然《あぜん》としていたデュルケームは、声を上げた。

バローズは上段に構えた。空手だ。しかも、グスマンがあっけなくやられたので、相当警戒している。浩志もグスマンが油断していたことを知っていた。

左右に体を揺らしながら近付いて来ると、バローズはジャブぎみの正拳を繰り出し、すかさず左のミドルキックを放ってきた。浩志はキックに合わせて体を左回転させて相手の懐《ふところ》に飛び込むと同時に左の肘打《ひじう》ちを男の脇腹に決め、続けて右肘打ちを鳩尾《みぞおち》に入れた。

バローズが腹を抱えて膝から崩れるところを、すかさず足を払って倒した。

「次、おまえだ！」

今度は浩志がラムズィを逆指名し、手招きした。

体調はすこぶるいい。何と言ってもＳＡＳの訓練施設で、三週間もの間来る日も来る日も若い兵士を相手に格闘技の訓練をして来たのだ。

ラムズィは浩志の圧倒的な力を見せつけられ、すでに戦意を喪失《そうしつ》させていた。

「馬鹿野郎！　怪我することを怖《おそ》れて戦場に行けると思っているのか！」

「すっ、すみません」

浩志の怒号《どごう》にラムズィは後ずさりした。学生や普通の社会人なら褒めて伸ばすこともできる。だが、兵士は違う。褒められて技術を得たとしても、戦場で生き延びることはできない。訓練で辛苦を舐《な》めてこそ、生き残る力を得るのだ。

「そいつを引っ込めろ。上級曹長、行け、おまえが行くんだ！」

悲鳴に近い声でデュルケームは叫んだ。

敬礼したジュバイルはラムズィの襟《えり》を摑んで下がらせ、両手を上げてガードをした。空手のようだが、伝統的なフランス式キックボクシングであるサバットのようでもある。いきなり左右のハイキックを放ってきた。スピードがある。さすがにチームの指揮官になるだけはあった。

左右のパンチから今度はミドルキック。浩志にやられまいと気合いが入っているのか、訓練とは思えない気迫である。だが、攻撃は単調だ。右のジャブを二回入れてきた直後に左のストレート。浩志は左腕を取って一本背負《ぜお》いで投げ飛ばした。

「糞《くそ》っ。まだだ！」

タフな男だ。背中から地面にまともに投げ飛ばされてもすぐに起きあがってきた。

「根性は認める」

浩志は笑みを浮かべて右手で手招きをした。

ジュバイルは再び構えると、右のローキックから左の回し蹴りで攻撃してきた。浩志は身を屈《かが》めて、右手で相手の足を掬《すく》い上げ、左手で掌底打《しょうていだ》をジュバイルの顎《あご》に決めた。

「なんと……」

デュルケームは呆然《ぼうぜん》として、口から泡を吹いて倒れたジュバイルを見ている。

「チームはこれで壊滅だ。出発が一週間後なら、すぐに手を打つべきだな」

浩志は倒した三人を横目で見ながら言った。

六

コルス島北西部の中心都市であるカルヴィは、人口六千人ほどの小さな港町である。だが、風光明媚《ふうこうめいび》な土地だけに観光客が絶えない。街は半島に突き出た城砦である旧市街とその西に広がる新市街とに分かれる。

港は旧市街の南側から新市街の東側の海岸線沿いにあり、レストランやパブやバーが連なる港の一角は賑《にぎ》わっている。

午後六時五十一分、浩志は港の〝ラ・ルネ〟というパブのカウンター席に一人で座っていた。八席のカウンターに二人掛けのテーブル席が七卓あるが満席に近い。店の横には屋根があるオープンテラスがあるが、気温が十四度ほどに下がり、風も吹いているために敬遠されたようだ。

柊真とは七時に約束していた。明日から〝ＧＣＰ〟に配属され、彼は今以上に厳しい訓練を受けることになる。何かと準備に忙しいはずだ。七時には来られないだろう。個人の自由になる時間は、クリスマス休暇ぐらいのものだ。外人部隊に限らないが、軍隊というところはそういうものである。

バーボンを飲む前に喉《のど》が渇《かわ》いたので、地元のビール〝ピエトラ〟を飲んでいる。原料に栗粉が使われており、独特の風味と苦みがある。浩志が退役した二年後である一九九六年に発売されたビールだ。力強く物事に動じない風味が気に入っていた。

コルス島は今でこそ観光名所になっているが、自然が厳しくイタリアの都市国家であるジェノヴァ領だった頃から独立心が強く、反政府運動に手をこまねくイタリアから匙《さじ》を投げる形でフランスの施政に替わったのだ。近代になっても一九八〇年代には、コルシカ民族解放戦線がホテルなどの観光施設を爆破させるテロ活動を行っていた。

「隣の席、よろしいですか？」

「俺の客が来る」

浩志は振り向きもしないで答えた。ＤＧＳＥのジェレミー・スタルクだということは、声をかけられる前から分かっていた。国際犯罪組織であるブラックナイトから命を狙われるようになってから、周囲に注意を怠《おこた》ることはなくなった。

「時間はいただきません。客が来られたら私は帰ります」

スタルクは、背後に立ったまま尋ねてきた。

「座れ」

仕方なく浩志は同意した。

「私も同じものをくれ」

スタルクは浩志の〝ピエトラ〟の瓶をバーテンダーに指差して言った。

すぐにビアグラスに入れられた栗色のビールが出された。

「私はコルスには、ミルト酒しかないと思っていましたが、ビールもワインもいいものがありますね」

ミルト酒は、フトモモ科の日本名ギンバイカであるミルトの実をアルコールに漬けて造るリキュール酒である。コルス島と南のサルデーニャ島の特産であるため、フランス本土の人間は、コルス島の住民はミルト酒しか飲んでいないと思っているらしい。

「世間話はいい」

浩志は不機嫌そうに言った。スタルクの出現はいつもタイミングが悪いせいか、腹が立つ。波長が合わない人間はたまにいるものだ。

「〝GCP〟の隊員をこっぴどく叩きのめしたそうですね。外人部隊の司令部で大騒ぎになったそうです。もっとも、あなたをよく知る上級士官もいて、〝GCP〟の副司令官であるデュルケームが逆に責められたそうです」

スタルクは声を潜めて言った。周りがざわついているので、バーテンダーにも聞こえないだろう。

「ターキーをストレートでダブル」

グラスが空《あ》いたので、ターキーを頼んだ。カウンターバックにターキーの十二年物のボトルがあることを確認していた。フランス人はバーボンをあまり飲まないのだろう、八年物が飲みたかったが、置いてなかった。

「それで」

話を遮《さえぎ》ったので、スタルクに先を促した。

「改めて人員を選抜することになりました。ただし、〝GCP〟の大半が現在マリに投入されている関係で人員不足に陥っています。今日選ばれた隊員もユニットではありませんでした」

どこの特殊部隊もそうだが、ユニットを組める兵士は精鋭中の精鋭である。ユニットに入れるのは、厳しい訓練に合格した者だけだ。

「どうするつもりだ？」

「現在基地に残っている隊員の中で、作戦に向いている者が二十人ほどいるそうです。護衛官の選抜試験をするために、夜間訓練が行われることになりました。ムッシュ・藤堂、あなたも試験官として参加してください」

選ばれた兵士は軍人としての技量だけでなく、アラビア語を話せるということだろう。

「訓練は何時からだ？」

浩志は腕時計を見た。午後六時五十八分になっている。

「それが、午後七時半からです」

スタルクは眉毛の端《はし》を下げてすまなそうに言った。

「……」

思わず浩志は舌打ちした。

「急な申し出ですみません。今回の作戦は、人員を選ぶ段階で不手際《ふてぎわ》がありました。しかし、作戦上、時間に猶予《ゆうよ》はないのです。シリアで名も無き人々を救うためと思って、ご協力ください」

スタルクは日本式に頭を下げてみせた。謝ることが嫌いなフランス人にしては珍《めずら》しいと言えよう。

米仏の思惑《おもわく》に乗るのは気に入らない。だが、結果としてシリアの国民を謂《いわ》れなき政府による迫害から救うことになるのなら、浩志の哲学には合致《がっち》している。

「……分かった」

浩志はターキーを飲み干すと、カウンターに百ユーロ紙幣《しへい》を出した。一ユーロ、百五十円（二〇一三年）として一万五千円ほどか。浩志の料金は二十ユーロもしないはずだ。バーテンダーはおつりがないと首を振ってみせた。

「若い日本人と七時に約束していた。俺を訪ねてきたら、これで奢《おご》ってくれ。藤堂と言えば分かる」

浩志はカウンターに金を置いて席を立った。

「行くぞ」

慌ててビールを飲みはじめたスタルクを尻目《しりめ》に、浩志は店を出た。

ユニット＋傭兵

一

五月一日午後七時二十五分、地中海の彼方《かなた》に太陽は薄闇を残して沈んだ。

〝キャンプ・ラファリー・CEA〟の射撃場に、バラクラバを被《かぶ》った二十人の迷彩服の兵士が四列に並んでいた。彼らはシリア潜入調査隊の護衛官候補で、一から二十の背番号が付けられている。

軍隊の訓練や試験では、公平を期すため名前は呼ばれず番号で扱われることがあるが、バラクラバまで被るとは聞いたことがない。浩志が試験官として参加するため、部外者に〝GCP〟の素顔を見せないということか。午前中の顔合わせで、浩志が叩きのめした連中が再度試験に臨《のぞ》んでいる可能性も充分考えられる。

試験官となる上官も三人同席しているが、彼らも被っていた。しかも、浩志とオブザーバーであるスタルクまで強要され、過激な武装集団のようである。会場となった射撃場は異様な空気で覆《おお》われ、試験を受ける兵士たちにプレッシャーをかけているに違いない。

浩志らは射撃場の右脇にある高さが三メートルほどの弾避けの土手になっている場所に立っていた。射撃場や左手にある倉庫やその背後にある駐車場も一望できる。

「これより、射撃テストを行う。目標を替えて三回行い、合計点で順位を決め、上位十名のみ次の試験を受けることができる。全員ターゲットに背を向け、腹這《はらば》いになって待機。番号を呼ばれた者は即座にＭ４で銃撃。使用弾丸は一人、三発。持ち時間は十秒。時間を超えた場合は失格とする」

声を張り上げているのは試験官の一人だが、はじめて聞く声だ。その隣に立っているのは、背格好からジャック・デュルケーム少佐だと分かる。浩志と反対側の一番奥に立っている男にデュルケームが敬礼していたので、中佐クラスの〝ＧＣＰ〟の総司令官に違いない。デュルケームはともかく他の二人は自己紹介すらしない。やはりバラクラバを被っているのは、浩志に顔を見られたくないためだろう。

ターゲットは人数分用意されており、五十メートルの距離だが、日没の闇に埋もれつつある。使用銃は、昼間と同じ〝Ｍ４カービン〟だが、暗視スコープが取り付けてあるわけではない。

「六番、十二番、三番、九番、十八番！」

試験官がランダムに番号を呼ぶと、射撃場のライトが点灯した。

闇が駆逐《くちく》され、一瞬目が眩《くら》む。

呼ばれた兵士らは次々と、起きあがり、所定の位置に立って銃撃をはじめた。簡単なようでこれはなかなか難しい。案《あん》の定《じょう》、初弾を外す者が複数出た。

銃撃が終わると、ライトは消され元の闇に戻った。

すぐはじまるのかと思ったら、沈黙が訪れた。これは心理戦である。

「二十番、四番、一番、十九番、十一番！」

十数秒後、試験官は声を発した。

ライトが点灯した。

五人の兵士が果敢《かかん》に挑む。悪条件の中で、三発すべて中央に当てる者もいる。おそらくターゲットは次第《しだい》に遠くなるはずだ。今のうちに得点を稼《かせ》がなければ、後はない。

照明が消えた。

「二番、五番、十四番、十七番、八番！」

今度は間髪を入れずにライトが点《つ》けられた。

昼間、浩志に叩き伏せられたことにより、普通の試験ではだめだと司令部で案を練ったのだろう。趣向が凝《こ》らされたいい試験であり、実戦的な訓練としても面白い。

再び長い沈黙に入った。

「十六番、十番、十三番、十五番、七番！」

最後のグループが呼ばれたのは、四十秒後だった。

浩志の見た限りでは、無得点は二名出たが、その他の者はすべて的に当てており、なおかつすべて中央に当てた者も、八名いた。さすがに〝ＧＣＰ〟だと褒める他ない。

「うん？」

第一回目の射撃テストが終わると、バラクラバを被った五名の兵士が倉庫から小さなターゲットを抱えて現れた。距離を単純に延ばすのかと思ったら、ターゲットを十メートルほどの距離に置きはじめた。しかも一人に二個の数がある。

準備されている間、試験官であるデュルケームが、一回目のターゲットを一つ一つ確認し、得点をカウントしはじめた。評価を終えたターゲットは、別の兵士が撤去している。手伝いの兵士だけでも十数名いるようだ。

「今回もターゲットに背を向け、番号を呼ばれた者は、ハンドガンで左、右の順に二発ずつ、合計四発銃撃する。制限時間は五秒」

五秒なら、起き上がって膝撃ちで撃たなければ間に合わない。

ターゲットの準備は整った。

会場の空気は極度に張りつめており、兵士らの息遣いが聞こえるようだ。

「三番、十五番、九番、十八番、六番！」

試験官が沈黙を破った。

照明が点灯する。ルールは一回目と同じだ。

兵士らはホルスターからグロック17Cを抜きながら起き上がると、中腰で左、右と撃った。制限時間が五秒では構えたらすぐに撃たなければ間に合わない。

今度は的を外す兵士はいなかった。二回目ともなると、一回目でだめだった者もそれなりに落ち着きを取り戻したようだ。どこの軍もそうだが、通常の兵士はアサルトライフルの訓練はするが、ハンドガンにはあまり時間を使わない。だが特殊部隊ならハンドガンの訓練も充分する。それでも左右合わせて中心に三発当てた兵士が最高だった。

デュルケームが撃ち抜かれたターゲットを確認している間に、今度は二百メートルほどの距離に人型のマンターゲットが準備されている。なぜか頭の部分に紙袋が被せられていた。

「最後の射撃テストを行う。ルールは簡単だ。自分の番号のターゲットに三発当てる。制限時間は四十秒。ここまで不甲斐《ふがい》ない得点の者が数名いる。彼らに次の試験を受ける資格はない。だが、チャンスをやろう。頭に三発ぶち込めば、現在の得点を倍にしてやる。権利は全員にある。現在優秀な成績の者も倍になれば、他を寄せ付けなくなるぞ」

兵士からどよめきが起こった。だが、チャンスと言っても、リスキーだ。兵士の心理を揺さぶる作戦だろう。

「銃をスコープ付きと替えて、全員射撃場裏の駐車場まで走って、車に乗り込め！」

試験官は右手を前に突き出し、号令を掛けた。

倉庫の裏にある駐車場には軍用トラックであるルノーの〝TRM4000〟が四台用意されている。

兵士らは背後に用意されていた暗視スコープ付きの〝M4カービン〟に持ち替えると、駐車場まで駆け足で行き、番号順に四台に分乗した。車の中からはターゲットは見えない。

会場の準備をしていた兵士がターゲットの頭に被せられていた袋を取りはじめた。

「なるほど」

浩志はにんまりとした。ターゲットの頭の部分には一から二十の数字が書かれており、イレギュラーに置かれている。これなら兵士を順番通りに呼んだとしても、ターゲットを探してから狙撃しなければならない。

試験官が二台目の〝TRM4000〟の脇に立ち、荷台を叩いた。

四人の兵士が車から飛び降り、倉庫の脇を抜けて射撃場になだれ込んできた。だが、位置を確認するのに時間がかかる。まして、イレギュラーに置いてあることなど教えられていない。中には反対側に移動しようと、他の兵士とぶつかる者も現れた。試験官から失笑が漏れた。暗い中での行動だけに細心の注意が必要だ。これが実戦なら笑い事ではすまされない。

　自分のターゲットを探すのに時間がかかり、照準をまともに合わせられずに外す兵士が続出し、結果はさんざんだった。制限時間を気にするあまり焦《あせ》ったのだろう。車から下りて射撃場に着くのに十五秒、ターゲットの確認をして位置に着くのに十五秒と考えれば、照準を合わせるのに十秒はある。彼らならそれだけの時間があれば、二百メートル先のターゲットの中心は狙えたはずだ。

　それでも落ち着いて行動し、迷うことなくターゲットに当てた兵士が十一名いた。しかも頭に三発も命中させた者は六名もいる。射撃だけで考えるのなら、充分合格させるだけの価値はあった。

二

　第一部というべき射撃の試験は終わり、浩志ら試験官と受験者である兵士は基地内の体育館に移動した。格闘技の技量を測《はか》る第二の試験を行うために会場を移したのだ。

　体育館といっても大きな倉庫のような建物で、床はコンクリート製だ。トレーニングマシンが並べられたエリアやバスケットコートがあり、中央にはボクシングの常設リングがある。

試験を受ける兵士らは二組に分けられてリングサイドに並ばされている。とはいえ、射撃の試験の結果で半数に減らされていた。

「これより、近接戦を前提とした格闘技のテストを行う。制限時間は一試合三分、総当たり形式で試合を行い、各自が得たポイントと銃撃試験の得点の合計で四位までを合格とする」

射撃訓練でも進行を務《つと》めていた試験官がリング中央に立って声を上げた。

兵士からどよめきが起きた。総当たりということは、一人九試合行うことになる。十人いるから、全部で九十試合、滞《とどこお》りなく行われたとして五時間近く掛かる計算になるからだ。

「顔面へのパンチと急所への攻撃は反則とするが、特にルールはない。勝負は相手をダウンさせるか、〝マイッタ〟をさせるかどちらかだ。勝者は五点、敗者は零《れい》点。勝敗がつかない場合は、両者にマイナス三の減点となる。また怠惰《たいだ》な試合は没収となり、マイナス五の減点となる」

リングの試験官は審判も務めるらしい。おそらく訓練の指導官なのだろう。ルールの説明を終えると、振り返って試験官用に用意されたリングサイドの席に座る司令官らしき男を見た。

パイプ椅子にゆったりと座っている司令官らしき男は、右手を軽く上げてみせた。

「それでは、試験を開始する。二番、十七番、リングに上がれ！」

試験官が番号を呼ぶと、二名の兵士がリングサイドに用意されているオープンフィンガーグローブをはめた。空手やK‐1で使われる指先が自由になっているグローブだ。

「はじめ！」

試験が開始された。

兵士らはボクシングスタイルに構えて近付くと、いきなり打ち合いはじめた。三分で決着をつけるのは難しい。ボクシングで、一ラウンドで倒せと言うのと同じだ。だが、引き分けでも減点になるため必死にならざるを得ない。

静まり返っていた兵士らから歓声が上がった。総当たり戦だけに他人の黒星でも自分が優位に立つ可能性が高くなる。たとえ勝ったとしてもダメージが大きければ、白星を得ることは難しくなるだろう。応援もヤジも必死である。

「ムッシュ・藤堂、優勝者と闘ってみるかね？」

隣に座るジャック・デュルケームは皮肉っぽく尋ねてきた。バラクラバで顔は分からないが、穴の開《あ》いた目元が笑っている。前回と違い、新たに選抜に加えた中に腕の立つ兵士がいるのかもしれない。

「その必要はない。闘いぶりを見れば、使えるかどうかは分かる。違うか？」

どう思われようと、闘うことが目的ではない。使い物になるかどうかが分かればいいのだ。現地に一緒に行く兵士の力量を知っておかなければ危なくて行動できない。これが浩志の率いるプロフェッショナル集団である〃リベンジャーズ〃なら、何の苦労もないのだが、面倒な話だ。

浩志がいなくても機能するように仕向け、チームは南スーダンに駐屯《ちゅうとん》しているのだが、今回の仕事は一層のこと〃リベンジャーズ〃で引き受ければ簡単であった。

「直接闘わないと気がすまないのじゃないかと思っただけだ。ただ、私としては君が彼らと闘う姿を見たい。気が変わったらいつでも言ってくれ」

デュルケームは残念そうに言うと、冷ややかな視線を送ってきた。浩志が彼らに叩き伏せられることを願っているのだろう。

「時間の無駄だ」

浩志は鼻で笑って一蹴《いっしゅう》すると、リングに視線を戻した。

世界に名を轟《とどろ》かせている〃GCP〃の兵士だろうと、一人ひとりの力量には差がある。浩志は射撃テストの時から、背番号と体型を覚えて兵士を一人ずつ細かくチェックしていた。射撃や格闘技で高得点を上げても変な癖があり、それが原因で実戦において役に立たない場合もある。浩志は単に得点だけで採点するつもりはなかった。

試合が進むにつれて格闘技に関しては、差が出てきた。全員それなりに日頃から特別な訓練を受けているだけに並の兵士よりも強いことは見て分かる。それでも、格闘技経験者が圧倒的に有利になったようだ。

ボクシングで倒す者もいれば、ブラジリアン柔術ですべての相手に〝マイッタ〟を言わせる者、また空手や合気道で闘っている者もいる。だが、ボクシングや空手などの打撃系の格闘技では、顔面への攻撃を禁止された場合は、相手からダウンを奪うことは難しい。お互いに決定力を欠き、引き分けや没収試合になる場合も組み合せによって生じてきた。

試合が開始されて一時間半が経過した。試合数は二十八こなしたに過ぎない。だが、この時点で怪我を負って脱落した者が三名も出ており、時間の経過とともに残りの試合は加速度的に少なくなってきた。首脳陣はあらかじめ事態を予測し、総当たり戦にしていたようだ。

七名の兵士で試合は続けられているが、浩志はすでに四名を選んでいた。彼らは射撃テストでも、マンターゲットの頭を撃ち抜き高得点をはじき出した六名の中に入っている。

一人はブラジリアン柔術、二人目はマーシャルアーツ、三人目はボクシング、四人目は合気道を主とした古武道を得意としている。中でも古武道の使い手は圧倒的に強く、他を寄せ付けなかった。浩志も古武道研究家の明石妙仁の門下生だけに、その力量には驚くほどである。彼ら四人が相手だとしたら、浩志と互角の闘いをすることだろう。デュルケームが浩志を焚《た》き付ける理由も分かるというものだ。

午後九時五十七分、リングで闘っていたボクシングスタイルの兵士が、相手をボディーブローで倒した。倒された兵士は気絶して担架で運ばれて脱落し、この時点で残り四名となったため、射撃試験の得点を合計するまでもなくメンバーは決定した。どのみち、彼らは射撃テストでも高得点を上げていたので、選ばれることになっていたのだ。

「どうやら、護衛官が決まったようだ。ムッシュ・藤堂、私はこれで失礼する。自己紹介もしなかった非礼を許してくれ」

司令官らしき男は立ち上がると浩志に軽く敬礼し、訓練を進行していた試験官とともに体育館から出て行った。

浩志も立ち上がり、敬礼していた。二十年前に叩き込まれた習性がこんな時に反応したようだ。

「集合しろ！」

デュルケームはバラクラバを取って口笛を吹き、決定した四人に試験官席に来るように手招きをした。

四人の兵士たちは疲れた様子も見せずに駆け足で浩志らの前に並んだ。

「バラクラバを取れ」

デュルケームの号令で四人の兵士らはバラクラバを脱《ぬ》ぐと、階級を確認し立ち位置を変えて整列した。

「……！」

遅れてバラクラバを脱いだ浩志は、一番端に立つ兵士の顔を見て声を嚙み殺した。

「おまえたちに、今回特別に潜入作戦に参加する傭兵を紹介する。元第二外人落下傘連隊に所属していた浩志・藤堂だ。階級と名前を順番に名乗れ」

デュルケームは、呆然としている浩志をちらりと横目で見て言った。

「ホセ・ベルサレオ、曹長」

左端に立つアラブ系の顔をしたスペイン人らしき男が一番に名乗りを上げた。身長は一七八センチほど、年齢は三十代半ばと思われるが、老《ふ》けた感じがする。マーシャルアーツが得意な男だ。敬礼も力強い。

「スコット・マーキー、上級軍曹」
一八二、三センチの黒人兵が指先を伸ばして敬礼した。精悍《せいかん》な顔つきをしており、ボクシングで三人も気絶させた男だ。国籍は分からないが、名前からして英国人なのかもしれない。
「マテオ・コルテス、軍曹」

身長一七四センチ、黒髪で濃い顔立ちをしている。ブラジリアン柔術を得意としていることからも間違いなくブラジル人だろう。征服者であるスペイン人と原住民の混血の末裔《まつえい》なのだろうが、アラブ系に見えるから不思議だ。

「明・影山、伍長です」

四人目は柊真であった。浩志に対して表情も変えずに敬礼してみせた。日本人の割には彫《ほ》りが深いが、アラブ系というほど濃い顔立ちではない。だが、日に焼けているので髭を伸ばせば、目立たなくなるだろう。

銃撃の試験でも高得点をマークして目を留《と》めていたが、格闘技においては古武道で負けを知らなかった。そうかと言って特別の技を使うようなことはなく、相手を組み伏せては〃マイッタ〃を勝ち取っていた。それだけ技に切れがあり、余裕があった証拠である。明日から〃GCP〃に配属になると聞いていただけに試験に参加しているとは思わなかった。

「彼らに実戦の経験はあるのか?」

それとなくデュルケームに尋ねた。

「伍長はまだ二回だが、他の三名は数度にわたって紛争地での任務をこなしている。このチームをユニットとして、二週間鍛え上げる」

自慢げにデュルケームは答えた。出発は二週間後になったようだ。

「いいだろう」

浩志は四人に対して敬礼を返した。

三

十三日後の五月十四日、英国でのＳＡＳの訓練を終えた浩志は再びコルス島に戻り、外人部隊の基地内の兵舎に宿泊した。出発が早朝ということで、〝ＧＣＰ〟側から要請があったからだ。

翌日の午前六時、浩志と四人の〝ＧＣＰ〟隊員は、軍用トラック〝ＴＲＭ４０００〟の荷台に乗せられて、カルヴィの〝キャンプ・ラファリー・ＣＥＡ〟を出発した。

島の東南にあるソレンザーラ空軍基地に向かって海岸線沿いの国道をひたすら走る。カルヴィからは島の反対側に位置し、約百五十キロ移動しなければならない。特殊部隊が出動するのだ、米軍なら間違いなくヘリで兵員を輸送するが、金欠のフランス軍ではそれは望めそうにない。

午前八時三十二分、空軍基地に到着した浩志らは、中型輸送機である〝Ｃ１６０トランザール〟に乗り込んだ。フランスとドイツが共同開発した輸送機で、一九六三年に試作機が飛行して以来、空軍の主力輸送機として活躍している。だが、一九八五年に生産は終了しており、耐用年数に近い機体があるほど老朽《ろうきゅう》化しているのが現状だ。

Ｃ１６０はパリの空軍基地からやって来たらしく、軍で大量破壊兵器の対テロ研究をしているマルセル・オブラック中尉と軍医であるジャン・デイニス大尉が乗り込んでいた。二人とも高学歴でキャリア組なのだろう。まだ三十代前半と若い。彼らは護衛官よりも階級が上であるが、銃もまともに撃てない軍人に違いない。デイニスが調査団の団長ということになっているようだ。

対外治安総局（ＤＧＳＥ）のジェレミー・スタルクは、浩志らよりも先にタクシーで空軍基地に到着していた。一緒に〝ＴＲＭ４０００〟に乗ることもできたはずだが、荷台のベンチに座るのを嫌ったのだろう。浩志もそれを知っていたらタクシーを選んだ。

二十分後、給油を終えたＣ１６０は二基のターボプロットエンジンを唸《うな》らせ、滑走路を飛び立った。

移動には時間が掛かる。それに朝早かったせいもあるが、一眠りしようと浩志は腕組みをして目を閉じた。

「護衛官の選抜試験当日はすみませんでした。突然招集をかけられて、試験に参加することになったのです。待ち合わせの店にも行けず、連絡する時間もありませんでした」

柊真はさりげなく隣の席に座り、フランス語で話しかけてきた。日本語で話せば、こそこそとしていると思われる。軍に三年以上いれば、その辺の常識も身につくものだ。もっともエンジン音がうるさいので、浩志以外には聞こえないだろう。

「〝ラ・ルネ〟に百ユーロ支払って、お釣りで好きに飲めるようにバーテンに言っておいた。今度行くといい」

浩志は目を閉じたまま答えた。

「気を遣わせてすみませんでした」

柊真は前を向いたまま話している。他の隊員は、浩志が外人部隊出身の傭兵とだけ聞かされているので、今のところ様子を見ているだけだ。席も少し離れて座っており、近付いて来る気配はない。

「それにしても、配属前に〝GCP〟の作戦に参加させるとは、乱暴な話だ」

浩志は柊真の経験が浅いことを知っているだけに、外人部隊に拒否することもできた。だが、それをあえて行わなかったのは、彼を尊重《そんちょう》しているからだ。

「実戦は、すでにマリで経験しています。それに特殊部隊に配属になるように紛争地域の言語であるアラブ語も猛勉強しました。いつでも出撃できる準備はしていたのです」

誇らしげに柊真は言った。二週間前は機密事項のために言い出せなくて、もどかしい思いをしたのだろう。

「それにしても、たった四年足らずでよく〝GCP〟に配属になったな。勲章《くんしょう》をもらえるほどの活躍をしたのか？」

「勲章は大袈裟ですが、私は昨年から格闘技の教官補佐として働いていました。また、狙撃は、隊の競技会で優勝したこともありますので、それが認められたようです」

柊真は照れくさそうに答えた。

「ほお」

浩志は感心して目を見開いた。

試験の一環として行われる競技会優勝も凄いことだが、訓練を受ける身でありながら教官補佐をするなど、聞いたことがない。もっとも柊真が子供の頃から身につけた武術をもってすれば、外人部隊でも彼に敵う者はまずいないだろう。逆に補佐といえども教官が彼に教えを請《こ》うことになるはずだ。このまま五年の任期を通常の訓練で過ごさせるより、〝GCP〟に入隊させて英才教育をし、将来の指揮官候補として育てることにしたに違いない。

「あまり、俺に近付かない方がいい。日本人同士でこそこそしているように思われる。それに新人として扱われるから俺のことは放っておいて、仲間とのコミュニケーションをとるのだ」

浩志は外人部隊だけでなく傭兵として参加した数々の部隊でも、いじめや人種差別を経験している。今回試験にパスして護衛官に就《つ》いた者は、軍人としていずれも十年近いキャリアを持つ強者《つわもの》ばかりのはずだ。四年に満たない若造の柊真が、試験でトップクラスになったことに対して嫉妬心《しっとしん》を抱かないはずはない。

「そうですね。でも気を遣い過ぎても舐《な》められますから。それに藤堂さんからはいろいろ

「学びたいことが沢山《たくさん》あるんです」

柊真は落ち着いている。浩志と出会って間もない頃、マレーシアでブラックナイトの下部組織と闘ったことがある。それにミャンマーでは国軍側の民兵に捕らえられ、その上拷《ごう》問《もん》まで受けた。命《いのち》懸《が》けの経験をしているだけに肝《きも》は据《す》わっているのだ。

「伍長！」

チームの指揮官となったホセ・ベルサレオ曹長が柊真を呼びつけた。

「はい！」

柊真は起立すると、ベルサレオの許《もと》に行った。

浩志と話しているのが気に入らないのだろう。

「新人、おまえは傭兵か？　日本人と話していないで、俺たちと話せ」

ベルサレオは浩志をちらりと見ながら言った。

想定内の行動だ。浩志は眠るべくまた目を閉じた。

四

アラブの春に端を発したシリアの内戦は、二〇一一年一月二十六日からはじまり、現在（二〇一三年十月）も収まる気配がない。リビアやエジプトのように他のアラブの国々の独裁者は権力の座を追われたが、シリアでは未《いま》だに政府の基盤は揺るがないのだ。

二〇一一年、バッシャール・アル＝アサド大統領の退陣を要求していたデモは、政府軍により武力をもって鎮圧され、立ち上がった民衆は、同年に自由シリア軍（ＦＳＡ）を設立して抵抗した。だが、この闘いに反体制派の名の下にアルカイダ系の組織がいち早く参戦している。二〇一三年現在も、両者は協力関係にないが、政府側の言い分としてはテロとの闘いとなったのだ。

また、反政府勢力の一つであるジハード主義のヌスラ戦線と、彼らが目の敵《かたき》にするシリア北部のクルド人勢力が衝突した。他にもレバノンのシーア派であるイスラム主義のヒズボラは、長年イランから資金提供を受けていた関係で、反政府勢力や市民に対して、テロ活動を行っている。

政権側あるいは反体制側、いずれも武装テロ組織が暗躍しており、市民がいたずらに犠牲になっているというのが現状である。内戦が長引くのはそのためだった。

浩志らを乗せた〝Ｃ１６０トランザール〟は、コルス島のソレンザーラ空軍基地を飛び立ち、約二千二百七十キロ離れたトルコのアダナに近いインシルリク米空軍基地に向かっていた。反体制側を応援する米英、それにフランスの窓口とも言うべき基地であった。

トルコ中南部のトロス山脈の南側に広がるチュクロワ平野に位置するアダナは、トルコで最も暑い都市である。温暖なコルス島の五月一日の平均気温が十九度なのに対し、アダナでは二十六度、すでに真夏の陽気だった。

午前八時半、Ｃ１６０に乗り込んだ時の気温は十六度で爽快《そうかい》な気分だったが、インシルリク米空軍基地に下り立ち輸送機のハッチが開かれると、滑走路のコンクリートで熱せられた砂埃《すなぼこり》と熱風が舞い込んできた。アダナでは、四月の下旬から連日三十五度前後の真夏日が続いている。

滑走路のエプロンで輸送機の格納庫から貨物が降ろされるのを待つ浩志らは、日差しを避けて格納庫の陰に座り込んでいた。全員戦闘服ではなく目立たないような私服を着ている。体格がいいだけに傍目《はため》には、柄《がら》の悪い街のごろつきに見えなくもない。

現地時間で午後十二時半、早朝にトラックで出発してから七時間近く経っている。これぐらいの移動で音を上げることは、浩志はもちろん外人部隊の若者でもないが、情報員であるスタルクや科学者であるマルセル・オブラック中尉と軍医のジャン・デイニス大尉は疲れた顔をしていた。

積荷は個人装備の他に足となるトヨタの二〇〇六年型のランドクルーザーが二台用意されていた。年式は古いが日本車はシリアでもよく見かける。これはフランス本土の基地で用意されたもので、中古車を買い叩いて整備をしたに違いない。シリアが敵と見なす欧米の車ではないことから、それなりに考えたのだろう。

フォークリフトが武器を入れたコンテナを運んできた。

サブリーダーであるスコット・マーキー上級軍曹が、コンテナを開けて装備を配りはじめた。

最初に手渡されたのはアサルトライフルではないが、9ミリパラベラム弾を使用するサブマシンガンの〝H&K MP5〟である。全長550ミリ、ストックを伸ばしても700ミリと潜入調査という任務には相応《ふさわ》しい銃だ。サプレッサー（消音器）とナイトビジョン付きドットサイトも装塡《そうてん》されている。トラブルが多いフランス製でなく信頼できるドイツ製であることがなによりいい。

敵地に乗り込む場合は、傭兵なら敵の銃と同じ物を使う。弾丸が切れても、敵から奪い取ればいいからだ。ただ、潜入ということで攻撃を前提としない場合、小型でサプレッサー付きのMP5は最適である。

ハンドガンは、グロック17C、それに無線機もあったが、手榴弾《しゆりゆうだん》の配給はなかった。しかもレーションもない。検問で見つかったら一目で兵士だと分かるからだが、フランスのレーションは美味で有名であるだけに少々残念だ。

最後にボディーアーマーも配られた。作戦によっては使うが、傭兵が身につけることはあまりない。フル装備の兵士が身につける堅牢《けんろう》なものではなく、ハードコーティングナイロン製でチタン処理されたケプラー繊維《せんい》が使用されている。服の下に着用する目立たないインナータイプだ。ハンドガンの弾丸やナイフなら阻止《そし》できるが、ライフル弾は防げない。チンピラの抗争ならともかく戦闘ではアサルトライフルが主流なので、気休め程度ではあるがないよりはましだ。

「ありがたい」

ボディーアーマーを受け取ったオブラックとデイニスは、さっそく服を脱ぎはじめた。職種柄彼らの軍事訓練は少ないのだろう。その上、装備の知識もないようだ。

「笑わせるぜ、糞の役にも立たない」

ベルサレオが、渋い表情でボディーアーマーを足下に叩き付けた。直属の上司がいないため、オブラックらの階級が上であることも意に介さないようだ。隊長が着用しなければ、部下は戸惑うしかない。

浩志はおもむろに服を脱いで上半身裸になった。鋼《はがね》のような筋肉で覆《おお》われた肉体は、とても四十代後半には見えない。

「おお！」

若い四人の兵士が声を上げた。彼らが驚いたのは浩志の研《と》ぎすまされた肉体を見たからではない。体に刻まれた無数の銃創と刀傷など、数えきれないほどの傷跡であり、中には誰が見ても生死に関わる怪我であることが分かるものも沢山ある。

「ソフトボディーアーマーでも砲弾や手榴弾の破片を防げることもある。ライフル弾も跳弾なら防げるだろう。俺のように継《つ》ぎ接《は》ぎだらけの体になりたくなかったら、身につけるんだな」

浩志はTシャツを着てその上からボディーアーマーを装着した。

ベルサレオ以外の三人の兵士は頷くと無言で着込んだが、ベルサレオは乱暴にボディーアーマーを拾ってタクティカルバッグに詰め込んだ。素直に浩志に従ったのでは、沽券《こけん》に関わると思っているのだろう。指揮官としては青臭い男だ。

積荷として降ろされた二台のランドクルーザーが格納庫脇に停められた。作業をしているのは、C160に同乗していた外人部隊の工兵だ。周囲に米兵も大勢いるが、浩志らを気に留める様子はない。というか、なるべく見ないようにしているのだろう。

フランスの輸送機から降りてきた私服の兵士に、武器はMP5、どうみても極秘作戦に携《たずさ》わる特殊部隊である。浩志らの存在は本来基地にあってはならない。この基地に駐屯する米兵はよく分かっているのだ。

「それでは、車の仕様について、簡単にご説明をします」

車を移動させてきた兵士が、まるでセールスマンのように話しはじめた。シートの下にはそれぞれ武器が隠せるようにボックスがあるそうだ。それに後部の荷台には様々な雑貨が詰め込まれている。シリア政府高官に運ぶ物資という偽装《ぎそう》で、偽《にせ》の許可書もあるらしい。

難民とは逆の道を辿《たど》るだけに、テロを警戒する政府軍兵士への目くらましだ。検問の兵士も高官への物資なら掠奪することはないだろう。その逆に反体制側の民兵に出会うことになれば、手土産《てみやげ》にすればいい。

「以上です」

説明を終えた兵士は、敬礼して立ち去った。

「防弾ガラスでも、鉄板で強化されたボディーでもないただのＳＵＶかよ」

ベルサレオは、車の天井を拳《こぶし》で叩いた。粗暴ではあるが、たとえ四人でもチームの指揮官となった以上は、責任がある。支給された装備に文句を付けたくなる気持ちも分からないでもない。

「俺とスタルクは後ろの車に乗る。いいな」

浩志は作業を進めるべく、ベルサレオを促した。

「勝手にしろ」

ベルサレオは投げやりに返事をした。

五

一昨年の十月に浩志はワットとペダノワ、それに大佐の四人で国際犯罪組織であるブラックナイトの本部があるロシアに潜入すべく、米軍の協力を得てインシルリク米空軍基地からベンツのゲレンデG500に乗って出発した。

ルートはアダナから欧州自動車道路であるE90号で東に向かい、二百七十キロ先で北東に向かう高速54号に乗り入れ、アダナから北東八百四十キロに位置するエルズルムという国境の街に着いた。そこからさらにグルジアを抜けてロシアに潜入するという途方もない旅だった。

当時はロシアだけでなくヨーロッパの隅々《すみずみ》までブラックナイトの監視網があったので、まともに国境を越える手段はなく、抜け道を探すのは容易《ようい》ではなかった。だが、浩志らの働きでブラックナイトの軍事部門である〝ヴォールク〟が壊滅したため、今はその影に怯《おび》えることはない。

今回請け負った仕事では期せずして同じ米軍基地から出発し、E90号で東に向かっている。アダナから東へ約二百キロを二時間で走り、ガズィアンテプという地方都市に到着した。

ガズィアンテプはトルコで六番目に大きな都市で、人口は百三十万人（二〇一二年現在）ほど、公共交通はバスと二〇一一年に開業したLRT（路面電車）が走っている。中心部には低層の新しいビルもあるが、六世紀のビザンツ帝国時代の様式が残された古い建物が美しい街並を彩《いろど》っていた。

ガズィアンテプからシリアの国境まではわずか六十キロ、シリアの反政府勢力の本部もこの街にあると言われている。長引く紛争は隣国トルコにまで影を落としていた。

午後三時十五分、街の中心部にある駐車場に一行は車を停めた。

小雨の降る中、ベレー帽を被って先頭を歩くのは、スタルクである。彼はシリアをはじめ周辺国の事情に通じており、今回の潜入捜査では案内役であった。浩志は外人部隊のチームとは別で、彼の護衛としてスタルクのすぐ脇を歩いている。団体行動も目立つので、残りの六人は少し距離を置いていた。

トルコはアジアとヨーロッパの文化文明の分岐点であり、融合点でもある。それゆえ、他のイスラム教国と違い、世俗主義をとっている。イスラムの教えを守りつつ、西洋の風習を取り入れるということだ。

近年、トルコでのデモや騒乱の原因は、レジェップ・タイイップ・エルドアン首相が権威主義をあらわにし、イスラム色を強めていることに国民が反発しているからだ。

独裁者として振る舞ってきた彼を告発しようとするジャーナリストを次々と投獄し、今やその数たるや人権蹂躙《じゅうりん》国家と言われる中国よりも多い。またクーデターが起きないように、意にそぐわない軍幹部も大勢投獄し、軍を無能化させてしまった。首都圏では不穏《ふおん》な空気が流れ、平和国家のイメージから逸脱《いつだつ》している。まして年ごとに重大化する人権問題を抱え、二〇二〇年のオリンピック開催地に立候補するには無理があった。

ともあれアンカラから五百十キロ、イスタンブールから八百五十キロ離れた街、ガズィアンテプに政治的な緊張は無縁のようだ。人々はのんびりと歩き、公園では老人が談笑している。

さすがに東の端にあるだけに、街の看板にはアラビア語が溢《あふ》れ、ヨーロッパ人やアジア人はあまり見かけないが、中近東の観光客の姿は多い。また大都市ではあまり見かけない、スカーフを頭に被った女性をよく目にするため、ここがイスラムの国だと改めて気付かせてくれる。

浩志らは出発を急ぐあまり、昼飯にまだありついていない。だが、できれば八人もの男が一度に行っても目立たないような店に入りたかった。

「この店に入りましょう」

スタルクは、迷うことなく〝イマム・チャーダシュ〟というレストランに入った。大きな構えで有名店らしく、厨房《ちゅうぼう》はガラス張りで清潔感がある。店内には香ばしい肉料理の匂《にお》いと、甘いパイを焼く香りが入り交じっていた。

肉料理はケバブで、甘い香りはトルコ菓子の〝パラクラヴァ〟である。パイ生地にナッツやクルミなどを包み込んで焼き上げ、シロップを染《し》み込ませた甘いお菓子だ。トルコ人でも、この店の〝パラクラヴァ〟は特別で、お土産としても人気らしい。食事もしないで〝パラクラヴァ〟目当ての客が大勢並んでいる。

四人掛けのテーブル席二卓に分かれて座り、浩志とスタルク、科学者のオブラック中尉と軍医のデイニス大尉が同席した。隣席なので問題ないのだが、指揮官であるベルサレオはオブラックとデイニスを煙たがっているようだ。護衛官としては好ましい姿ではない。

浩志らは注文をスタルクに任せた。彼はメニューを見ることもなく、挽肉が載せられたピザのようなラフマージュンに、ケバブはセブゼリ・ケバブとアリ・ナズィクの二種類が注文された。

焼き野菜が添えられたセブゼリ・ケバブは予想通りの美味だったが、アリ・ナズィクは白いヨーグルトにケバブが載せられていた。見た目はケバブが浮かんでいると表現した方がいいだろう。誰しも眉をひそめたが、ヨーグルトはニンニクが利《き》いており、予想外にうまい。さすがに世界三大料理と言われるだけにトルコ料理は奥が深い。

腹が膨れたところで、スタルクは名物だからと〝パラクラヴァ〟を追加注文した。浩志はトルコ菓子が異常に甘いことを知っているために遠慮したが、他の三人はうまいと口を揃える。フランス人は元々甘党だということを思い出した。浩志はトルココーヒーを飲みながら苦笑した。

「ちょっと、トイレに失礼します」

口元を拭《ふ》いたナプキンをテーブルの上に載せたスタルクが、席を立った。

「……？」

離れた席に座っていたアラブ系の男が遅れて立ち上がり、トイレに入って行った。偶然かもしれないがタイミングが少しずれていることがかえって気になる。浩志はコーヒーカップをテーブルに置いて席を立ち、急いでトイレに向かった。

「うん?」

トイレの前で、出てきたスタルクと鉢合《はちあ》わせになった。用をたしに来たわけではないようだ。

浩志はちらりとトイレのドアを見てスタルクに向き直った。

「予定外の行動はとるな」

トイレで現地のエージェントと連絡でも取ったのかもしれないが、一人で対処するのは危険な行為といえた。また、調査隊を陥れるために画策していると疑うこともできる。

「いちいち言わなくては、いけないのですか。トイレぐらい自由に行かせてください」

わざとらしくスタルクは肩を竦《すく》めてみせた。

「俺に護衛を頼みたいのなら、こそこそするな。フランス以外の二重スパイと疑われても仕方がないぞ」

「後で詳しく話します。席に戻りましょう」

スタルクはばつの悪そうな顔をして、浩志を促した。

食事を終えると、寄り道することもなく駐車場に戻った。

「ここから先は、ムッシュ・スタルクの案内で行くことになっているが、大丈夫なのか？」

　ベルサレオはわざとらしく丁寧《ていねい》に尋ねてきた。潜入調査の計画はＤＧＳＥでなされ、護衛官と言っても外人部隊の四名は、科学者と軍医のガードマンに過ぎない。そのため、詳しい計画を指揮官であるベルサレオも知らないようだ。

「今説明するところだ。キリスで落ち合うことになっていたガイドがまだ到着していないと連絡が入った。今日はすまないがこの街で一泊することになる」

　やはりトイレで連絡員と会っていたようだ。メモでも貰ったに違いない。キリスはシリアとの国境に近い街だ。

「ふざけるな！　今何時だと思っているんだ。まだ日の高い四時だぞ。こんな時間にホテルにチェックインしろというのか。おまえはガイドだろう。最初の目的地であるアレッポに案内しろ」

　ベルサレオがスタルクに詰め寄ってきた。作戦に対してイニシアチブを取れないために苛《いら》ついているのだろう。この男は、荒くれ者が多かった昔の外人部隊の気質を悪い意味で受け継いでいるようだ。二十年前は確かにこんな男をよく見かけた。だが、〝ＧＣＰ〟の主力がマリに駆り出されているとはいえ、世界に誇る特殊部隊の隊員だとは思えない。

「案内はできる。だが、反政府勢力である自由シリア軍の協力なしでは、現地に行ったところで調査などできない。我々は国連の監視団と違って潜入するんだ。それに、この街に限らず、国境に近い街にはシリアの秘密警察がいる。慎重にことを運ばねばならないのだ」

スタルクは引き下がることなく言い返した。

「そもそも連絡を貰ったのなら、指揮官である俺にすぐ報告しろ」

ベルサレオはスタルクのジャケットの襟を摑んだ。他の三人の兵士が困惑の表情を浮かべた。筋は通っているが、いちいち目くじらを立てているようでは困る。採用試験に通り、身体能力と射撃の腕のいいことは証明されたが、指揮官としては適合していないのかもしれない。

浩志は無言でベルサレオの右手を握り、軽く捻った。古武道の小手返しである。さすがに声は上げなかったが、ベルサレオは苦痛に顔を歪《ゆが》めて手を離した。

「貴様！　何のつもりだ」

「スタルクの護衛で雇われた。この男に害をなす者は俺は許さない」

浩志はベルサレオに厳しい視線を浴びせた。幾多の戦闘を経験し、屍《しかばね》を越えてきた男の瞳は地獄の闇を宿している。

「くっ！」

浩志の視線にたじろいだベルサレオは、舌打ちをして後ずさりした。

六

ガズィアンテプとは、第一次大戦後の祖国解放戦争（トルコ独立戦争）で、フランス軍と闘うアンテプという街に対して、トルコ大国民議会が戦士を意味する〝ガズィ〟の称号を贈ったことに由来《ゆらい》する。

ガズィアンテプの中心部に幅が百メートルほどあるグリーンのベルト状の公園が東西に一・五キロほど延びている。その東の先端にトルコの英雄アタテュルクと共和国を記念するモニュメントが置かれた広場がある。

祖国解放戦争では、指導者として活躍したオスマン・トルコ帝国将軍のムスタファ・ケマル・アタテュルクが、トルコ共和国の初代大統領に就いた。彼は建国の父としてトルコでは尊敬され、各地に彼の彫像《ちょうぞう》や記念碑がある。

浩志らはモニュメント広場から西に五百メートル、公園から百メートルほど南に位置する〝トゥジャン・ホテル〟にチェックインした。八階建ての格式がある古いホテルだが、清掃《せいそう》が行き届いて清潔感がある。部屋のトイレやバスは欧米にありがちな古くて水の出が悪いものだが、とりたてて問題はない。

チェックインしてからは、翌朝までは自由行動となった。街に不穏な空気が感じられないこともあったが、ベルサレオとスタルクが喧嘩《けんか》をしたために頭を冷やすべきだと、大尉であるデイニスが団長として全員に命じたのだ。

浩志とスタルクはシリア国内でもおかしくないように、あらかじめ用意されていた装備以外の必需品《ひつじゅひん》を市内の古着屋や雑貨店で購入し、潜入に備えた。その後市内見学をするというスタルクに付き合った後、ホテルのレストランで夕食を摂《と》り、自分の部屋に戻ってグロック17Cの手入れをした。ＭＰ５は車のシートの下に隠したままだが、ハンドガンは手放せない。

ドアがノックされた。

浩志はグロックにマガジンを押し込み、ドアに近付いた。

「ムッシュ・藤堂、スタルクです」

ドアの向こうからスタルクの囁《ささや》くような声が聞こえてきた。彼は右隣の部屋にチェックインした。左隣は、軍医のデイニス大尉の部屋で、斜め向かいには柊真が宿泊している。スタルクは仲間にも知られたくないようだ。

浩志はドアを開けて、スタルクを招き入れた。

「夜分遅くにすみません。座ってもいいですか？」

スタルクは浩志が返事をする前にベッドの近くに置いてある椅子に腰をかけた。部屋は十八畳ほどの広さがあり、キングサイズのベッドの他、小さな丸テーブルが一卓に椅子が二脚あった。

「何の用だ？」

浩志も腰をかけて尋ねた。

「実はレストランのトイレで会った男は、クロード・フーリエという名のトルコ在住のDGSEのエージェントでした。彼は自由シリア軍の幹部との連絡員として、この地に派遣されていたのですが、一時間前から連絡が取れません」

スタルクは眉尻を下げて言った。情報員という職業柄、感情を表現しているとは思えない。むしろ同情されるように演技していると見るべきだろう。

「それで？」

浩志はそっけなく尋ねた。

「心配なので、彼のアパートに行ってみようかと思っていますが、警護をお願いできますか？」

「明日じゃだめなのか？」

「彼が自由シリア軍のメンバーと接触しているので、計画に遅滞《ちたい》が生じます。警護の外人部隊とのトラブルを避ける上でも今夜中に所在を確認したいのです」

浩志は答えずにスタルクの瞳をじっとみた。

「お願いします」

スタルクは浩志の視線を外すことなく言った。

「いいだろう」

浩志はグロックをズボンの後ろに突っ込み、ジャケットを着た。

ホテルを出たところで、尾行に気が付いた。実に巧妙《こうみよう》でさりげないものだが、柊真であることは分かっている。浩志の動向が気になるのだろう。

ホテル前のアタテュルク通りを東に向かい、百メートルほど先の三叉路《さんさろ》を右折し、すぐその先の斜めに入る小道を道なりに右に入った。大通りに近いが街灯はなく、建物の窓から漏れる明かりが頼りだ。

ガズィアンテプは、アダナほど気温は高くないが、五月初旬とはいえ日中三十度まで上がった。夜になり十八度まで下がり、かなり過ごしやすくなっている。

突然立ち止まったスタルクが、首を捻った。

「五十メートル先の左手にある建物の三〇六号室にフーリエが住んでいますが、前に車が停まっているのが気になります。ひょっとするとシリアの秘密警察かもしれません。自由シリア軍と接触していることを嗅《か》ぎ付けられた可能性があります」

ライトを消した紺《こん》色の小型ＳＵＶの運転席から、紫煙《しえん》が立ち上る。窓を開けて運転手が煙草《たばこ》を吸っているのだろう。車をよく見ると、ロシア製のラーダ・ニーヴァだ。ヨーロッパでは、排ガス規制に適合しないために一九九七年から発売されていない。シリアでは未だに輸入され、販売されている。

浩志は右手を上げて軽く回した後、拳を握り締めた。するとハンドシグナルに気が付いた柊真が足音も立てないで背後の闇から抜け出してきた。

「気付かれていたんですか？」

柊真は頭を掻《か》きながら近付いてきた。

「スタルクを見ていてくれ。俺はあの車を調べて来る」

柊真に任せれば、安心だ。浩志はポケットから街で買った煙草の箱を出した。この国の喫煙《きつえん》率は男女とも高い。室内での禁煙はあっても外では自由、というより無法地帯といってても過言ではない。もちろん浩志は喫煙者ではないが、街の風景に馴染《なじ》むように煙草を買ったのだ。

「すまないが、煙草の火を貸してくれないか？」

浩志はラーダ・ニーヴァの運転席の男にアラビア語で言った。眉毛が繋がった濃い顔立ちをしている。スーツを着ているが、ビジネスマンには見えない。

アラビア語を理解できたらしく、男は無言でライターの火を差し出してきた。トルコ人でないことは確かなようだ。箱から煙草を出し、火を点ける振りをして車内を覗《のぞ》き込んだ。小型の無線機がダッシュボードの上に置いてある。

「気持ちのいい夜だ。女でも待っているのか？」

車に寄りかかり、煙を吐き出しながら尋ねた。

「どうでもいいだろう。あっちへ行け」

男は面倒臭そうにアラビア語で答えた。一言でアラビア語と言っても方言や訛《なまり》があり、国によって言葉遣いや発音が異なる。男は鼻から息が抜けるようなシリア人特有の発音をした。

「シリアの秘密警察が何をしているんだ？」

「何！」

男は両眼を見開いて浩志を見た。すかさず浩志はグロックを抜いて、男のこめかみに当てていた。

「黙って車から下りろ。声を上げれば、殺す」

「撃つな」

男は両手を上げて、車から下りてきた。浩志は男の背中を押して、そのまま建物の壁に押し付けた。

「仲間はどこだ？」

「私、一人だ」

浩志は男のレバーを殴《なぐ》り、左手でタクティカルナイフを抜いて男の首筋に当てた。

「シリア人の死体が転がっていても、ここじゃ誰も騒がない。仲間に義理立てして死ぬっもりか？」

ナイフの先を突き立てた。

「助けてくれ。三〇四号室にいる」

「確認して嘘と分かれば、殺す」

グロックのスライダーを引いて初弾を込めた。

「まっ、間違えた。三〇六号室だ」

スライダーが引かれる音を聞いた男は、慌てて訂正した。

「人数は？」

「二人だ。本当だ。助けてくれ」

必死に叫ぶ男の後頭部を殴りつけて道端の暗闇に転がした。

浩志は合図を送って柊真らを呼び寄せた。

「二人の秘密警察が、部屋にいるらしい。踏み込むぞ」

三人はアパートの階段を駆け上がり、三〇六号室のドアの両脇に並んだ。

ハンドシグナルでスタルクに部屋の外で待機するように命じ、柊真にドアを開けさせると、銃を構えて突入した。

「動くな！」

浩志は部屋の中央に立っていた男に銃を向けて叫んだ。柊真は右側の男の頭にグロックを突きつけている。

二人のスーツ姿の男たちは、驚いて両手を上げた。彼らの背後で男が椅子に縛《しば》り付けられている。口から血を流し、両目が腫《は》れ上がっていた。床にも顔を血だらけにして倒れている男がいる。二人とも拷問を受けて気絶しているようだ。

無言で近付いた浩志は手を上げた男の鳩尾を蹴り上げ、前に崩れた男の後頭部に肘打ちを入れて昏倒《こんとう》させた。

振り返ると、柊真の足下にもう一人の男が口から泡を吹いて倒れていた。躊躇《ちゅうちょ》なく倒したようだ。浩志が頷くと、柊真はにやりと笑ってみせた。頼もしい男になったものだ。

「なんてことだ」

外で様子を窺っていたスタルクが、部屋に入ってきた。

浩志と柊真は倒した男たちから、武器と無線機を奪った。

「フーリエは生きています。すぐに出ましょう」

椅子に縛られている仲間の縄を解きながらスタルクは言った。柊真が床に倒れている男の首筋に指を当てて首を横に振った。

「行くぞ」

浩志が促すと、柊真がフーリエを軽々と担《かつ》いでみせた。

国境の街キリス

一

トルコ中南部にシリアと接するキリス県があり、国境からわずか四キロ北に県都であるキリスの街はある。

数年前までは人口が十万人ほどの辺境の田舎《いなか》であった。だが、今では戦禍《せんか》を逃れたシリア難民が街中に溢れ、市の中央にある公園には難民キャンプができている。二〇一三年七月で難民は、キリス県全体の三分の一の人口にあたる四万五千人まで膨れ上がった。

国連の報告では、二〇一三年六月においてシリア難民の数は、国別でトップがレバノンの五十六万四千三十九人、二位がヨルダンで四十九万一千七百八十人、三位がトルコで三十九万二千四百八十一人であった。その他にもイラク、エジプト、北アフリカ諸国などを併せると、百七十万六千五百八十四人ものシリア人が避難生活を送っている。

昨夜シリアの秘密警察に拷問を受けていたフランスの対外治安総局（ＤＧＳＥ）の情報員であるクロード・フーリエを救い出した浩志らは、早朝にガズィアンテプを出発し、六十キロ南にあるキリスに移動していた。

フーリエは自室でガイド役となる自由シリア軍（ＦＳＡ）のメンバーと密会していたところを、シリアの公安警察に捕まった。彼らは自由シリア軍のトルコにおける本部の所在地を吐くように尋問《じんもん》されたようだ。先に拷問を受けたシリア人は口を割らず殴り殺された。

次に拷問されたフーリエは、嘘の情報を教えたことで逆上した男らにさんざん殴られたらしい。浩志らの救出が一歩遅ければ、彼も危《あや》うかっただろう。顔面にダメージは受けていたが一夜明けて体力も回復し、任務に支障はないと判断したスタルクがキリスまで連れてきた。浩志らが手荒く扱った公安警察に報復される可能性もあるので、一緒にいる方が安全ということもあった。

市内の中心にある五階建てのホテルは海外から来たジャーナリストで満室の状態だったが、フーリエが一週間前から予約していたために一室だけ確保できた。今や難民の街と化したキリスは、一方でシリア潜入を試みる世界中のジャーナリストの最前線基地でもあったのだ。

シリアへのガイド役となる自由シリア軍の男が殺されたために、かわりの人間を難民キャンプで探すべくキリスにやってきた。この街には自由シリア軍のメンバーが難民に紛《まぎ》れてやってきては、弾薬や食料を調達してシリアに戻って行く。そのため、帰りのメンバーに接触できれば、彼らの司令部へ行ける可能性もあった。

柊真は公園を見下ろすホテルの窓の隙間から途方に暮れている難民を見つめている。部屋には浩志とスタルク、それにベッドで休んでいるフーリエだけだ。

潜入部隊は八人の小隊に過ぎないが、フーリエも加わったために目立たないようにチームを五対四で二分割し、新人の柊真は浩志らと一緒に行動するように命じられた。あぶれた彼は、外の風景をあきもせずに見ている。もっとも、軍人らしくカーテンを閉めて狙撃されないように注意しながら、自主的に見張りも兼ねているのだ。

ガズィアンテプのホテルでは食事を摂る暇もなかったので、ベルサレオ曹長らはホテルの近くのレストランでデイニス大尉とオブラック中尉の護衛をしながら遅めの朝食を食べている。シリアとの国境の街に来たために、さすがにベルサレオも隊長としての自覚を持ったらしい。朝食が終われば、自由シリア軍のメンバーを探しに行くことになっていた。

「レストランではお金を出せば食事ができるのに、あの人たちは満足な食料の配給もないのでしょうね」

独《ひと》り言《ごと》のように柊真はフランス語で呟《つぶや》いた。スタルクやフーリエがいることもあるが、習慣的にフランス語が口をついて出て来るのだろう。外人部隊の生活が身に付いている証拠だ。

「一言で難民と言っても、着の身着のままという者もいれば、迫害を怖れて避難してきた裕福な者もいる。難民キャンプに身を寄せるシリア人は、トルコに身寄りがない者がほとんどだ。それに難民同士で助け合えるほど、彼らにゆとりはない」

窓際にあった椅子を壁の後ろまでずらして座っている浩志は、ガズィアンテプで買った英字新聞を読みながら答えた。

トルコには十県二十カ所に難民キャンプがあり、およそ二十万人のシリア難民が収容されている。一方でそれらの地域では、内乱が長期化することを見越して難民用のアパート建設ラッシュに沸いていた。難民と言っても浩志が言うようにお金を持っている者もいるからだ。また、難民に対して露天商などで商売をする難民もおり、小規模ながらシリアとの市場経済が成り立ちはじめている。

「今回の調査で、もしシリア政府が化学兵器を使用している証拠が見つかれば、欧米諸国は攻撃を開始するでしょうか？」

浩志が答えたので、柊真は振り返って尋ねてきた。

「積極的なのは、米国とフランスだけだ。イラク戦争でヨーロッパ諸国はまんまとブッシュに騙《だま》されて参戦し、苦い思いをしている。大統領がオバマに替わったからと言って、フランス以外の国が加担することはないだろう。それにシリアに既得権を持つロシアや中国が反対している。攻撃は今のところ、五分五分だろうな。もっとも彼らはアサドを追い出し、油田の権益を欲しがっている。化学兵器なんて所詮《しょせん》どうでもいいのだ。国連で反対しても米仏だけでも攻撃するかもな」

浩志は新聞から目を離さずに言った。

「ムッシュ・藤堂。米仏が油田欲しさに戦争するというのは、あまりにも偏《かたよ》った意見じゃないですか。米国はともかく少なくともフランスは違う。我々情報員は、シリアの国民を政府の迫害から救うために働いていると思っています」

ベッド脇の椅子に座って煙草を吸いながら会話を聞いていたスタルクは苦言を呈した。

「あくまでも政治家の考えを言ったまでだ。俺も二十年前はフランスに忠誠を誓わされて、外人部隊で働いていた。政府が何を考えて軍に命令を出すのかも考えずにな。だが、目の前の敵を倒すだけなら、米国のように無人機で爆撃すればいい」

末端で働く者は政府のプロパガンダで行動する。だが、実際は汚い政治家の手先に成り下がっているのだ。

「だが、個々の兵士が勝手に行動したら、軍としては成り立たなくなります」

スタルクは、鼻から煙を吐き出して首を振った。

「軍人は確かに命令に従って行動する。だが、何が正義かを考えなければならない時がある。大統領から核兵器の発射ボタンを理由もなく押すように命じられたら、押すのか？

上官から子供に向かって銃撃しろと命じられたら、トリガーを引くのか？」

「それは……」

浩志の質問にスタルクは、窮《きゅう》して口を閉ざした。

「これまで世界の至る所で虐殺《ぎゃくさつ》は、繰り返し行われてきた。すべては自分の頭で考えることもできない兵士が、利権や憎しみに駆られた指導者や上官の命令で無慈悲《むじひ》に行動した結果だ。一人ひとりの兵士が正常に考えることができれば、悲劇は起こらなかった」

「あなたの言うことは正論だ。それなら、どうして今回、私の依頼を受けたのですか？」

スタルクは訝《いぶか》しげな表情で尋ねた。

「これまで幾多の紛争地に身を投じてきた。現地に入れば、真実が見えて来る。今回のシリアの紛争は、海外では様々な論点で語られている。確かにアサドの専横《せんおう》は大きな原因の一つだろう。だが、果たしてそれだけなのか、俺は真実を知りたい」

浩志はどの組織だろうと、国際的な批判を浴びる化学兵器を使用すること自体に疑問を持っていた。誰が何のために化学兵器を使用しているのか知ることが紛争を停止させる糸口になるとさえ、今では思っている。

「なるほど、化学兵器ではなく真実を調査するのですか。我々諜報員も、戦争の材料を得るよりも、戦争を食い止める確かな情報を得ることが大事だと思っています。あなたを雇って改めて正解だと納得しました」

スタルクの言葉にフーリエも頷いている。辺境の地で働いているだけにそれなりにポリシーは持っているのだろう。

「我々の作戦は有意義なんですね」

二人の会話をじっと聞いていた柊真が胸を撫で下ろした。

ドアが解錠され、ベルサレオらが戻ってきた。

「飯はうまかったか？」

浩志はベルサレオに、少しでもチームにまとまりができればと声を掛けた。

「ああ、薄っぺらいパンとチーズにヨーグルト。それに豆だった。まずくて食えたものじゃない。それに客は胡散《うさん》臭いアラブ人ばかりだ。やつらはテロリストに間違いない」

ベルサレオは苦々しい表情で言った。コミュニケーションを取ろうとしたが、皮肉に聞こえたようだ。

「ホテルのレストランに行かなかったのか？」

客がアラブ人しかいなかったのだろう。地元のアラブ系の店に入ったようだ。

「行かなかったんじゃない。行けなかったんだ。ホテルのレストランはジャーナリストで満席だった。おまえたちもオリーブオイルがかけられた妙なヨーグルトを出す店に行くんだな。ホテルから南に五十メートル先だ。お勧《すす》めするよ」

ベルサレオがヨーグルトだと思っているのは、レモンの酸味が利いたホンモスというひよこ豆を潰して作られる食べ物に違いない。潜入するというのなら言語だけでなくその地域の細かな情報が必要だ。だが、彼は努力した様子が微塵《みじん》も感じられない。

「そうするか」

浩志は苦笑いを浮かべて答えると部屋を出た。

二

午前八時四十分、ホテルを出た浩志らは、目抜き通りの五十メートルほど先にある〝アル・カンターラ〟というレストランに入った。

キリスの五月の最高気温は四十度近くまで上がるが、最低気温は五度前後と寒暖差が激しい。この日の気温も六度と底冷えがした。

ホテルのレストランはベルサレオの言う通り、ジャーナリストらしき客で埋《う》め尽《つ》くされていた。欧米人を中心に様々な人種がカメラや小型のノート型パソコンを持ち、まるで国際会議のプレスルームのようになっていたのだ。そのため、ベルサレオが皮肉を込めて勧めた店にした。四人掛けのテーブル席が八卓あり、半分以上がアラブ系の男たちで占められている。なかなか繁盛していた。

店内には独特の節回しをするアラビア語の歌がＢＧＭとして流れ、メニューもアラビア語とトルコ語で表記されている。

「ほお、ヨルダン料理とシリア料理が食べられるのか。それにＢＧＭもハイファ・ワハビ、こんな田舎町で聞けるとはね」

メニューを見ながらスタルクがアラビア語でにこりとした。ハイファ・ワハビは、アラブのセックスシンボルと言われるヨルダンの美人歌手である。

「私はナンシー・アジュラムのほうが、かわいらしくて好きですね」

スタルクの隣に座ったフーリエが、腫れた唇の片側を曲げて笑い、アラビア語で言った。まだうまく顔の筋肉を動かせないようだ。もっとも声を聞いたのも、笑ったのも初めて見た。この先、アラビア語が主流になるため彼らはすでに言語の切り替えをしたようだ。周囲の客の雑談もすべてアラビア語、ここがトルコだとはとても思えない。

「フーリエはヨルダン出身です。ワハビもアジュラムもヨルダンのトップスターなんですよ。彼の機嫌もよくなるはずです。もっとも彼と違って世代が違う私は、ファイルーズのファンですが」

スタルクが浩志の視線の先を読んで説明した。ファイルーズは、日本で言えば美空《みそら》ひばりのような存在だ。二人とも名前はいかにもフランス人っぽいが、情報員としての偽名なのかもしれない。

「それにマニューシュが食べられれば、元気がでますよ」

フーリエは嬉しそうに言った。

マニューシュとはスパイスが利いたヨルダン風ピザである。結局彼の勧めでチーズを添えたマニューシュと煮豆、サラダにホンモス、それにコーヒーを頼んだ。ヨルダンでは標準的な朝食らしい。豆が中心のいたって健康的な組み合せだ。

「朝食としてはホンモスもいけますね」

柊真も多少発音が悪いが、アラビア語を使って溶け込もうと努力している。

浩志はもともと無精《ぶしょう》髭を生やしていたが、柊真も選抜試験があってから髭は剃《そ》っていない。かなり伸びているので、シリアの街でも目立たないだろう。そういう意味では、足止めを食らっているからといって焦る必要はないのだ。軍事作戦は電光石火のように動く時もあるが、機が熟さなければじっとしていることだ。

「おい、あんた。酷《ひど》い顔をしているな、秘密警察にでも拷問されたのか?」

隣の席に座っていた男が、腫れ上がったフーリエの顔を覗き込んで冗談《じょうだん》を言った。同席している顎髭を蓄《たくわ》えたアラブ系の四人の男たちが低い声で笑った。目付きが鋭い男たちで、質問してきた男の左頬には大きな傷跡があった。

浩志らはグレーや紺の地味なウインドブレーカーやジャケットに、ジーパンや綿のパンツを着ている。決して金を持っているようには見えないし、難民と比べても目立つような服装ではない。だが、フーリエの顔の怪我はいささか場違いなことは確かだ。それに男の冗談は、冗談になっていなかった。

「まさか、自動車事故だ」

フーリエは男の目を見ないように答えた。

「おまえたちは自由シリア軍だろう。海外からの義勇兵が参加していると聞く」

男は浩志と柊真をちらりと見て言った。スタルクやフーリエはともかく、浩志や柊真の体格はいい。一般人でないと言われても仕方がない。自由シリア軍はシリア人による民兵組織と一般では解釈されがちだが、海外からの義勇兵も多数存在している。

「俺たちは日本人のジャーナリストだ。義勇兵に日本人がいるなんて聞いたことがない。妙な言いがかりだ」

浩志は肩を竦めて笑った。

「確かにそうだ。日本人を見るのははじめてだ」

男が浩志の真似《まね》をして肩を竦めると、同席している男たちが今度はげらげらと下品に笑った。

食事を終え、ホテルに戻ろうとすると、先ほどの四人の男たちも勘定《かんじょう》をすませて店を出てきた。

「柊真、フーリエから離れるな」

「了解しました」

返事をした柊真は、さりげなくフーリエを庇《かば》うように彼のすぐ後ろに付いた。

宿泊しているホテルの前を通り過ぎ、目抜き通りから路地に曲がり、難民で溢れる中央公園に入った。

戦禍を逃れて頼るところがないとはいえ、シリアで普通の暮らしをしていたことは、彼らの服装を見れば分かる。くたびれたスーツを着ている者もいれば、スポーツウエア姿の者も大勢いた。

信仰心《しんこうしん》が強いのだろう、全身真っ黒なコートのようなアバヤや目元だけ出すかぶり物であるニカーブをしている女はいる。だが、民族衣装の白いカンドーラを着ている男はほとんどいない。その代わりにスカーフに輪っか状のイカールを被る男はちらほらと見かける。砂漠の砂塵《さじん》というより、強い日差しを避けるにはキャップ帽よりも、頭全体を覆うスカーフの方が実用的だからだろう。

さりげなく振り返ってみると、男たちはまだ付いて来る。

「あいつらは何者だ?」

たむろする難民をかき分けながら、浩志はスタルクに尋ねた。

「分かりません。風体から秘密警察ではないと思いますが、国境の街だけに彼らに雇われた犬なのかもしれません」

強《こわ》ばった表情でスタルクは答えた。

「自由シリア軍のメンバーをどこで見つけるつもりだ」

「この街の市場です。定期的に彼らは食料を調達しに来ます。フーリエの話だと、市場では食料と一緒に武器や弾薬も密売しているそうです」

　スタルクは周囲に聞かれないようにフランス語で答えた。

「尾行者を連れて市場には行けない。まくことができなければ、始末する必要があるかもしれないぞ」

　浩志は平然と言い放った。

「ここは、まだ同盟国トルコです。問題を起こしたくはありませんが」

　スタルクはいつものように眉尻を下げて戸惑いの表情をみせた。

「街を見ろ、半分はシリア人で、残りは得体の知れないアラブ人とジャーナリストだ。住民を見つける方が難しい。もはやここはトルコじゃない」

　鼻で笑った浩志は、さりげなく大きなテントに入った。家族用ではないらしく、男ばかりだ。地面に毛布を敷いて寝ている者もいれば、膝を抱えて座っている者もいる。戦闘の巻き添えになったのか、血の滲《にじ》んだ包帯を巻いた者も何人かいた。

　浩志はテントの片隅に座る男にお金を渡し、白と黒、別の男からは赤と白の格子《こうし》模様のスカーフと上着を譲ってもらった。地域性はあるが、スカーフの柄はどちらもシリアではよく見かけるものだ。

「これを身につけろ」

浩志は柊真に白と赤のスカーフとくたびれた紺色のジャケットを渡し、別のスカーフをバンダナのように端をまとめて後ろで結んで被った。シリア人でもイカールを使わずにキャップ帽のように被る者はよく見かける。

「ありがとうございます」

柊真も浩志の真似をして被った。

「二人とも似合っている。サングラスをかければ、シリア人と区別がつきませんよ」

スタルクは手を叩いて喜んだ。

「出るぞ」

浩志は入口と反対側のテントの杭を引き抜くと、柊真にフーリエを預けてスタルクとともに外に出た。

テントを出た四人は二組に分かれ、難民の雑踏《ざっとう》に紛れた。レストランから尾行して来た男たちが、浩志らの姿を見失ったことは言うまでもない。

三

午前九時二十分、気温は十五度近くまで上がり、過ごしやすくなった。尾行をまいた浩志らはホテルに戻ることなく、市場に向かっていた。

自由シリア軍と連絡を取り、ガイドを調達するのは調査隊ではなく、スタルクらDGSEの仕事だと役割分担されているからだ。科学者と軍医、彼らを警護するベルサレオ曹長らは今頃ホテルでのんびりとしているはずだ。だが柊真は浩志らに付けられた。サポートの役割もあったのだが、新人だけに休みなく働かせられているのだろう。

中央公園から二百メートルほど北にキリスの青空市場はあった。広場に様々な物品を売る屋台が集まっているが、田舎町らしく大規模なものではない。さしずめミニマーケットといったところか。

フーリエは屋台の狭い通路を縫《ぬ》って、奥へと進む。彼はこの地域でフランス人ではなくシリア人ナフーム・バルフームとして半年近く暮らし、シリア難民や自由シリア軍から情報を得ているらしい。

「どうした、その顔は。かみさんと喧嘩でもしたのか？」

野菜を売っている太った男がアラビア語で話しかけてきた。彼を護衛している柊真は隣の果物屋を覗き込んで他人の振りをしている。浩志らは二人から三メートルほど離れて別の屋台を物色しながら、見守っていた。

「酔っ払いと喧嘩になって殴られたんだ。酷いものさ」

レストランでは自動車事故と言って怪しまれたために嘘も変えたようだ。

トルコは世俗主義で政教分離を建前としている。飲酒に対しても寛容《かんよう》であるため、イスラム教徒であっても酒はたしなむ。

「だからいつも言っているだろ。トルコ人は酒を飲むから気をつけろって。俺も好きだがな。これでも食って元気だしな」

男は紙袋にトマトを数個入れるとフーリエに渡した。

「いつもすまないな」

フーリエは笑顔を作って礼を言うと、また市場の奥へと歩き出した。

広場の端に石造りの倉庫がいくつかあり、その前に台車の上に火のついたコンロと大きな鍋が載せられた屋台があった。鍋からは湯気が立ち上っている。トルコではよく見かけるトウモロコシ屋である。

「売れているかい、イスマエル?」

フーリエは鍋の番をしている四十前後の色の黒い男に尋ねた。口髭を生やしてベレー帽を被っている。ぱっと見は人の良さそうなどこにでもいるトルコ人に見えるが、目元がずる賢い狐《きつね》を思わせた。

「久しぶりに今日は客から連絡があったんだ。三箱欲しいそうだ」

イスマエルはにやりと笑って、ウインクして見せた。この店の本業は、しがないトウモロコシ売りではなさそうだ。もっともシリアの秘密警察を欺《あざむ》くにはいい隠れ蓑《みの》と言える。

「三箱か、それはすごいな。今日は仲間を連れて来たんだ。客に会わせてくれ」

フーリエは大袈裟に驚いてみせた。

「どうするんだ?」

イスマエルの目付きが鋭くなり、柊真や浩志らの方を見た。フーリエが一人でないことに気が付いたようだ。

「シリアに行くんだ。客に案内してもらおうと思っている。とりあえず前金だ。残りはいつものように明日払いに来る」

フーリエはポケットから二つ折りにした札束を男に渡した。

「分かった。ちょうどいい時に来たかもしれないな。今日の客はあんたも知っているアフマドだ。倉庫の鍵は開けてある。中で待っていてくれ」

笑顔になったイスマエルは数えもしないで金をポケットに仕舞うと、茹《ゆ》で立てのトウモロコシをフーリエに渡した。こうした取引はこれまで何度も行われているようだ。

「アフマド?　アフマド・サバークのことか。ありがとう」

フーリエは振り返って頷いてみせると、一番左にある石組みの倉庫の脇にある鉄製のドアを開けて中に足を踏み入れた。日が射さない分、外よりも冷え込んでいる。

煤《すす》けた壁は健在だが、木材で葺《ふ》かれた屋根は傷《いた》んで大きな穴が開いていた。穴がない場所に木箱が無造作にいくつも積み上げられている。武器が入っているに違いない。

倉庫の正面は大きな木製の扉になっており、その他に出入口は入って来た鉄製のドアだけだ。

「退路の確認だ。右側の壁を上って屋根との隙間から外に出られるか調べてくれ」

浩志は脱出路を調べるべく柊真に命じた。

「了解しました」

右手を一瞬上げそうになった柊真は、苦笑を浮かべながら行動に移った。命令されれば敬礼してしまうのは軍人としての性《さが》だ。

浩志も左側の壁によじ上り、屋根との隙間を調べた。だが、しっかりと補強され、人が出入りできるような隙間はなかった。屋根の修理は怠《おこた》っているが、泥棒《どろぼう》対策はされているようだ。だが、出入口に鍵をかけられたら脱出するのに時間がかかる。

浩志はいくつかの木箱の蓋《ふた》を開けた。中身はアサルトライフルのＡＫ47にＡＫ74、それに携帯対戦車ロケット弾発射器ＲＰＧ7、どちらもソ連製の旧式火器だ。

47と74では、使用する弾丸の口径が違う。47の方が世代は古いが、闇の流通量が多いため未だに現役として使われている。持っている銃が47なら、予備弾丸も7・62ミリ弾になる。銃が故障しても、買い手はあえて47を求めるに違いない。

「インシルリク米空軍基地で、米英仏から武器を供与された反体制派の軍事訓練が行われていると聞いたことがある。自由シリア軍には欧米の武器があるんじゃないのか?」

浩志はスタルクに尋ねた。

「米軍基地で訓練を受けている者はごくわずかです。ばれたら国際問題になりますから。現在国連で幅を利かせているのは、アンチ米国の中国とロシアです。どちらも常任理事国ですが、自国の利権を守るために拒否権をちらつかせます。そのため、欧米諸国は表立って武器援助はできません。この市場に集まる武器は中東に流通しているソ連製の武器をかき集めた物ばかりです」

スタルクは渋い表情で答えた。

自国の武器を援助して見つかれば、中露から糾弾《きゅうだん》される。そこでシリア軍が使っている旧式の武器と同じ物を欧米諸国は仕方なく供給しているようだ。

「欧米の武器援助はたかが知れているだろうな。隣国であるトルコはどう対処している？」

浩志はＲＰＧ７を木箱から取り出しながら尋ねた。

「トルコは難民救済で手一杯です。今のところ武器援助は行わず、流通に対して黙認する姿勢に留まっているようです」

欧米の援助という浩志の言葉をスタルクは否定しなかった。トルコ経由の闇ルートで支給されているのだろう。

「現実的には自由シリア軍はシリア政府軍から武器を奪って調達しています。しかし、対空砲やミサイルなど重火器が手に入らないため、いつまでたっても劣勢《れっせい》を挽回《ばんかい》できないのが現状です。理由は反体制派についているアルカイダ系のテロリストに武器が渡ることを怖れて援助に神経を尖《とが》らせているためです。外国からの本格的な武器援助は、サウジアラビアとカタールだけでしょう」

スタルクの説明にフーリエが補足した。

「なるほどな」

頷きながら浩志はRPG7に砲弾を装塡し、木箱の裏に立てかけた。

「何を考えているんです」

スタルクが目を白黒させて尋ねてきた。

「いつでもここから出られるようにするんだ。武器商人を信用するほど、俺はめでたくない」

閉じ込められたら、壁や大扉を破壊して脱出すれば、退路は確保できる。

一時間ほど待っていると、倉庫の外で車が停まる音がした。大扉の隙間から覗いてみると、旧式のダットサントラックが二台停められている。車からシリア人らしき男が四名下りて来た。ジーパンにジャケットやウインドブレーカーと気軽な格好をしている。三十前後のサングラスをかけた男がトウモロコシ屋の男と話しはじめた。

「あの中にアフマドは、いるか?」

浩志はフーリエに尋ねた。

「今、トウモロコシ売りのイスマエルと話しているのが、アフマドです」

フーリエも大扉の隙間から外を見ながら答えた。

「信用できるのか？」

「まだ、二度会っただけなので詳しい情報は分かりませんが、彼は元シリア政府軍の陸軍大尉だったそうで、脱走して自由シリア軍で勇敢《ゆうかん》に闘っていると聞きます。信用しても大丈夫でしょう。私は彼らに顔が利きますので、話ははやいはずです」

フーリエは自信ありげに答えた。

彼はシリア人の篤志家《とくしか》として、自由シリア軍がキリスの市場で武器を購入する際に代金の半額を寄付という形で支払っていたらしい。先ほどイスマエルに払った金は、武器の前金だったようだ。結局、フランスは武器を援助しているということだ。

浩志は念のためにスタルクに木箱の後ろに隠れるように合図を送り、柊真にＲＰＧ７を持たせてスタルクの傍で待機を命じた。

四

反政府勢力側のシリア人は、「アサド大統領はイスラム教徒ではない。自分たちは断食《だんじき》も祈りもする普通の市民だ」と言う。一般市民が大統領を認めない要因の一つは宗教問題もあるのだ。

大統領をはじめとしたシリア支配層の多くは、イスラム教少数派であるアラウィー派である。輪廻転生《りんねてんしょう》を認めるなど、他の教派にはないアラウィー派独特の教義は、一部では異端とまで言われている。一方国民の七割が多数派のスンニ派で、残りがキリスト教も含むマイノリティーであり、国民の多くは長年支配層であるアラウィー派に虐《しいた》げられてきたというイメージが強い。

周辺諸国でもサウジアラビアとカタール、それにトルコが反体制派を支援するのは、彼らもスンニ派であるためで、シーア派のイランがシリア政府と同盟を結んで応援するのは、アラウィー派がシーア派の分派だからである。

こうした事情が、シリアの内戦が宗教戦争と言われる所以《ゆえん》である。アルカイダ系のテロリストが反政府側に立つのは彼らがスンニ派であり、シリア国内のキリスト教徒に攻撃を加えるのも同じく宗教上の理由からである。だが、アサド大統領自身は、アラウィー派の家系で生まれたというだけで、皮肉な話だが父親同様世俗主義者で宗教上は無神論者に近いというのが実情のようだ。

トウモロコシ売りのイスマエルと話を終えた自由シリア軍兵士のアフマドは、大扉の隙間から窺う浩志に気が付いたのか、ちらりと視線を向けて出入口に向かった。

浩志はズボンの背後に隠しているグロックをいつでも抜けるように位置を直し、フーリエと出入口から数メートル離れた場所に立って客人を待った。

アフマドは二人の仲間とイスマエルを伴って倉庫に入って来た。

「元気だったか、アフマド」

フーリエは傷ついた顔に笑顔を浮かべた。

「いったい、どうしたんだ。その顔は？」

アフマドはフーリエの顔を見て困惑の表情を見せた。

「ガズィアンテプでナディームといるところを秘密警察に襲われたのだ。私たちは拷問にかけられ、ナディームは殺された。私は危ういところを彼に助けてもらったのだ」

フーリエは振り返って浩志を指差した。

「ナディームが……。他の者は大丈夫なのか？」

首を振ったアフマドは、拳を握りしめた。

「私とナディームは、何も話していない。私は助け出された直後に他のメンバーに逃げるように連絡はしておいた。誰も捕まっていないはずだ」

ガズィアンテプの自由シリア軍の本部は、一瞬にして消えたようだ。早朝に浩志とスタルクが市内の本部があったビルに行ってみたが、もぬけの殻《から》だった。

「ナディームの死は悲しいが、他の仲間が無事と聞いてほっとした。それじゃ、彼と隠れている君の仲間も紹介してもらうか」

アフマドは木箱の陰にいる柊真らの存在に気が付いていたようだ。

浩志は右手を上げ、柊真に合図を送った。

柊真はRPG7を左の脇に抱えて右手をだらりと下げて出てきた。いつでもジャケットの下に隠してあるグロックを抜けるようにしているのだ。

「RPG7！　勝手に商品に触るな！」

柊真を見たイスマエルが眉間《みけん》に皺《しわ》を寄せて怒鳴《どな》った。

「フーリエは商品の前金も払っている。俺たちにチェックする権利はある」

浩志は武器が詰められている箱を開けて、中からAK47を一丁出すと、イスマエルの足下に投げた。

「何をする！」

イスマエルは真っ赤な顔になって叫んだ。

「それはノリンコ製（中国北方工業公司）の米国向けの粗悪品だ。十発も撃てば銃身の放射熱で照準は合わなくなる。連射すれば、政府軍の銃弾に倒れる前に暴発して死ぬだろう。買う馬鹿はいない」

AK47のコピーである56式自動歩槍の米国向けに作られた銃は、素材が悪い上にフルオートト機能を追加したために、連射すると火を噴くという札付きの粗悪品である。外見はよく似ているが、照準の形や銃底の素材が違う。浩志は最初に木箱を覗いた際に、異質な銃が混じっていることにいち早く気が付いていた。

「こいつが暴発した話を以前聞いたことがある」

アフマドは56式自動歩槍を拾い上げて溜息混じりに言った。

「私は銃を仕入れて安く売るだけだ。品定めは買い手が行うことになっている。私に責任はない」

イスマエルは両手と首を同時に横に振った。武器商人は誰でも同じことを言う。

「言われてみれば、粗悪品を買うのは買い手の問題だな」

アフマドは笑って56式自動歩槍を倉庫の片隅に投げ捨てた。イスマエルの顔を立てたのだろう。

傭兵代理店を通して紛争地に行った場合でも、武器を自分で購入しなければならない時もある。紛争地周辺では必ずといっていいほど武器商人が商売をしているが、大抵は中古品で、中には戦地で拾い集めた銃も混じっている。傭兵は自分の身を守るために武器を見定める確かな知識が求められるのだ。

「私はアフマド・サバークだ」

アフマドはサングラスを取って右手を差し出して来た。黒々とした顎髭を蓄え、いかにもアラブの兵士という感じがする。

「浩志・藤堂だ」

浩志もサングラスを外して握手に応えた。アフマドは幾度となく戦闘を経験した硬く節くれ立った手をしていた。それでも無数の屍を見て来たはずの瞳は、光を持っている。軍人として闘うことを誇りとし、確かな意志を持っているということだ。

「名前からすると日本人だが、親子で傭兵をしているのか？」

アフマドが柊真を見て言った。

「知り合いの息子だ。若いが、りっぱな兵士だ」

苦笑しながら浩志は答えた。柊真の亡き父親である明石紀之《のりゆき》は、浩志と年齢ばかりか背格好も似ていた。それゆえ間違って殺されたのだが、他人から見れば親子と勘違いされても仕方がない。

「詳しく計画を説明してくれ」

「俺は、そこにいる男の護衛だ。詳しい話は彼から聞いてくれ」

浩志はスタルクを指してあえて名前を言わなかった。フーリエのように作戦上のアラブ名があると思ったからだ。

「私は、タージム・アル・フサイン、シリア人です。十六年前にフランスに亡命し、長年医療機関に勤めていました。今回、シリア政府による化学兵器の使用が事実かどうか確認する調査隊を密《ひそ》かに派遣することになり、フランス政府の依頼を受けて通訳として同行することになりました」

スタルクはそれらしい話をした。作り話とはいえ、よくできている。

「なるほど、それで腕利きの傭兵を雇ったというわけか」

アフマドは浩志をちらりと見て頷いた。

「チームはフランス軍に所属する科学者と軍医、それに彼らを護衛する四名の外人部隊の兵士です。彼もその一人で、明・影山といいます」

スタルクは振り返って紹介すると、柊真は敬礼で応えた。

「分かった。私が責任を持って案内しよう」

アフマドは胸を叩いて答えた。

五

自由シリア軍の二台のダットサントラックに続き、浩志らの乗ったランドクルーザー二台が砂塵を巻き上げながら真夜中の乾燥地帯を疾走《しっそう》している。

シリアの秘密警察の目があるため闇に紛れて市場に集合した。フーリエとはホテルで別れた。明朝、彼は武器の残金をトウモロコシ屋のイスマエルに支払った後、しばらくトルコのアダナで怪我の治療《ちりょう》がてら休養するそうだ。ガズィアンテプで浩志と柊真に叩きのめされた秘密警察官らは必死に捜しているだろう。それを考えれば最善策と言えよう。

市場を出発した一行は、数分でトルコ側の国境検問所に到着した。浩志は最後尾のランドクルーザーの後部座席にスタルクと座っている。運転は柊真、助手席にはチームの副隊長を務めるスコット・マーキー上級軍曹が乗っていた。

午後十一時八分、国境は封鎖されているが、事前に連絡がされていたらしく、ゲートには数人の国境警備隊が待ち構えていた。トルコ政府に通達されているのだろう。

スタルクが書類と全員のパスポートを差し出すと、隊長らしき男が確認してスタンプを押し、ゲートを開けるように部下に命じた。

「シリアの検問所も、我々は偽の許可書があるため問題ありません。むしろアフマドたちは積荷が武器だと知られたら捕まる可能性もあります。彼は問題ないと言っていましたが心配です」

車に戻って来たスタルクは不安げな表情を見せた。

一キロほど進み、国境を越えたところにシリア側の検問所があった。コンクリート製だが、トルコ側に比べればみすぼらしい。こちらもこの時間は閉まっているようだ。検問所の向こうはトラックや乗用車が何台も停められているのが見える。シリアを脱出する市民の車なのだろう。

ダットサントラックが停まり、先頭車両からアフマドが下りた。両手に大きな荷物を抱えて、検問所脇の小さな建物に入って行った。日用品を賄賂《わいろ》代わりに差し入れるそうだ。現在シリアからの出国は簡単だが、入国はテロリストや武器弾薬の密輸を防ぐため厳しいと聞いている。

しばらくすると手ぶらで出て来たアフマドがベルサレオ曹長の乗るランドクルーザーに近付いて行った。

浩志も車を下りて前の車まで駆け寄った。隊長であるベルサレオには常に目を光らせる必要がある。経験不足の彼の命令でチームを危機に陥《おとしい》れる可能性もないとは言えないからだ。

ベルサレオが車から下りて来た。

「誰が勝手に車を下りていいと命令した」

浩志にフランス語で文句を言ってきた。

「言ったはずだ。俺はスタルクの護衛だ。おまえに命令される覚えはない」

「なんだと！」

ベルサレオが口を歪めて歯を剝《む》き出した。

「ここは国境だ。一秒でも長くいれば、危険は増す。俺はおまえがガキの頃から軍人として働いている。たまには俺の忠告も聞くんだ」

表情も変えずに浩志は言うと、訝しげな表情で二人のやりとりを見ていたアフマドに向き直った。

「何かあったのか?」

フランス語が分からないために隠し事をしているのかもしれない。俺が気ままだと怒っているのだ。

「何でもない。この男は隊長として色々心配をしなければならない。それより、検印はどうなっている?」

浩志がアラブ語で説明すると、隣でベルサレオが歯ぎしりをしてみせた。

紛争地であるシリアでパスポートの検印を気にする必要もないのだが、政府軍側の検問に遭遇した場合を考えてのことだ。もっとも、政府軍に遭遇したら接触を避けるのが大前提である。

「北部は反体制派勢力の支配下にある。国境も同じだ。面倒臭いのでスタンプを借りてきた。パスポートを出してくれ」

アフマドはにやりと笑ってみせた。

全員のパスポートに押印し、アフマドはスタンプを返しにまた建物に入って行ったが、戻って来ると気難しい表情になっていた。

「五キロ先のアザズで宿泊する予定だが、〝ＩＳＩＬ〟が検問しているかもしれないので気をつけるように注意された。国境の職員はシリアから逃れる難民からの情報を得るために耳がいいんだ」

〝ＩＳＩＬ〟は、日本では〝イラク・レバント・イスラム国〟と呼ばれているイラクを中心に活動するアルカイダ系武装集団である。彼らは、イラクからシリアの地中海側に至る広範囲な地域をイスラム国として建国を目指し、西洋人と闘うことを聖戦としていた。それゆえ、欧米の軍事介入を歓迎する自由シリア軍をその手先であるとして目の敵にしている。彼らはシリア人を助けようという気持ちはないのだ。

〝ＩＳＩＬ〟は反政府勢力の中では一番過激で、アラウィー派の市民を見つけては殺していると噂が流れている。

「〝ＩＳＩＬ〟か、面倒な連中だな。いつでも発砲できるように準備をしておこう」

浩志は答えると、ベルサレオに顎で合図を送った。

「全員、襲撃に備えて戦闘準備をしろ！」

舌打ちをしたベルサレオは、車で待機している部下に命じた。

三人の外人部隊の兵士らは、座席の下から各自の無線機とＭＰ５を取り出して身につけた。アフマドと三人の部下も、いつのまにかＡＫ47を用意していた。車体の下にでも隠してあったのだろう。さすがに手ぶらでは移動していなかったようだ。

「何かあれば、援護する。念のために予備の無線機を渡しておくが、はぐれた場合の待ち合わせはどうする？」

装備を完了した浩志は、改めてアフマドに尋ねた。無線機はヘッドセットが付いている最新のものだが、元軍人らしくアフマドは説明も聞かないで装着してみせた。

「〝秘密病院〟にしよう。アザズの住民に聞けばすぐ分かる」

しばらく考えた末にアフマドは答えた。

「〝秘密病院〟だな。アザズに着いて安全が確認できるまで無線機のスイッチは切るな」

浩志は頷くと、確認もしなかったベルサレオに聞こえるように復唱し、最後尾の車に戻った。

「ムッシュ・藤堂、私は軍人としてのあなたを尊敬している。ベルサレオ曹長の無礼は私が代わってお詫びする。彼は指揮官として気負っているんです」

助手席に座っているマーキー上級軍曹がバックミラー越しに言ってきた。

「謝る必要はない。指揮官がどうあれ、副指揮官として常に気を配ることだ。大事なことは全員が生きて帰ることで、作戦の成否にこだわる必要はない」

浩志はマーキーというより、柊真に聞かせるつもりで言った。

「肝に銘じます」

マーキーは大きく頷いてみせた。

六

二〇一三年八月、〝ＩＳＩＬ〟が宣伝に使ったビデオには、黒いターバンをした民兵が幹線道路で勝手に検問を行っている様子が映っている。

三台のトラックを停め、〝ＩＳＩＬ〟の民兵は下りてきた運転手に尋問した。宗派や一日の祈りの回数をしつこく尋ね、銃に怯《おび》えた三人の運転手はスンニ派だと答えた。だが、民兵は挙動不審だとして運転手全員をアラウィー派と断定して銃殺した。

銃を突きつけられてまともに答えられる方がおかしい。〝ＩＳＩＬ〟は人を殺す口実を探しているに過ぎないのだ。彼らの唱える聖戦とは、領土を奪って新たなイスラム国家建設という妄想の上に成り立つ虐殺に過ぎない。彼らは、コーランとはまったく無縁のごろつき集団である。

〝ＩＳＩＬ〟は、二〇一三年四月に同じくアルカイダ系武装集団であるヌスラ戦線との合併を一方的に破棄し、〝ＩＳＩ〟〝イラク・イスラム国〟という名前からシリアなどの地中海東岸地方を意味するレバントという名前を付けて〝イラク・レバント・イスラム国〟〝ＩＳＩＬ〟に改称した。

イラクだけでなく、シリアも勢力範囲に加えてイスラム国を作るという欲が出たのだろう。これにアルカイダの指導者であるザワヒリが激怒し、〝ISIL〟に対して元のISIに戻してイラクを中心に活動するように求め、同時にヌスラ戦線と共闘するように声明を出したが、今のところ（二〇一三年十一月現在）彼らは聞き入れておらず、その狂犬のような獰猛《どうもう》さでシリア北部から東部にかけて支配地域を拡大している。

浩志らがシリアに潜入した五月の時点で〝ISIL〟は、他の武装勢力とすでに反目していたが、欧米のシリア攻撃が最終的にどうなるか決まっていなかったため、大きな闘争にまでは発展していなかった。

「〝ISIL〟には困ったものです。欧米がシリア攻撃や反政府勢力への援助を躊躇する大きな理由が彼らですから」

街灯もない夜道を走るランドクルーザーの車窓からの風景はただの闇だ。スタルクは窓の外の暗闇をじっと見つめながら呟いた。

「欧米にとって、敵は悪、味方は正義。中世の十字軍の頃からそれは変わらないからな」

浩志も外を見ながら皮肉っぽく答えた。

「まあ、そういうことです。実際は、反政府武装集団の半数は外国人で大半はアルカイダ系です。それに自由シリア軍も政府軍の兵士を虐殺《ぎやくさつ》しているという噂があります。だから欧米諸国は躊躇せざるを得ないのです」

「戦争とは本来正義と悪で割り切れるものじゃない。歴史は、戦争に勝った国の解釈で作り上げたものだ。鵜呑《うの》みにする方がおかしい」

浩志はふんと鼻から息を吐いた。

——藤堂、前方で突然車のライトが点灯した。三百メートルほど先だ。

無線機に雑音とともに緊張気味のアフマドの声が入って来た。アザズの街まであと一、二キロという地点だ。

「注意して、ゆっくり走れ」

——了解。援護をたのんだぞ。

アフマドは落ち着いてはいるようだ。

「影山、ライトを消し、車間距離を空けろ。マーキー、ベルサレオに警戒を促せ」

「了解しました」

浩志の命令に二人は同時に返事をした。

助手席のマーキーが振り返って報告した。

「曹長と無線が繋がりません」

「続けろ」

電池の消耗《しょうもう》を惜《お》しんで電源を切っていることは考えられないが、無線機を他の周波数のチャンネルに合わせている可能性もある。いずれにせよ、ベルサレオは指揮官として致命的なミスを犯したと言える。

——車が道を塞《ふさ》いでいる。検問だ！　政府軍じゃない。

叫ぶようなアフマドの声が聞こえた。

「停めろ！」

「はい！」

柊真は、慌てることなく道から外れた荒れ地に車を停めた。

「全員下車。マーキー、俺に付いて来い。影山、スタルクと、しんがりで付いて来るんだ。俺たちは先に行く」

浩志はマーキーを伴って車を飛び出し、車道を外れて荒れ地の闇に紛れて前進した。

——〝ＩＳＩＬ〟らしい。車を下りるように言って来た。ＡＫ47を隠し持っている。相手は確認できるだけで五人だ。しまった！　対向車は〝テクニカル〟だった。我々は抵抗しないで相手の出方を見る。

アフマドの舌打ちが無線機から聞こえてきた。相手のライトが逆光のため、車の形状がよく分からなかったのだろう。

〝テクニカル〟とは、ピックアップトラックの荷台に重機関銃やロケット弾発射器を搭載した〝バトルワゴン〟とも呼ばれる戦闘車両である。市販の車を改造して作れるために開発途上国の軍やテロリストが運用している。

イラクやアフガニスタンでは戦闘機に狙い撃ちにされるために廃《すた》れてしまったが、アフリカや一部の中近東地域では現在も活躍している。〝ＩＳＩＬ〟が他の武装勢力を圧倒しているのは、大量の〝テクニカル〟を駆使《くし》しているからである。搭載される重機関銃は、射程距離も破壊力もアサルトライフルの比ではない。アフマドが抵抗しないと決めたのは懸命だ。

浩志は闇に塗《まみ》れて必死に走り、ベルサレオのランドクルーザーを追い抜いた。彼らは二台前の車に何が起こっているのかまだ把握《はあく》してはおらず、車から下りていない。相手も銃を下げて体に沿わせるように持っているため、後ろからでは分からないのだろう。

対向車である〝テクニカル〟のヘッドライトに照らし出された先頭車両のダットサントラックが見えてきた。

浩志は拳を握って膝をついて座った。

マーキーは合図に従って停止し、浩志のすぐ脇で身を屈めて銃を構えた。

アフマドと仲間が、二人の男に取り調べを受けている。他にもダットサントラックを調べている三人の男たちがいるが、足下を見れば、ＡＫ47の銃身がちらちらと見えた。全員が黒いターバンをしている。シリア人の服装ではない。

〝テクニカル〟の荷台には重機関銃を構えている男が一人、運転席にも別の男が乗っている。距離はおよそ百メートル。

浩志はマーキーに〝テクニカル〟を狙うように指示し、自らはアフマドを取り調べている男に狙いを定めた。スタルクを伴い遅れてやってきた柊真には、ダットサントラックの後方にいる男たちを狙うように命じた。

「ベルサレオ。応答せよ。……くそっ」

連絡しようと思ったが、ベルサレオは無線を切っているようだ。

別の黒いターバンの男が、車の中からアフマドらのAK47を見つけ出した。

アフマドを尋問していた男が激しい口調になり、AK47を構えた。

――緊急事態、全員戦闘態勢に就け！

ようやく事態に気付いたベルサレオの声が無線機から響き、車から下りてきた。

ベルサレオらが銃を持っていることに気が付いた黒いターバンの男たちが、一斉に銃撃しはじめた。

「撃て！」

浩志は号令をかけ、アフマドの周辺にいる男たちを次々と撃った。マーキーは一発で〝テクニカル〟の重機関銃の男を倒し、次に運転席の男も倒した。柊真もトラック後方の男たちを二人狙撃した。

「影山、スタルクと待機。マーキー行くぞ」

浩志はダットサントラックに向かって走り、車の陰に隠れている男たちを倒した。道路に五人、〝テクニカル〟に二人の死体が転がっている。合計で七人、一台の〝テクニカル〟

に乗り込む限界だろう。

「撃ち方止め！　ベルサレオ、残党がいないか念のため調べてくれ」

浩志はランドクルーザーに隠れているベルサレオに無線で知らせた。

——……了解。

無線から躊躇《ためら》いがちに返答があった。

「怪我はないか？」

浩志は道路に倒れていたアフマドに手を貸して立たせた。銃撃がはじまった時、敵の一人が銃底で殴りつけたらしい。だが、かえってそれが幸いした。彼の仲間で腕を撃たれた者もいるようだが、大したことはなさそうだ。ベルサレオが騒いだため民兵たちも慌てたに違いない。怪我の功名と言うべきか。

「やつらは積荷の銃を発見して、政府の犬だと勘違いしたようだ。もっとも自由シリア軍だと知って言いがかりを付けて来たのだろう。あやうく銃殺されるところだった」

口から流れる血を手の甲で拭いながらアフマドは笑ってみせた。

廃墟《はいきょ》の街アザズ

一

北部シリアのアレッポ県アザズは、二〇一二年七月に自由シリア軍（ＦＳＡ）が政府軍からはじめて奪い取った街である。だが反政府勢力の拠点として政府軍による空爆が断続的に続けられている。政府の非道さは、市民の無差別殺害と同時に市場や病院など公共施設を爆撃することにより、市民生活を根底から崩そうと企《たくら》んでいることだ。

一般市民は市場や病院に近付くことも怖れるようになり、空爆で被災した怪我人は国境を越えてトルコのキリスの病院に搬送《はんそう》される者も大勢いた。市民はいつまた空爆に晒《さら》されるか、怯《おび》えながら生活している。そんな街で日本人も含む国境なき医師団（ＭＳＦ）が活動していた。

彼らは政府に存在を知られると空爆の対象になるために秘密裏《ひみつり》に診療所を開設し、二〇一二年六月以降、一万人以上（二〇一三年一月現在）の患者を診察し、九百件以上の外科手術を施《ほどこ》すという献身《けんしん》的な努力で多くの人々を救ってきた。

現地のシリア人はMSFの診療所を〝秘密病院〟あるいは〝地下病院〟と呼んで頼りにしている。だが、市民の唯一の希望である〝秘密病院〟にたずさわる外国人医師らを〝ISIL〟は、西洋人の手先として標的にしていた。そのため、MSFの活動も次第に縮小の方向に向かわざるを得なくなっているのが現状である。

〝ISIL〟の検問を切り抜けた浩志らは、無事アザズの街外れにある三階建てのビルに到着した。空爆に晒されて建物に大きな穴が開いているが、自由シリア軍傘下の〝北部の嵐（Northern Storm）〟という部隊の本部で、MSFの〝秘密病院〟がすぐ隣にあった。銃で撃たれたアフマドの仲間は、すぐに手当を受けた。診療所では日本人とドイツ人医師が治療にあたっているらしい。

〝北部の嵐〟は、MSFを守ると同時に彼らも戦闘で傷ついた兵士が治療を受けられるという恩恵に与《あずか》っているようだ。

フランスの潜入調査隊は大歓迎を受けた。彼らの目的もそうだが、何と言っても案内役として同行したアフマドが〝ISIL〟の〝テクニカル〟に搭載されていたソ連製のNSV重機関銃を戦利品として持ち帰ったからだ。足がつかないように機関銃を取り外した車は、RPG7で破壊しているので〝ISIL〟に知られる心配はない。

アフマドが市場で仕入れた食料でちょっとした歓迎パーティーが開かれたが、浩志は銃を肩に掛けて一人屋上に上がり、瓦礫《がれき》の山をさらけ出す街を見つめていた。

屋上の一角は、空爆でぽっかりと穴が開いており、三階に立て掛けられている木の梯子《はしご》を上ってきた。他にも三階建てのビルはあるが、浩志が立っているビルが一番高い。幾分土地が高くなっており、穴が開いていようと、基地として使うには適したビルだ。

屋上に手すりはなく腰高の壁に囲まれているため、寄りかかって眺めていた。時刻は午後十一時五十七分、街灯《まちあか》りはなく、上弦の月に照らし出された荒涼《こうりょう》とした風景に音はない。だが、人が沢山いる場所よりも落ち着く。

梯子が軋《きし》む音がする。屋上に誰かが上がって来るようだ。

「ここにいたのか?」

アフマドが声を掛けてきた。ジャケットの下は迷彩の戦闘服に着替えている。国内に入ったので戦闘態勢に入ったということだろう。

「主役が会場にいなくていいのか?」

振り向きもせずに浩志は尋ねた。

「パーティーのことか? もう終わったよ」

アフマドは隣に立ち、両手を上げて背筋を伸ばした。

浩志はポケットからトルコで買った煙草を出して、箱ごと差し出した。

「いいのか、もらって？」

相手に煙草を勧めるのは中東の礼儀とも言えるが、箱ごと渡す者はまずいない。アフマドが戸惑うのも当然だ。

「俺は吸わない」

そっけなく答えた。小道具として持っていたが、もはや不要だった。

「ありがとう。後で建物の中で吸わせてもらうよ」

アフマドはにこりとして、煙草をポケットに大事そうに仕舞った。夜間、屋外の喫煙は狙撃される恐れがあるため吸えないのだ。

「この街は、アレッポほどじゃないが、トルコとの国境の街として賑わっていた。それに国境を越えて向こう側に簡単に行けるから、自由な空気もあったんだ。まだ住民も残っているが、今では空爆でまるで廃墟のようになってしまった。自国民を爆弾で殺すんだ。アサドは完全に狂っている」

アフマドは溜息《ためいき》混じりに言った。

「この街に住んでいたのか？」

街の北側を見ていた浩志は、ビルの南側に移った。

パーティーを嫌ったこともあるが、見張りをしていたのだ。〝ＩＳＩＬ〟の一チームを潰してきた。小さな戦闘だったが、紛争地ではそれが連鎖する場合がある。戦闘があった後は、警戒を怠ってはいけないのだ。いつものチームを率いていたのなら交代で見張りに就くのだが、今回は単独で仕事を受けているために自ら立っている。

「アレッポと南西部のマアッラト・アン＝ヌウマーンの中間にあるアサクイブという小さな街の出身だ。アレッポには親戚や友人も大勢いたし、北部では大きな街だったからよく遊びに行ったが、この街はトルコに行く際に通っただけだった。政府が国民に銃を向けたのを見て怒りを感じて軍を脱走し、アザズに本部がある〝北部の嵐〟に合流したのだ」

「ハーンアサルで起きた出来事も知っているか？」

二〇一三年三月十九日、アレッポ郊外の南西に位置するハーンアサルが、政府軍からロケット弾の攻撃を受けた。その際、化学兵器サリンも使用されたと言われている。

「化学兵器のことなら、噂で聞いた。明日そこに連れて行くつもりだ。だが、本当に調べれば分かるのか？　もし、政府軍の仕業《しわざ》だと証明できれば、欧米の支援が得られる。だが、ロシアがまた我々の仕業だと言いがかりをつけてこないのか心配だ」

アフマドは期待している反面、国連を疑っているようだ。シリア政府が化学兵器を散発的に使っているという話は以前からあったが、いずれも立証されていない。

「科学的に証明するには、サリンが使用されて一週間が限度だ。それを過ぎれば、ほとんど痕跡《こんせき》は消え、立証は困難になるそうだ。使用された弾頭が見つかれば一番いいのだが、それははっきり言って期待していない。俺たちが探しているのは後遺症が残っている被害者と、彼らの証言だ」

　二〇一三年八月二十一日、首都ダマスカス近郊グータで化学兵器が使用され、大勢の市民が死亡した。国連の調査団は五日後である二十六日に現地入りし、被害者の髪の毛や血液などを採取してサリンが使用されたことを立証した。だが、それは化学兵器の痕跡を証明しただけで、誰が使用したかまでは特定できるものではない。米英は、市民の証言で政府側と断言したが、ロシアは反政府勢力が使用したと反論した。

　また、三月十九日に起きたハーンアサルでの事件を調査するために、ロシアは七月に入ってから調査団を派遣した。土壌のサンプルを集め、ロシアの研究所で解析した結果、サリンは使用されたが、政府軍が使う高純度のものではないとして、反政府勢力の偽装だと断定し、国連に報告している。

　四ヶ月も経っていることから考えても、これをまともに信じる科学者は、中露を除いて誰もいない。だが、国連では大声を上げた者が勝つ。常任理事国ならなおさらその一言は大きい。ロシアのでっち上げた報告書により、米英仏の攻撃にブレーキがかかったことは言うまでもない。

「たった一週間で痕跡が消えてしまうのか」

　アフマドは肩を落として項垂《うなだ》れた。

「俺は真実を求めている。探せば何か見つかるはずだ」

これは刑事時代から変わらぬ信念である。だからこそ刑事を辞めて傭兵になり、真実を探し求めて放浪した。

「そうだな。諦《あきら》めるにはまだはやい」

アフマドは廃墟と化した街を眺めながら何度も頷いた。

二

浩志は屋上の壁を背に座り、毛布に包まって眠っている。

〝北部の嵐〟の本部があるビルに到着してから一人で見張りをしていた。だが、浩志を捜していた柊真がアフマドから居場所を聞きつけ、それを副官であるスコット・マーキー上級軍曹に報告し、交代で見張りに立つことになった。マーキーから要請を受けた指揮官であるベルサレオは、渋々命令を出したようだ。

午前零時半から浩志に代わって見張りは、柊真とマーキーが行っている。三時間後にベルサレオとマテオ・コルテスの組と交代することになっていた。

アフマドから二階で休むように勧められたが、断って屋上で仮眠をとっている。気温は十二、三度まで下がったが、毛布一枚で充分である。下の階でもコンクリートの床に直接横になるため、どこに寝ても同じことだった。

「……？」

浩志は階下が騒がしいことに気付き目を覚《さ》ました。腕時計を確認すると午前一時五十八分。見張り以外は眠っているはずだ。

柊真が梯子を下りて行った。

浩志は背伸びをして立ち上がり、大きな欠伸《あくび》をした。いつでもどこでも寝られるのが、傭兵である。眠りを中断されてもまたすぐに寝ればいい。

「起こしてしまったようですね」

マーキーはすまなそうな顔で言った。

「事態を把握すれば、また眠る」

長年指揮官として働いてきただけに、何が起きているか確認しなければ眠れるものではない。

「さすがですね。うん？」

白い歯を見せて笑ったマーキーは、左の耳のヘッドギアに手を当てた。無線が入ったようだ。

「ムッシュ・藤堂、あなたを訪ねてきた男がいるそうです」

マーキーは目を丸くして言った。

「馬鹿な」

浩志も右眉を大きく上げた。平和な街での来客とはわけが違う。紛争地でしかも潜入調査隊は極秘の行動をしているのだ。

すぐさま一階まで下りていくと、スタルクをはじめ調査隊や民兵が入口近くに押し掛けていた。

人をかき分けて前に出ると、アフマドとベルサレオが言い争いをしていた。入口に二人の男が壁際に背を向けて立たせられている。彼らの背後にはアフマドの部下がAK47を構えて立っていた。ボディーチェックを受けてそのままの状態のようだ。その他にも見慣れない二人の民兵が、気まずそうな表情で近くに立っていた。

一人は一八〇センチ弱、もう一人は一六八センチほどと小柄だ。二人とも頭にチェックのスカーフとイカールを被り、黒と紺の地味なジャケットを着ている。地元の住民のような格好だ。

「FSAが勝手なことをすれば、作戦は失敗するんだぞ！」

ベルサレオが興奮してアフマドの胸ぐらを掴んだ。

「何を騒いでいる？」

声を掛けると、ベルサレオは手を離して浩志に向き直った。

「藤堂！　説明しろ。おまえに客が来るということは、俺たちの位置情報を漏らしたからに違いない。計画は外部に筒抜けということになるんだぞ」

興奮したベルサレオは、フランス語で怒鳴った。

「待ってください。それは私からちゃんとご説明します。振り返ってもいいですか？」

客と思《おぼ》しき壁際の男が、シリア訛のアラビア語でベルサレオを遮《さえぎ》った。

「説明してくれ」

アフマドが頷くと、彼の部下が背の高い男の肩を叩いた。

男はゆっくりと振り返った。無精髭を生やしているが、彫りが深く端整《たんせい》な顔立ちをしている。男は浩志に軽く会釈《えしゃく》してみせた。

「むっ！」

浩志は目を見開いた。

「私は啓吾・片倉という日本の外交官です。フランス政府がシリアの化学兵器の調査隊を派遣することを聞きつけた日本政府から、急遽《きゅうきょ》派遣されてきました」

男は流暢《りゅうちょう》なフランス語とアラビア語で言った。片倉啓吾、三十九歳、内閣情報調査室の特別分析官であった。

「馬鹿な。ありえない。作戦は極秘のはずだ。そもそも我々が聞いていない。スタルク、聞いていたのか？」

ベルサレオが唾《つば》を飛ばしながら否定し、スタルクにも矛先《ほこさき》を向けた。

「ガズィアンテプならともかく、キリスからは連絡の取りようがない。私も知らなかった」

スタルクは首を横に振った。

「正式にフランス政府から我が政府に許可が下りたのは、昨日の朝で、私が通達を受けたのはその後です。あなた方には連絡しようがありませんでした」

池谷のことだからスタルクから仕事の依頼を受けた直後に政府に報告したに違いない。極秘作戦だけに日本政府とフランス政府の間で交渉に時間が掛かったのだろう。

「情報はフランス政府が漏らしたようだな」

アフマドは皮肉っぽく笑ってみせた。

「続きを説明しろ。フランス語で説明しなくてもアラビア語で充分分かる」

ベルサレオは苦々しい表情で片倉を促した。

「フランスは単独で調査隊を送り込みましたが、作戦は事前に同盟国のトップレベルには説明されていました。日本は米仏のテロに対する姿勢に賛同していますが、実戦に参加できません。せめて調査隊に加わりお手伝いするようにと私が急遽派遣されたのです。調査結果を首相に報告すれば、日本政府が米仏を支援する好材料になるはずです」

フランス同様、米国と強力な同盟を結んでいる日本ならやりかねないことだ。

「隣の男も外交官か？」

ベルサレオは溜息を漏らしながら尋ねた。納得はしたようだ。

「私の護衛として付いてきてくれた世界屈指《くっし》の傭兵特殊部隊〝リベンジャーズ〟の豪二《ごうじ》・加藤《かとう》です」

片倉と一緒にいた男は、潜入と追跡のスペシャリストである〝トレーサーマン〟こと加藤だった。振り返った加藤は仄《ほの》かな笑みを浮かべ、浩志に頷いてみせた。銃を向けられても落ち着いている。軍人としての貫禄《かんろく》を感じさせられた。

「〝リベンジャーズ〟、確かにチーム名は聞いたことがある。傭兵だけの特殊部隊は珍しいからな」

ベルサレオが知っているのは、チーム名だけで浩志の名前までは知らなかったようだ。

「我々はなんとか調査隊に追いつこうとしましたが、トルコのガズィアンテプに到着したのは、昨日の夜でした。そこで、ＦＳＡの方と連絡を取れたのが本日の午後だったため、出発が遅れて到着が遅くなりました。ＦＳＡの本部のナデム・ディヤーブ氏にも話は通してあります。ナデムさんが案内人を付けてくださり、ここまで来ました」

片倉の傍で気まずそうに立っていた二人の民兵は、自由シリア軍の案内役だったようだ。

「なるほどナデムから聞いたのか。それなら問題ない。念のために夜が明けたら、本部に確認してみる」

アフマドは大きく頷いて、部下に銃を下ろすように言った。

ガズィアンテプの自由シリア軍の本部はシリアの秘密警察を怖れて事務所を移転していた。スタルクですら、本部の人間とは連絡がつかなかった。中東専門に働いていた片倉の個人的なルートで連絡を取ったに違いない。

自由シリア軍が勝手なことをしているとベルサレオが怒鳴っていたのは、片倉らが自由シリア軍の兵士に案内されて来たからだろう。

「もしあんたが本当に日本政府から派遣されたというのなら、どうして藤堂を訪ねた」

ベルサレオは片倉と浩志の顔を交互に見た。

「それは、〝リベンジャーズ〟の指揮官であるムッシュ・藤堂が、調査隊に加わっているからです。彼は日本政府から最も信頼されている傭兵で、面識があります。彼なら客観的に調査報告をしてくれると私は思っています」

片倉は浩志を指差して言った。

「何!」

どよめきが起こり、全員の視線が浩志に集まった。

三

外務省で腕利きの情報分析官として世界中を飛び回っていた片倉啓吾は、この数年は緊迫した状態が続く中東で働いていた。

二〇一三年一月に起きたアルジェリア人質事件を契機に、中東のスペシャリストとして片倉は内調に出向している。翌月彼は米仏を中心とした国際的な事件の調査団に参加したのだが、アルカイダ系の武装集団に拉致されてしまった。

傭兵代理店を通じ、内調の国際部部長である柏原祐介《かしわばらゆうすけ》から人質救出の依頼を受けた浩志は〝リベンジャーズ〟を率いて、アルジェリア、リビア、ニジェール、マリと武装集団のアジトまで追跡して片倉を救出した。

この事件をきっかけに池谷は内調と太いパイプを築いたのである。今回、フランスの調査隊の話を内調に持ちかけて片倉を巻き込み、加藤を浩志に付けたのは池谷の策略だった。米国の攻撃を正当化するには日本も積極的に賛同する必要があると彼は判断し、柏原に情報を流したのだ。傭兵代理店としては掟《おきて》破りであり、国を憂《うれ》うとはいえ米国寄りの池谷の行動は、浩志からしてみれば偏向していると言えた。

フランス政府が同盟国のトップレベルに調査隊のことを事前に説明していると片倉は言ったが、それは池谷に吹き込まれた大嘘であった。フランスが直接やり取りするのは米国だけである。フランス政府からの許可が下りるのに二週間近く掛かったのはそのためだった。

「私はもともとシリアの情報を得るためにイスタンブール入りして、トルコの情報局からレクチャーを受けていたのです。急に本店から連絡を受けて駆けつけましたが、藤堂さんとお仕事できると聞いて正直嬉しかったです」

片倉は笑顔で浩志に言った。本店とは内調のことである。

「私も驚きました。飛行機を乗り継いでやっと昨日の夜に到着して、今朝、片倉さんと合流したんです。急にトルコのガズィアンテプまで行って来い、と浅岡さんに言われたんですよ。チームから離れましたが、皆羨《うらや》ましがっていました」

加藤はおかしそうに言った。

「皆はどうしている?」

浩志は床に転がっているコンクリートの瓦礫に腰を掛けて尋ねた。

三人は空爆で荒らされたビルの一階にいた。その他の者は宿泊場所としている二階に引き払っている。

突然の片倉と加藤の出現に険悪な雰囲気になったが、浩志が〝リベンジャーズ〟の指揮官だと知ったベルサレオは引き下がらざるを得なかった。

〝リベンジャーズ〟がブラックナイトの軍事部門である〝ヴォールク〟を壊滅させ、事実上ブラックナイトを機能停止状態にまで追い込んだということは、軍事関係者の間ではもはや伝説になっていた。ベルサレオは無言で立ち去ったが、さぞかし驚いていたに違いない。軍人として格が違い過ぎるのだ。

「藤堂さんがいないので、浅岡さんがいつにもましてがんばっています。他の仲間は普段通りです。ただ、今回の仕事はちょっと退屈ですね。自衛隊の基地と作業場周辺を我々は警備しているのですが、まだ武装集団と遭遇していません」

南スーダン共和国独立に伴うPKO活動のために派遣された自衛隊を〝リベンジャーズ〟は密かに護衛している。メンバーは、浅岡辰也、瀬川里見《せがわさとみ》、宮坂大伍《みやさかだいご》、田中俊信《たなかとしのぶ》、寺脇京介《てらわききょうすけ》、黒川章《くろかわあきら》、それに加藤である。

ヘンリー・ワットは米軍からの依頼で別の仕事に就いていたため、参加していない。加藤が抜けたので六人になったが、充分に仕事は果たせるはずだ。彼らの仕事ぶりを心配することはない。

浩志が辰也にチームを任せたのは、彼にチームを引き継いで欲しいからであるが、実はメンバーを増やして補強するという目的もあった。

〝リベンジャーズ〟は作戦により、二チームに分かれて行動することが多い。だが、前回のアルジェリアの仕事では、敵が三チームに分かれて逃走したため、追跡するのに二チームでは足りなかった。また、今回のようにダブルブッキングすることも考えれば、少なくともあと一チーム四名、できれば二チーム八名の補強が必要と考えている。

ただし単に傭兵を集めればいいというのではない。浩志の信念である弱者に代わって闘うという原則が理解できる者でなければならないため、金目当てに銃を握るような輩《やから》では仲間にはできないのだ。

最終的に浩志、ワット、辰也、瀬川がそれぞれ指揮官となる四人のチームが四つできればいいと思っている。あるいは、作戦によっては四チームの枠を超えて選抜した少人数で行動するなど、人数を増やせば作戦の自由度が増すはずだ。

浩志が今回単独行動するのも一つは人探しということもあった。英国のＳＡＳの仕事に就く前に、心当たりがある者に池谷を通じて声を掛けている。また、構想を伝えたワットも賛同し、今度連れて来ると言う。彼は長年米軍で働いていたためにいい人材はすぐ見つかるだろう。

「退屈な仕事ほど、気をつけなければならない。油断した時こそ、危ないのだ」

浩志は首を横に振った。

「浅岡さんも、まったく同じことを言っていました。藤堂さんの受け売りですね」

加藤は笑いながら答えた。

「そうか。心配はなさそうだな」

浩志もつられて笑った。

「もし、私が軍人だったら、間違いなく〝リベンジャーズ〟に入隊を希望していますね」

傍《かたわ》らで二人の会話を聞いていた片倉は、羨ましそうな顔をしてみせた。

「入隊？　そんなものはありませんよ。我々は藤堂さんの闘う姿に惚《ほ》れ込んで仲間に入れてもらうんです。でも金銭目当てではありませんので、生計は自分で立てる必要があります。先ほど世界屈指とおっしゃいましたが、欲がないことでも世界トップクラスですよ」

加藤が冗談混じりに言った。

「欲がない傭兵ですか……」

金で雇われる兵士が傭兵である。片倉が首を傾げるのも無理はない。

プロである以上、仕事に見合った報酬《ほうしゅう》はあるし、貰うべきである。傭兵代理店の池谷が請けてくる仕事のほとんどは、政府の裏仕事であるため、それなりのギャラは貰える。だが、それを期待して仕事をしたことは一度もない。その証拠に浩志はギャラのほとんどを、青少年の更生施設《こうせいしせつ》である世田谷《せたがや》の私設農業学校に寄付していた。

「当たり前過ぎる言い方かもしれませんが、私は正義を守るために闘っています」

加藤は胸を張って言った。

「そっ、そうですか」

片倉は呆気《あっけ》に取られている。

浩志のポリシーでもあるが、言葉にして表現すれば優等生過ぎて気恥ずかしさすら覚える。だが、それを素直に言葉で表現できる加藤の純粋でまっすぐなところがいい。片倉はまるで汚れを知らない少年のように答えた加藤に圧倒されたようだ。

「〝リベンジャーズ〟は、弱者に代わって復讐《ふくしゅう》するというのが、本来の意味だ」

「なるほど、それが正義を守るということですか」

浩志が補足すると、片倉は納得したようだ。

四

爆撃で無残な姿をさらけ出す街にも、穏やかな朝日が射していた。

アザズの住民は苦難を背負いながらも、普段と変わらぬ生活を送ろうとしている。空爆の度《たび》に死傷者が出て、家財を失った人々は難民としてシリアを去る。街の人口は減るばかりだが、反政府軍の支配下にある街には政府軍も秘密警察もいない人間としての自由があった。それでも市民は秘密警察の影を怖れ、外国のジャーナリストがカメラを向けても決して写らないようにするという。

午前五時にアザズを出発した浩志らは、国道２１４号を南下していた。二台のランドクルーザーをアフマドが乗るダットサントラックが先導している。

浩志は最後尾のランドクルーザーの後部座席に座っていた。ハンドルは柊真が握り、助手席はマーキー上級軍曹、スタルクは浩志の隣、深夜にやってきた加藤と片倉は、荷台にある席を立ち上げて座っている。ランドクルーザーは生活空間が広いので重宝する。

昨夜と違うのは、アフマドのトラックの荷台に〝ＩＳＩＬ〟から奪ったソ連製のＮＳＶ

重機関銃が装備され、〝テクニカル〟に変わっていたことだ。民兵は弾丸からロケット弾まで地下工房で自作する。トラックを改造することなど、朝飯前のようだ。

ＮＳＶ重機関銃は半世紀前にソ連で設計され、配備されてから四十年以上経つが、未だに現役として使われている。12・7ミリ口径で、有効射程距離は対空で千五百メートル、対地では二千メートルある。〝ＩＳＩＬ〟の検問にあった時に、重機関銃の銃口を向けられたアフマドが身動き取れなくなったのは当然であった。

アザズから国道２１４号を五十キロほど南に下ると、アレッポに到着する。

アレッポと言えば、二〇一二年八月二十一日、シリアを取材していた日本人女性ジャーナリストの山本美香《やまもとみか》さんが、戦闘に巻き込まれて死亡した事件が記憶に新しい。政府軍と思われる兵士に撃たれたと目撃者は証言するが、定《さだ》かではない。彼女は前日にトルコのキリスからアレッポに入っており、不運にも二日目に殺害されたことになる。

彼女はアフガニスタン、イラクと戦地を取材し、戦争の惨《むご》たらしさと被災者の姿を現地から世界に発信し、ジャーナリストが紛争地にいることで戦争の抑止力《よくしりょく》になるという信念のもと活動していた。彼女の尊《とうと》い犠牲と活動を風化させてはならない。

国道２１４号はアレッポ市内ではなく西の外れを通り、環状道路となる。国道２１４号の終点近く、アレッポの西南からダマスカスに向かう国道Ｍ45号と繋がる。ハーンアサルはＭ45号に沿ったアレッポ郊外にあった。

午前六時九分、調査隊の三台の車は、ハーンアサルの中心にある広場に停められた。食事をしてから調査する予定だったが、浩志が紛争地での行動は早めに行うべきだと、急遽日の出前に出発した。また、早朝なら政府軍の検問も抜けられるというアフマドの助言もあった。

「なんてことだ」

車から下りたスタルクは、瓦礫の山と化したゴーストタウンを見て愕然《がくぜん》とした様子で立ち尽くしている。

一緒に車を下りた浩志は、すぐさま加藤を一番高い廃屋《はいおく》の屋根に上らせて見張りに立たせ、他の外人部隊の兵士とともに周囲の警戒に当たった。

「三月十九日に政府軍からロケット弾の攻撃があった。その際、口から泡を吹き、体中が痺《しび》れて動けなくなる者が続出したそうだ。我々は政府軍が化学兵器を使ったと信じているが、数日後に政府軍の攻撃が再開し、街から人は消えた」

アフマドは沈んだ声で説明した。

シリア政府は、ハーンアサルで化学兵器を使ったのは反政府勢力だとし、国連にすぐさま調査するように要請している。だが、別の場所を査察したかった国連の意向を拒否したため、調査は行われなかった。

「ここには被災者もいないということか。砲撃で証拠は消失したんだな」

化学兵器の研究者であるマルセル・オブラック中尉は、瓦礫の山を驚きの表情で眺めながら何度も首を振った。

「爆撃で住民がどこに逃げたのかは把握できていないが、近くに村があるからそこに行った者も何人かいるはずだ」

アフマドは上目遣いで言った。街の惨状は知っていたようだ。だが、先に言えば調査隊が帰ってしまうと思ったのだろう。

「後で案内してください。化学兵器が搭載されたロケット弾はどこに着弾したのですか？」

溜息混じりにオブラックが尋ねると、アフマドは傍らの部下に尋ねた。

「彼はその時、この街にいた。激しいロケット弾による爆撃の後、被災者は広場を中心に街の至る所から現れたそうだ。だから場所は特定できないらしい。政府は反政府勢力が化学兵器を使ったとデマを言っている。俺たちの武器を見てくれ、半世紀前に作られた武器で闘っている。化学兵器を作れるだけの能力があると思うか？　俺たちだけじゃない。住民の誰もが政府軍がばらまいたと信じている」

アフマドは肩を怒らせ、声を荒らげた。オブラックの淡々とした態度に腹が立ったのだろう。それに二ヶ月近く前のロケット弾攻撃の着弾地を教えろと言われても無理な話である。

「仕方がない。駄目元で土壌サンプルをできるだけ沢山集めよう」

アフマドを怒らせたことを気に留める様子もなく肩を竦めたオブラックと軍医のディニスは、ジュラルミンケースから道具を出し始めた。

――こちらトレーサーマン。リベンジャー応答願います。

加藤からの無線連絡だ。彼には予備の無線機を渡していた。銃は彼自身がキリスで手に入れたＡＫ47とグロック17Ｃを持っている。例のトウモロコシ売りの武器商人を自由シリア軍の民兵から紹介されたらしい。

「リベンジャーだ。どうした？」

――国道の北の方角から〝テクニカル〟とピックアップトラックが近付いてきます。荷台にＡＫ47で武装した民兵が四名乗っています。

「距離は？」

――およそ、三キロです。

加藤の視力は五・〇ある。米粒より小さく見える車に乗った民兵の銃の種類も特定したようだ。

「武装民兵が接近している。敵味方の判断がつくまで一旦作業を中止し、安全な場所に隠れるんだ」

浩志は作業を見守るベルサレオにさりげなく近付くと、耳元で囁いた。

「作業中止！　未確認の民兵が接近して来る。車を向こうのビルの陰に隠し、やり過ごす」

しかめっ面《つら》で頷いたベルサレオは大声で指示を出した。

すぐさま車を隠した調査隊のメンバーは、三カ所のビルに分かれて隠れた。

やがて広場に二台の中国製のピックアップトラックが停まった。一台は重機関銃を取り付けた〝テクニカル〟だ。

近年紛争で輸入が困難になった国に中国はリスクを承知で大量に輸出攻勢をかけ、シェアを急速に伸ばしている。そのため中近東や北アフリカでは、中国メーカー〝中興汽車〟のＳＵＶやピックアップトラックが溢れ、軍やテロリストが〝テクニカル〟に改造しているのだ。

ピックアップトラックからＡＫ47を手にした四人の男が下りてきた。〝テクニカル〟の荷台では、重機関銃のグリップを握り締めている男が油断なく辺りを警戒している。距離はおよそ百メートル、ＭＰ５で狙撃できない距離ではない。だが、何者か確認もしないで攻撃することはできないのだ。

「うん？」

トラックから下りてきた男たちを見た浩志は、目を細めた。

近くで銃を構える柊真にハンドシグナルで男たちをよく見るように合図を送った。柊真は両目を見開いた後で、浩志に頷いてみせた。

キリスのレストランから浩志らを尾行してきた四人組で、左頬に傷跡がある男もいる。浩志は本能的に敵だと悟《さと》った。

五

午前六時四十分、アレッポ郊外のハーンアサルの広場に所属不明の民兵が〝テクニカル〟を伴い、ピックアップトラックに乗って現れた。トラックから下りた男たちは、周囲に人がいないことを確認すると、全員防毒マスクと防護服を着用した上で、トラックから麻《あさ》の袋に入れられた荷物を下ろした。まるで壊れ物でも扱うように慎重に地面に置くと、中から筒状の金属を取り出した。直径二十センチほど、長さは五、六十センチ、見た目はシリンダーのような形をしている。

シリンダーにはフックがあり、完全防備をしている男の一人がロープを通してトラックの後部に繋いだ。すると別の男がシリンダーの先端に付いているキャップに紐《ひも》を通し、広場の脇の瓦礫に結びつけた。

浩志は風向きを調べた。風は西南から吹いており、調査隊が隠れている建物は広場からいずれも風上になっている。念のためにスタルクと科学者のオブラック、それに軍医のデイニスの非戦闘員である三人に広場からなるべく離れるように指示を出した。時間がないため、彼らの肩を叩いて直接命じたのだが、ベルサレオは黙認した。

彼らの作業の目的が何か分からないが、もし毒ガスを散布し風向きが変われば、距離的に言っても調査隊は全滅する可能性もある。だが、不思議なことに防護服を着ているのは作業をしている四人だけで、〝テクニカル〟の重機関銃で警戒している男と運転手は普段着のままだ。〝テクニカル〟も風上に位置しているが、距離は浩志らよりも近い。

用意ができたらしく男たちはトラックの荷台に戻り、防毒マスクを取った。危険は去ったということか。

アフマドが浩志に部下の持っているＲＰＧ７を指差した。〝テクニカル〟を破壊していもいいかと尋ねているのだ。ＲＰＧ７を撃つには、相手に身を晒すことになる。見通しのいい広場に陣取った相手に照準を合わせている間に、重機関銃の餌食《えじき》になるのがオチだ。浩志はゆっくりと首を振り、彼らの動向を見守るように手振りで伝えた。

〝テクニカル〟が先に広場から南の方角に立ち去ると、ピックアップトラックのエンジンがかけられてゆっくりと動き出した。シリンダーの先に付いていたキャップが紐に引っ張られて外れ、中から透明の液体が流れ出した。トラックはシリンダーを引きずりながら〝テクニカル〟を追って南に向かっている。

浩志はベルサレオに彼らを追うように合図を送り、四人の兵士は音もなく移動をはじめた。〝テクニカル〟に気付かれないようにワンブロック東の通りを走る。加藤も屋根伝いに移動をしていた。

七百メートルほど移動したところでピックアップトラックは停止した。ハーンアサルの街を抜け出していた。シリンダーから流れていた液体はなくなっている。建物が途絶《とだ》えたため浩志らは身を隠すことができずに、百五十メートルほど先に停まったピックアップトラックを見守っている。しかも〝テクニカル〟がピックアップトラックのすぐ脇で、背後を警戒しているために身動きがとれない。

再び防毒マスクを装着した男たちが荷台を下りて来ると、ポリタンクに入った水をかけてシリンダーを洗い流した。次にシリンダーをビニール袋に二重に入れて封をしてから、麻袋に仕舞って荷台に積み込んだ。彼らが扱っていたものが危険物であることは間違いない。作業していた男たちが荷台に飛び乗ると、ピックアップトラックが急発進した。

猛烈な砂煙を上げるピックアップトラックの後を追う形で、〝テクニカル〟が国道を北の方角に走り去った。重機関銃は見えなくなるまで後方を警戒していた。彼らの警戒ぶりは完璧である。浩志らは指を咥《くわ》えて見ている他なかった。

「くそっ！」

ベルサレオが地団駄《じだんだ》を踏んで悔しがっている。

浩志らが現場まで戻ると、オブラックとデイニスが防護服を着用していた。

「危険じゃないのか？」

ベルサレオがオブラックに尋ねた。

「彼らの行動からして、たとえサリンだとしてもかなり希釈されているはずだ。液体が染み込んだ土を直接触らない限り大丈夫だろう。それに希釈されたものなら、空気中の濃度も低いはずだ。防護服じゃなくても作業はできるはずだ」

オブラックはそう言うと、防毒マスクを装着した。

護衛の兵士らが見守る中、オブラックとデイニスは土壌サンプルを採取しては専用の小瓶に詰めてジュラルミンケースに移している。慎重を要する作業だけに時間が掛かりそうだ。

「俺たちが化学兵器の調査隊だと知っているのは、アザズの〝北部の嵐〟の連中だけか?」

浩志は作業を見守りながら、アフマドに尋ねた。

「そうですが、どういう意味ですか?」

アフマドが首を捻った。

「さっきの連中は、何をしていたと思う?」

「おそらく猛毒を散布していたような気がしますが、ここに攻撃対象となる住民はいません。たとえサリンだとしても、捨てたのなら分かりますが、攻撃じゃなかったことは確かでしょう」

答えたもののアフマドは、首を傾げた。

「やつらが希釈した化学兵器を撒《ま》いていたのは、間違いないだろう。むろん攻撃ではなく、痕跡を残すためだ」

「痕跡を残すため？」

アフマドはまだ分からないようだ。

「やつらは、俺たちが調査をしに来ることが分かっていたのだ。だから先回りをして、わざと希釈した化学兵器を捨てていったとは考えられないか」

浩志が朝飯抜きで行動したことにより、早く着くことができた。アザズの〝北部の嵐〟は浩志らが出発したことを知っている。もし外部に情報を漏らすとしたら、彼ら以外ということになるはずだ。それに四人組がキリスで浩志らに絡んできたことも、今から思えば探りを入れるためだったのかもしれない。

「化学兵器の使用を政府のせいにするためですか？」

アフマドはまた首を捻った。

「そうとは限らない。やつらが何者なのか調べる必要がある。もし、政府側の回し者なら、反政府勢力の仕業と見せかけるためかもしれない」

「しかし、土中の物質に誰が使ったなんて書いてあるわけじゃあるまいし……」

アフマドは納得していない。

「化合物というのは生成の過程で、不純物を含むことがあります。分析した結果とシリア政府が保管している化学兵器を比べれば、違いは自《おの》ずと出るでしょう。もし、政府が保管しているものと大きく違うようなら、反政府勢力の犯行と見られても反論は難しいでしょうね」

会話を聞いていた片倉が補足した。

「何てことだ！」

アフマドは両手を振り上げた。

「加藤、追えるか？」

浩志は国道から戻ってきた加藤に声を掛けた。指示はしなかったが、民兵の〝テクニカル〟とピックアップトラックのタイヤ痕を調べていたことは分かっていたからだ。

「今すぐ出発するなら大丈夫です」

浩志の問いに加藤は頷いてみせ、ランドクルーザーの運転席に乗り込んだ。

片倉とスタルクに目配せをすると、二人とも頷いてみせた。二人を残しておきたいが、非戦闘員が増えれば、困るのは調査隊である。それにスタルクはとりあえず護衛する義務があった。本末転倒だが、嫌でも二人には付いて来てもらう必要があるのだ。

「藤堂、追うのならこれを持っていけ」

アフマドが部下の持っていたＲＰＧ７を浩志に差し出した。

「助かる」

浩志は笑顔で受け取った。

「待ってください」

片倉とスタルクが後部座席に乗り込むと、遅れて柊真も飛び乗ってきた。

「曹長に一緒に行くように命令を受けました。今日はアザズの本部に戻るそうです」

ベルサレオも浩志の行動が分かってきたようだ。

「行くぞ」

浩志は軽く右手を前に振った。

六

シリアは一般的に砂漠の国と思われがちだが、地中海の東岸に面する地域は地中海性気候で、地中海と並行して南北に連なる山脈の西側沿岸部は緑豊かな土地である。山脈の東側に続く平野部には、首都ダマスカス、ホムス、ハマー、アレッポなどの大都市があり、沿岸部に比べ極端に雨量は少なく日中と日没後の気温の差が大きい。また東のイラク、南のヨルダンに接する地域は砂漠地帯である。

加藤はハンドルを握り、車道を睨みつけるように凝視《ぎようし》しながらランドクルーザーを走らせている。車道にうっすらと被る砂に残されたタイヤ痕を見ているのだ。常人でできることではない。五・〇の視力と人並みはずれた動体視力のなせる業《わざ》である。長年傭兵をしているからと言っても、こればかりは浩志でも加藤には到底敵わないことであった。

国道M45号を数キロ北に進んだところで右に曲がり、アレッポの南部を抜ける未舗装の道路に入った。

アレッポの南部は肥沃《ひよく》な農業地域である。綿や穀物《こくもつ》、果物やピスタチオの産地として知られる。周囲はどこまでも畑が続くが、農作業をする農民の姿もなく荒れ果てていた。内戦で農業も衰退《すいたい》してしまったのだ。これでは内戦がただちに終了しても、国を復興させるには時間と金がかかるだろう。

荒れた畑は、見通しがいいため追跡するのに都合がいい。だが、逆に政府軍に見つかったら何をされるか分からない。そもそもアレッポは、北部は反政府勢力、南部は政府軍の支配地域となっているからだ。

まだハーンアサルから立ち去った〝テクニカル〟とピックアップトラックの姿を捉えることができない。三十キロほど東に進み、舗装された国道4号に出ると、加藤はハンドルを右に切った。

「まずいな」

助手席の浩志は呟いた。

国道4号はユーフラテス川を塞《せ》き止めて作られた広大なアサド湖の南側を通り、ユーフラテス川に沿ってラッカという北部の街にでる。ラッカを抜けると、国道は東部のデリゾールを経《へ》てやがてイラクに通じる。

追っている車は、北に進んでいたのでアレッポに向かうものと思っていた。街のどこかにアジトがあると予測していたのだが思惑がはずれ、待ち合わせ場所のアザズとも反対方向に進んでいる。調査隊の護衛に就いている四人の外人部隊隊員の中で、ベルサレオとマーキーは衛星携帯を持っているので、いつでも連絡をとることはできる。だが、彼らと離れ過ぎれば緊急事態に対処できなくなるので危険である。

「あっ」

声を上げた加藤がブレーキをかけ、道の端に車を停めた。

「どうした？」

前方を確かめたが、浩志には乾燥地帯を貫くアスファルトの道が見えるだけだ。

「政府軍です」

言われてみれば、三キロほど先に黒い点がいくつか見えるが、建物なのか車なのかも判別できない。加藤は英語で話している。フランス語もアラビア語も片言程度の会話しかできないからだ。

「状況は？」

「軍用四駆の後ろにトラックが続いているようです。車列のようですが、後続はよく分かりません。こちらに向かっています」

加藤は落ち着いて報告した。追跡している二台の車は、政府軍を避けて迂回《うかい》したのだろう。

「おそらくラッカを攻撃した部隊がそのまま西に向かってアレッポに移動するのでしょう。ダマスカスに戻るのなら南西に向かう国道を使うはずです。アレッポを攻撃する政府軍と合流するのかもしれない」

後部座席のスタルクは身を乗り出して言った。

「引き返すんだ」

考える余地はない。

「了解」

すぐさま加藤はUターンさせて北に向かった。

「元来た道に戻りましょうか？」

三百メートルほど先に広大な畑を抜ける道がある。

「だめだ。見通しがよ過ぎる。狙い撃ちされるぞ。まっすぐ進んでアレッポの東側を抜けていくんだ」

「分かりました」

加藤はそのまま進んだ。

国道4号はアレッポの環状道路の一部である国道5号に繋がる。

「スタルク、アレッポでの国軍の状況はどうなっている?」

アレッポはシリア地方で最古の都市の一つで、古くから栄《さか》えたシリアでも最大の県である。だが、南西部に位置する首都ダマスカスと離れていることもあり、反政府勢力が力を付けることとなった。

「街に通じる南部の幹線道路はすべて政府軍で封鎖されているそうです。南部を拠点とする政府軍は、断続的にロケット弾攻撃を繰り返し、政府軍、あるいは政府軍と通じるヒズボラなどの民兵がヌスラ戦線を中心とした反政府軍と戦闘を繰り返しています。街ではどこに出かけるにも走って移動しなければ、街中に潜む政府軍の狙撃兵に撃ち殺されるそうです。難民となった者はまだましです。封鎖されたために脱出の機を逃した市民にとってあの街は地獄でしょう」

スタルクは悔しげに言った。浩志はおやっと思った。廃墟と化したハーンアサルでも彼は衝撃を受けた様子で落胆していた。本来情報員とは感情を表には出さずに行動するものだ。だが、彼は荒《すさ》んだシリアの状況に感情的になっている。

自由シリア軍にスタルクは、タージム・アル・フサインというシリア人だと名乗っている。作戦上の身分だと思っていたが、本当にシリア出身なのかもしれない。

「そこを右折して、丘の上にある建物の陰に停めるんだ」

浩志はアレッポ郊外で、国道と三叉路で繋がる未舗装の道沿いにある廃墟の陰に車を停めさせた。屋根と壁の一部が崩れ、建物の後ろ側から車ごと中に入ることができた。

「どうするんですか？」

怪訝そうな表情でスタルクは尋ねてきた。

「逃げるのなら敵の前でなく、後ろに回ることだ。ここで後続の政府軍をやり過ごす」

未舗装の道を北に進めば、アレッポの市街を迂回できる。シリアの地理は、事前に頭に叩き込んであった。廃墟は小高い場所にあり、見通しが利く。さっそく加藤を見張りに立たせた。

「岩でも転がしておくか」

浩志の指示で残りの四人は一抱えもある岩を未舗装の道に落とし、バリケードを作った。これで気付かれてもすぐには追って来ることはできないだろう。

——来ました。先頭は軍用四駆、トラックが二台続き、最後尾は〝グラート〟を搭載したウラル375Dです。

しばらくして廃屋の屋根に上っていた加藤が無線で報告してきた。

ソ連製トラックのウラル375Dは、〝グラート〟と呼ばれるBM21、122ミリ自走多連装ロケット砲（ロケットトランチャー）を搭載していた。前を走るトラックには122

ミリロケット弾が積み込まれているのだろう。

〝グラート〟は、一度に四十発のロケット弾をたったの二十秒で発射できる。再装塡も十分ほどで完了する。それを政府軍は無差別に市街地に向けて断続的に撃っているのだ。その破壊力は計り知れない。

「片倉、いつでも車を出せるように運転席に座れ」

「了解しました」

片倉は機敏に車に乗り込んだ。

「私は？」

スタルクはきょとんとしている。

「政府軍の戦闘力を少々削《そ》いでから、出発する。車に乗っていろ」

〝グラート〟と聞いて、浩志は気が変わった。

「分かりました。お邪魔になるといけないので、荷台の席に座っています」

嬉しそうな顔をして、スタルクは荷台に乗り込んだ。この男は、今回の作戦で明らかに私情を挟んでいるようだ。だが、人間味がない情報員というよりはましだ。

「加藤は、ウラル３７５Ｄの運転手、柊真は前輪を狙って車を停めろ。俺はＲＰＧで〝グラート〟を破壊する」

三人は廃屋の前で腹這いになり車列を待った。見通しが利く場所で狙撃にもって来いだが、国道側からもよく見えるからだ。

加藤はＡＫ47、柊真はＭＰ７Ｃを構えている。浩志は少し離れた場所でＲＰＧ７を傍らに置いている。膝撃ちの姿勢でなければ狙うことはできないため、気付かれないように直前まで構えることはできない。

軍用四駆にトラックが二台走り去った。ウラル３７５Ｄが左方向に迫った。距離は百四十メートル。

「撃て！」

浩志の号令でＡＫ47が乾いた銃撃音を立て、柊真のＭＰ７Ｃがサプレッサーの押し殺した発射音で空気を震わせた。

運転席の窓は粉々に割れ、前輪をバーストさせてウラル３７５Ｄが蛇行《だこう》して停まると、先行していた二台のトラックと四駆も銃撃に気が付いて停止した。トラックの荷台からわらわらと兵士が飛び降りて来る。

加藤と柊真は兵士に向けて銃撃を続けた。

浩志は膝撃ちの姿勢でＲＰＧ７を構えた。四駆から下りてきた兵士の銃弾が足下を跳《は》ねる。浩志は慌てずにトリガーを引いた。

ＲＰＧ７は轟音《ごうおん》と凄《すさ》まじいバックファイヤーを吐き出し、ロケット弾が白煙を引きながら〝グラート〟に命中した。

「撤収！」

浩志の号令で加藤と柊真は応戦しながら下がった。ＲＰＧ７を抱えた浩志がランドクルーザーの助手席に座り、加藤らも後部座席に飛び込むと、間髪を入れずに片倉はアクセルを踏んで車を発進させた。

「柊真、自分の体をよく調べるんだ。戦闘中は怪我をしても気が付かないものだ」

戦闘経験が少ない兵士は、銃で撃たれてもしばらく気が付かないことがある。

「大丈夫です。擦り傷ひとつありません」

柊真は元気よく返事をした。

「そうか」

浩志はバックミラー越しに頷いた。

ＲＰＧ７を構えている間に、敵の弾丸を太腿《ふともも》と脇腹に食らっていた。太腿はかすり傷程度で、防弾ベストが破れたが脇腹は無傷だった。障害物がなかっただけに、標的になった。だからこそ、自分でＲＰＧ７を取り、加藤と柊真に射撃を命じたのだ。

「藤堂さんこそ、大丈夫ですか。あんな場所で膝撃ちでしたから」

逆に柊真に心配されてしまった。

「大丈夫だ」

思わず苦笑で答えた。

民兵の罠《わな》

一

〝グラート〟と呼ばれるロケット砲（ロケットランチャー）を搭載していた政府軍と交戦した浩志らは、ハーンアサルで謎の行動をとった民兵の追跡を諦めざるを得なかった。

化学兵器調査隊と合流すべくアザズを目指し、政府軍に包囲されているアレッポを避けて、郊外の田舎道をひたすら北上した。だが、政府軍の検問は至る所にあり、日が落ちるまで身を隠すため、アレッポの北東四十キロに位置するアル・バーブに向かった。

ひなびた風情《ふぜい》を見せる田舎町であるが、人口は十四万四千七百五人（二〇〇七年）とシリアでは八番目に多い。住民の多くはスンニ派で、ヌスラ戦線と自由シリア軍（ＦＳＡ）が混在して支配していると言うスタルクの情報に従って行動している。アル・バーブに政府軍の攻撃がまったくないわけではないが、とりあえずアレッポ周辺でうろつくよりは安全だと予想された。

町の入口でヌスラ戦線の検問にあったが、政府軍から逃れてきたという事情を説明すると通された。そればかりか浩志の名前を知っている者がいたため、手厚く歓迎されたのだ。浩志は自ら名乗ったわけではないが、日本人の傭兵だと言ったら、向こうから藤堂を知っているかと尋ねられたのだ。

ヌスラ戦線は、外国人民兵が多数を占め、中でもアラブ系に混じってチェチェン人の数は意外にも多い。そのため共通語としてアラビア語ではなく、ロシア語が使われている部隊もあるらしい。米国はヌスラ戦線をテロ組織と指定して警戒しているが、シリア市民からは評判がいい。実際、彼らは〝ＩＳＩＬ（イラク・レバント・イスラム国）〟と違って、市民に危害を加えないように配慮している。

プーチンの命令により、掠奪、強姦《ごうかん》、殺戮《さつりく》と悪の限りを尽くすロシア軍に故郷を追われてチェチェン人は難民となり、東ヨーロッパに逃れた。だが、ロシアの息がかかる国はもちろん、サラフィー系のイスラム教徒である彼らは迫害を受け、シリア、レバノン、ヨルダン、トルコなどのイスラム国家に移民している。彼らがシリアで反政府軍に参戦するのは、ロシアの後ろ盾《うしろだて》を持つシリアの現政権を倒すことでロシアに復讐するためであった。

浩志は一昨年、ワット、ペダノワ、大佐ことマジェール・佐藤らとともにロシアに潜入した。その際、グルジアのパンキシ渓谷《けいこく》を拠点とするチェチェンレジスタンスの協力を得ていた。たった四人でロシアに潜入し、政府の軍事情報部と闘うという行動が彼らを痺れさせた。浩志の名は彼らのネットワークを通じ広まっているらしい。そのため、シリアにいるチェチェン人民兵の間で浩志は英雄とされ、その名を知らない者はいないと言う。

町の一軒家の客間に浩志ら五人は通された。比較的大きな家で、彼らの司令部的な役割をしているようだ。

政府軍の検問を逃れてかなり大回りをしたために時刻は午後五時を過ぎていた。

アレッポ県北部で活動するヌスラ戦線所属のチェチェン人民兵、ムスタフ・ハンビエフは、客間の椅子に座り、浩志らにも椅子を勧めた。

ムスタフは四十前後、口髭を蓄えた精悍な顔つきをしている。身長は一八〇センチほどだが、部厚い胸板は戦士というより木こりと言った方が当てはまる。太い眉の下のブルーの澄《す》み切った大きな瞳が印象的だ。司令官ではないが、幹部に違いない。

全員が座ると、木製の丸テーブルに銀製の小さなカップが並べられ、羊の乳で煮だしたチャイが振る舞われた。濃厚で砂糖を存分に入れた独特の甘味がある。疲れて血糖値が下がっていたので、糖分を補給するにはちょうどよかった。食事は午後一時過ぎに携帯食と水を少しばかり口にしただけなので腹も減っていた。

辺境の町で空爆による被害は少ないとはいえ、物資は乏《とぼ》しいはずだ。砂糖を惜しげなく入れたのは、それだけ歓迎の意を表している証拠だった。

加藤と柊真それに片倉は、チャイを飲んでほっとした表情を見せたが、スタルクは疲れ切った顔をしている。年齢的な問題もあるかもしれないが、はじめて戦闘を目の当たりにして衝撃を受けたのだろう。

スタルクを知り合いのシリア人とし、あとの三人は傭兵仲間だと紹介している。

「それにしても、こんなところであなたに会えるとは思ってもいなかった。シリアの戦闘に参加しているのか？」

浩志らがチャイを飲んで落ち着いたところで、ムスタフが親しげに尋ねてきた。

「古い友人を助けに来たんだ」

チャイを飲み干《ほ》した浩志は、テーブルにカップを置いて答えた。すると、ムスタフの部下が愛想《あいそ》のいい笑顔を浮かべて、空いたカップになみなみとチャイを注ぎ入れた。彼も浩志の名前を知っているようだ。

「ところで、今日、たまたまハーンアサルで妙なものを見た」

浩志は意味ありげにムスタフを見た。部屋には浩志ら五人に、先ほどチャイを給仕してくれた男とは別に出入口にも彼の部下が一人立っていた。どちらも二十代半ばと若い。

「彼らは私と同じチェチェンの村の出身で、亡命先のヨルダンからやって来た。何を話しても大丈夫だ。廃墟の街で何を見たんだ？」

ムスタフは二人の若者を見て笑顔を浮かべながら聞き返してきた。

「今朝早く、我々はハーンアサルを通りかかった。すると〝テクニカル〟とピックアップトラックに乗った民兵が現れ、中央広場に車を停めた。我々は念のために建物の陰に隠れて、様子を窺った」

浩志はムスタフの様子を観察するためにゆっくりと話している。

「〝テクニカル〟の民兵か、〝ＩＳＩＬ〟だと面倒だ。様子を見たのは正解だ」

ムスタフは相槌《あいづち》を打った。

「〝テクニカル〟に乗った兵士が重機関銃で警戒する中、四人の男が防護服に着替えてトラックから金属製の筒を取り出したのだ」

「ちょっと待ってくれ。アブデュラ、それにアリ、客人の食事の用意をするように頼んできてくれないか」

防護服と聞いて顔色を変えたムスタフは、浩志の話を遮って若い二人を家から出した。

「続けてくれ」

ムスタフの顔が強ばっている。

「金属製の筒をトラックで牽引して、中から透明な液体を散布して立ち去った。おそらく化学兵器をばらまいたのだろう」

「化学兵器だとしても、あの街には住民はほとんどいない。政府軍も駐留していないはずだ。何の意味がある？」

ムスタフは気難しい表情で首を横に振った。

「近々欧米の査察団が調べに来るらしい。土壌検査した際に化学兵器の痕跡が残るようにしているのだろう。彼らの狙いは化学兵器の使用が、政府軍か反政府軍かどちらかのせいにするための工作に違いない。政府が保有する化学兵器と成分が違えば、反政府勢力が使ったことになる」

浩志は自分たちの任務を隠すために少々嘘をついた。

「なんてことだ……」

ムスタフは天井を仰《あお》いで大きな溜息をついた。

「事情を知っているのか？」

少し間を置いて、浩志は尋ねた。

「知っての通り、反政府勢力といっても、シリア人を中心とした自由シリア軍もいれば、〝ＩＳＩＬ〟のようにアルカイダ系の武装勢力もいくつもある。ヌスラ戦線にはチェチェン人が多い。我々はアルカイダ系だとは思っていないが、アブー・ムハンマド・アル・ジャウラーニーは、アルカイダ系だと認識している」

チェチェン人の多くは、サラフィー系原理主義者として、ヌスラ戦線に加わっている。彼らはアルカイダとは関係なく純粋に闘争していると言いたいのだろう。ちなみにアブー・ムハンマド・アル・ジャウラーニーは、ヌスラ戦線の指導者である。

浩志は頷いて話を続けさせた。

「あなただから、話そう。ヌスラ戦線にもいろんな奴がいる。これは、噂だ。あくまでも噂に過ぎないのだが、噂でチェチェン人に化けたロシア人もいるというのだ」

ムスタフは人差し指を口に当て、声を潜《ひそ》めて言った。若い二人を追い払ったのは、彼らには聞かせたくなかったようだ。

「ロシア人じゃまずいのか？」

ロシア政府を憎んで、シリアに来ているロシア人がいてもおかしくはない。

「スパイらしいのだ。噂はそれだけじゃない。昨年の暮れから化学兵器の攻撃が続いているが、政府軍によるものなら直後に爆撃があり、跡形もなくなる。だが、なぜか爆撃がないこともあるんだ。それはヌスラ戦線でばらまいたからだと言うのだ。そういう場所では被害者をヌスラ戦線の民兵がビデオに収め、インターネットで発信しているから見たことがあると思う」

化学兵器の攻撃を受けたという映像が何度もインターネットのユーチューブで公開されたが、いくつかのビデオはやらせだと噂されている。

「シリア政府が査察を許可する場所は、身に覚えがないからか」

浩志は身を乗り出して尋ねた。

「言いたくないが、疑いはあるのだ。ロシアのスパイがばらまいているという可能性もあると俺は思うのだが、別の噂もある。我々チェチェン人に資金提供しているのは、サウジアラビアだ。彼らが化学兵器も提供したというのだ。信じられないがね」

悪いことをするのはロシア人だと、チェチェン人は決めつけている。スパイ説は根拠に乏しいようだ。

サウジアラビアのバンダル王子が、反政府勢力に資金提供していると複数のメディアは報道している。また、レバノンの報道機関を信用するならば、バンダル王子はロシアのプーチンに対して、シリアから手を引かなければ、ソチ冬季五輪をチェチェン人テロリストにより妨害《ぼうがい》すると脅迫したそうだ。だが、彼が金でチェチェン人を私兵化している可能性は高い。

「ロシア人スパイね。証明できるのか?」

浩志が念を押すと、ムスタフは首を横に振った。

二

午後十時を過ぎて浩志らは、アル・バーブを出発した。ヌスラ戦線所属のチェチェン人民兵であるムスタフ・ハンビエフから、政府軍の日没後の検問はないと聞いたからだ。しかも部下を引き連れて自らロシア製SUVのラーダ・ニーヴァを運転し、浩志らのランドクルーザーを先導していた。彼は尊敬する浩志がシリアにいる間は護衛を務めるとはりきっている。ありがたいが少々迷惑であった。

アル・バーブからアザズまでは約五十五キロ、トルコとの国境に近いシリア北部は、反政府勢力の支配下にあるが、同じ反政府勢力でも自由シリア軍を目の敵にしている〝ＩＳＩＬ〟に遭遇すると襲われる危険性があるため、ムスタフの申し出を受けることにした。ヌスラ戦線は〝ＩＳＩＬ〟と袂《たもと》を分かったが、敵対はしていない。

「それにしても、ムスタフの話は衝撃的でしたね」

ハンドルを握る柊真は後部座席の浩志に日本語で話しかけてきた。助手席は加藤が座っている。昼は加藤が運転していたので、交代したのだ。後部座席の浩志の隣には片倉が座り、スタルクは、荷台の席で眠っている。起きているのが日本人だけなので、気を遣う必要はない。

「噂だと言っていたが、辻褄《つじつま》は合う。ロシアは中東で協定を結んでいた国の独裁者が次々と政変により失脚して焦っている。それに歯止めをかけるべく、裏工作をしているとしてもおかしくはない」

ロシアは中国と並んで中東やアフリカで武器を売り捌《さば》き、荒稼ぎをしている。盟友リビアを失ったロシアはここでシリアまで手放すわけにはいかないのだ。

「もしそれが本当なら、大変なことですよ。シリア軍が化学兵器を平気で使用したのに欧米がそれを証明しようとしても、一方で反政府勢力に化けた諜報員が化学兵器を使ってそれを隠蔽《いんぺい》してしまう。化学兵器を使っているのは反政府勢力だと、ロシアが強気で主張している理由がやっと分かりましたよ」

柊真は腹立たしそうに言った。

「いずれにせよ、犠牲になるのは一般市民だ。罪もない人々の命が日々失われていく」

浩志の声は沈んでいた。

「このまま化学兵器の調査隊として働いて意味があるのですか？」

素朴《そぼく》な質問であるが、重要なことだ。

「化学兵器が使われた直後に査察に入るのなら意味があるが、このままでは化学兵器が使われた被災地を調べても、今日のハーンアサルのように何か偽装工作がされている可能性がある。査察は無駄だろうな」

「調査を終わらせるように、私はベルサレオ曹長に進言するつもりです」

柊真は強い口調で言った。

「俺の言ったことをベルサレオが素直に受け取るとは思えないがな」

浩志は苦笑を浮かべた。

「新参者の私はともかく、〝ＧＣＰ〟の隊員なら誰しも兵士としてのプライドと誇りを持っています。選抜試験で今回のユニットを組むことになり、その後の二週間の厳しい訓練で、曹長を中心にチームワークを磨きました。しかし、シリアに投入され、訓練では経験していない事象に出くわし、私以上に先輩たちは当惑したようです。藤堂さんがいなければ入国もできなかったでしょう。全員藤堂さんに敬服しています。曹長は立場上、素直になれないだけで、本当は感謝しているはずです」

柊真は歯の浮くような台詞《せりふ》を言った。

「俺はただ助言しただけだ。それを実行に移せるかどうかは、おまえらの実力次第だ」

シリア政府軍の車列を襲い、ロケット砲を搭載したトラックを撃破したこともそうである。自分のチームである〝リベンジャーズ〟なら、簡単なことだった。戦闘経験が浅い柊真と働くことになったのは、浩志にとっても冒険であった。

「今回藤堂さんとご一緒できて本当によかったです。実は、マーキー上級軍曹と色々な話をしました。彼とは普段から個人的に親しいのです。彼も〝リベンジャーズ〟という傭兵特殊部隊の名前を以前から知っていたようです。加藤さんを羨ましがっていましたよ」

柊真の言葉を加藤はにやにやと聞いている。照れくさいのだろう。

「一緒に仕事をすることになったのは、本当に偶然だった。驚いたのは俺の方だ」

偶然ではあったが、やはり柊真とは縁があるのだろう。

「我々は作戦を中断して帰る他ないのでしょうか？」

柊真は真剣な表情で尋ねてきた。

「おまえはどう思っている?」

浩志は質問で切り返した。答えるのは簡単なことだった。

「ここだけの話にしてください。マーキー上級軍曹からこっそり聞いたことです。今回の作戦の狙いは、フランス政府の米国に対するポーズらしいのです。オバマはシリアに攻撃をしたいのに、ロシアと中国の猛反対により、EU諸国は尻込みをしています。そこでオランド大統領は一人でしっぽを振ってみせているというのです。それには発言だけでなく、シリアに対して水面下で何かをしているという証拠が必要で、我々はその駒にされた可能性があると言うのです」

マーキーは兵士としては珍しく命令の政治的裏側まで考えていたようだ。それに柊真を新参者の部下としてでなく、仲間として扱っている。軍人というより、人間としてできているようだ。

柊真が言ったように二〇一三年五月時点では、オランド仏大統領はオバマ米大統領に追《つい》随《ずい》していた。だが、軍事攻撃反対の世論を無視してまで武力行使を支持していたにもかかわらず、肝心《かんじん》のオバマが九月以降は議会の反対でロシアを仲介にしてシリアと外交路線に転じてしまい、梯子を外された形のオランドは大恥をかく。以来、オランドはフランスの伝統的なアンチ米国に転じている。もっともそれも政治的パフォーマンスに過ぎない。

「それで?」

浩志はバックミラーで見ている柊真に先を促した。

「このまま帰ったとしても、米国にポーズをとるだけならそれでいいでしょう。しかし、現実的に私は偽装工作している民兵を見てしまいました。彼らを捕まえて真実を調べるべきだと思います。危険でしょうが、このままでは罪もない市民の犠牲が増えるだけです」

柊真は熱く語った。この男は私利私欲で闘っているのではない。純粋に正義を信じているのだ。軍人として甘いともとれるが、悪いことではない。むしろ褒めるべきだ。

「方法は二つある。まずはシリア軍の持っている化学兵器の弾頭を盗み出し、基地に実戦配備されていることを証明することだ。弾頭と今日採取した土壌サンプルを科学者と軍医に持たせてフランス本国に帰せば、最低限の目的は達成できるだろう。土壌サンプルだけじゃだめだ。おそらく民兵が化学兵器を使ったと証明することになるはずだからな」

浩志は窓の外の暗闇を見ながら答えた。

「残りの一つは？」

柊真は首を傾げた。

「おまえの言ったようにロシアのスパイを捕まえることだ。だが、同時に彼らの持っている化学兵器を押収しなければならない。おそらく化学兵器はこれからも使われるだろう」

浩志はバックミラーに映る柊真を見て言った。

「そうですね。化学兵器を押さえないと禍根《かこん》を残すことになりますからね」

柊真は大きく頷いた。

「だが、それには人手が足りない」

紛争地を捜査するには、外人部隊の四人がいたところでとても足りない。一瞬、〝リベンジャーズ〟の仲間の顔が頭を過《よぎ》ったが、仕事を請けているのに途中でキャンセルすることなどできない。浩志は腕を組んで溜息をついた。

三

アル・バーブからアザズまでは舗装されていない田舎道が続いた。むろん街灯はない。シリア北部の地方都市や村を結ぶ昔からあるルートだ。

ムスタフらが乗るラーダ・ニーヴァが先を走っているが、それでもフロントガラスが黒く塗りつぶされたかと錯覚《さっかく》を覚えるほど、暗い夜道が続く。

途中で獣道のような細い道と交差するために、常人ならコンパスで方角を確認しながら進まなければならない。助手席に座る加藤は、何も見ないでムスタフらよりも早く柊真にナビゲーションしてみせる。昼は太陽、夜なら星で現在位置を彼は知ることができる。頭の中にインプットされた地図と星の位置関係で、方角と現在位置を瞬時に割り出しているのだ。

浩志は腕時計で時間を確認した。午後十時四十八分になっている。予定ではあと数分で到着するはずだ。

「アザズのアジトまで、残り四キロを切りました」

加藤は浩志の意思を汲《く》み取ったかのように報告した。

「凄いですね。外人部隊でも加藤さんのように優れたナビゲーターは、絶対いませんよ」

ハンドルを握る柊真は感心してみせた。

「私は追跡と潜入のプロだからね。しかし、〝リベンジャーズ〟はその道のプロが集まったチームだから、驚くことじゃないよ」

加藤は謙遜《けんそん》してみせた。

「特殊な能力がないと、〝リベンジャーズ〟には入れないのでしょうか？」

柊真が神妙な顔をして尋ねてきた。

「そうでもない。京介は、今でこそ爆弾のプロを自称しているが、際立《きわだ》った才能を持っているわけではない。強いて言えば、根性のプロとでも言っておこうか」

浩志は冗談混じりに言った。

傭兵代理店のランク付けで、浩志はトップクラスのAが三つ付くスペシャルAで、他の仲間はAが二つの特別A、京介は最近になってようやくBからAランクに昇格した。

「根性のプロですか。それはちょっと、……あの人は命の恩人ですから」

柊真は吹き出しながらも、言い繕《つくろ》った。

ミャンマーの民兵に拉致された彼を浩志はチームを率いて救助した。その際、京介は頭部を狙撃される重傷を負った。

「とりあえず、任期を終えることだけまず考えるんだな」

浩志は静かに言った。

柊真も〝リベンジャーズ〟に入りたいのだろう。彼の人生である。自分のことは自分で決めればいい。だが、五年という外人部隊の任期を終えて、もう一度進路を決めて欲しい。まだ二十二歳という年齢である。傭兵に限らずもっと色々な経験をした方が彼のためだ。

「うん？」

ポケットの衛星携帯が振動した。画面にマーキーの電話番号が表示されている。彼にはアル・バーブを出発する際に連絡を入れておいた。調査隊のメンバーは、ハーンアサルの調査を終えると、アザズにすぐに戻っていた。早朝の行動だったため、何もトラブルはなかったらしい。

――マーキーです。現在位置を教えてください。

「アザズの東、二キロの地点だ」

――二キロ！　車を停めてください。

「パッシングして、車を停めるんだ」

マーキーの指示に従って柊真に命じた。

柊真がパッシングすると、先行しているムスタフの車も停まった。あらかじめ合図は決めておいた。柊真はムスタフの車のすぐ後ろに車を停めてライトを消した。

「どうした？」

あらためて浩志はマーキーに尋ねた。

——シリア軍と思われる狙撃兵が現れました。

「馬鹿な。日は暮れているぞ」

耳を疑った浩志はすぐに聞き返した。

反政府勢力の力が強い都市では、政府軍はゲリラ的に狙撃兵を送り込み、民兵ばかりか無差別に住民を狙撃することで反政府勢力を攪乱《かくらん》する作戦を取っている。だが、シリア政府軍の狙撃兵はＡＫ47に旧式の光学式スコープを付けただけで、特別な銃ではない。夜間でも使える暗視装置を備えたスナイパースコープを、彼らが備えているという情報は聞いたことがなかった。

だが、他の民兵組織が暗視装置を使ってまで狙撃をしてくるとは考え難《にく》い。紛争が混迷化したために政府は新たにロシアから装備を購入したと考えるべきだろう。

——それが、灯りもない屋外に出たＦＳＡの民兵が正確に狙撃されたのです。そのため、建物から出ることができません。

「敵の数は?」

——狙撃兵は二名と思われます。アジトの正面と裏口も狙われているため、我々でも対処できません。夜が明ければ、アレッポからもFSAの応援がやって来るそうです。こちらからの攻撃は安全を期して夜が明けてからになります。すみませんが、Uターンしてもらえますか?

〝北部の嵐〟のアジトである建物の入口は北にある。裏口と呼んでいるのは砲撃で崩れた壁の穴で、南側にあった。

「屋上から狙撃ポイントは、確認したのか?」

アジトがあるビルは、付近では一番高い。もし、敵兵が屋上から狙っているようなら発見できるはずだ。

——もちろんです。しかし、屋上から敵兵の姿は確認できませんでした。

「分かった。我々で対処する」

浩志は即決した。

——しかし……。

マーキーが戸惑っている。敵の人数が少ないために緊迫感がないのだろう。

「狙撃兵に狙われるということは、アジトの位置がばれたんだぞ。夜が明けてFSAの応援が来る前に、爆撃を受ける可能性があるということだ」

当然のことながら、夜明け前に脱出しなければならない。また、隣のビルの〝秘密病院〟も撤収するべきだろう。

――あっ！

マーキーが声を上げた。ようやく気が付いたようだ。

狙撃兵の狙いは、朝まで自由シリア軍の民兵を足止めしておくことだろう。考えられることは爆撃するまでの時間稼ぎだ。

「到着したら、指示を出す。それまで待機していろ」

――了解しました。

携帯を仕舞った浩志はドアを開けて外に出た。ムスタフが外で待っていた。

「狙撃兵が出たらしい。二名らしいが、サポートの兵士は最低でも十人前後いるはずだ。これから、俺たちで敵を粉砕《ふんさい》するつもりだ」

彼らの力量が分からないので、手を貸せとは言わなかった。

「手伝わせてくれ。俺たちはヨルダンで軍事訓練を受けてきた。俺も部下の二人も射撃はうまい。百メートル先の拳大の小石も当てることができる」

ムスタフは胸を張って答えた。彼の言っていることが本当なら、三百メートル先の人間の頭も狙撃できるということになる。

「いいだろう。その代わり、俺の命令に従え」

「本当か。やったぞ!」

両手を上げたムスタフは、小躍《こおど》りしながらいきなり抱きついてきた。

四

〝北部の嵐〟のアジトはアザズの南の街外れにあった。政府軍の基地は反政府勢力の支配地域であるアレッポより北にはない。だが、狙撃される危険性は常にあった。もっとも狙撃するのは正規軍とは限らない。政府側の民兵も多いからである。政府軍にせよ民兵にせよ、南部から侵入してくる。そのため街の防衛上、南の守りを固める必要があった。

政府側の民兵と言えば、長年シリアから支援を受けていたレバノンのヒズボラは有名であるが、大統領子飼いの〝シャッビーハ〟という組織が猛威を振るっている。

〝シャッビーハ〟はアル・アサド家から資金提供を受けており、紛争前から政府を批判する者に対して暴力で対処するため、秘密警察よりも怖れられていた。

ドバイに本部を置くアラビア語国際ニュース衛星放送である〝アル・アラビーヤ(al arabiya net)〟によれば、三千人と言われていた〝シャッビーハ〟の民兵は紛争が始まってからは一万人に膨れ上がり、政府は密《ひそ》かに軍隊に編入したと言うのだ。

基地は政権支持者が多いハマーにあり、反政府勢力を五千人収監している収容所や拷問所もある。〝シャッビーハ〟は銃やＲＰＧだけでなく装甲車まで政府から与えられ、虐殺、強姦、掠奪など非道の限りを尽くし、ハマーからイドリブ西南部、ホムス北西部まで勢力範囲を広げている。

アザズの二キロ東の地点から浩志らは郊外の畑を横切って南に向かっていた。闇に埋もれている荒れ地と化した畑は、区割りが分かるだけで農作物はほとんど生えていない。

「五十メートルほど先にある建物がそうです」

浩志の隣に座っていた片倉が指先で示した。彼の言う通り、ヘッドライトがコンクリートブロックの平屋の建物を照らし出した。

柊真が建物の脇に車を停めると、後続のムスタフらが乗ったラーダ・ニーヴァも並んで停められた。すぐさま銃を構えた浩志と加藤が車から下りて建物に入り安全を確認した。

紛争前は穀物を一時的に保管する倉庫として使われていたらしいが、今は何も収納されていない。だが、街から離れているため、建物は無傷であった。

「政府軍にしろ、民兵にしろ、やつらは南西にある幹線道路を使う。ここなら安全だな」

建物の内部を見た浩志は頷いた。

「それに街から離れていますから、反政府勢力も使わないでしょう。孤立しているだけに爆撃の対象にもなりませんね」

加藤が相槌《あいづち》を打った。

〝北部の嵐〟のアジトを狙っている狙撃手に対処するには、密かに彼らに近付かねばならない。むろん車は使えないので、非戦闘員である片倉とスタルクの安全を確保する上でも、安全な隠れ家が必要だった。

浩志はスタルクとムスタフに適当な場所はないかと尋ねたが、答えたのは片倉だった。彼は子供の頃から米国の情報員だった父親に言語と世界情勢を記憶するように英才教育を施されてきた。そのため、十カ国以上の言語を操り、米国の情報衛星がもたらす最新の衛星写真や世界の地図情報を常に頭に叩き込んでいる。シリアに入国するにあたっては、紛争前の文献にまで目を通してきたのだ。

大きな木戸を開け、二台の車を建物の中に入れた。三十坪ほどでそれほど広くはない。

「二人とも銃は扱えるのか?」

浩志は片倉とスタルクに尋ねた。

「私は子供の頃ハンドガンの訓練を父親から受けただけです。あまり好きじゃないんです」

片倉は頭を掻いてみせた。どこまでも平和主義のようだ。現在は森美香と名乗っている片倉の実の妹は銃も格闘技もよくこなす。まったく正反対の性格である。

「使い方は分かるな。撃たれる前に撃て。ここは戦場だ。躊躇すれば、死ぬぞ」

舌打ちをした浩志は、自分のグロックを片倉に与えた。

「銃はなんでも扱えるように訓練を受けています」

スタルクは片倉を見て鼻で笑った。フランスの情報員だけに問題はなさそうだ。加藤のグロックを受け取るとスタルクは、手際よくマガジンを抜いて調べた。

「集まってくれ」

浩志は倉庫の片隅に全員を集めて円陣を組むように並ばせると、ジッポライターの火を点けてランプ代わりに地面に置いた。煙草は吸わなくてもライターはサバイバルでは必需品である。傭兵仲間は誰しも持っていた。

「作戦が終了するまで、いつでも出られるように片倉とスタルクはランドクルーザー、ムスタフは部下の一人をラーダ・ニーヴァで待機させてくれ」

ムスタフはアリと呼んでいる一番若い兵士に残るように命じた。運転は片倉とスタルクに任せればいいのだが、念のために兵士を一人残したのだ。

浩志は作戦を説明するため、アジトのあるビルの周辺地図をサバイバルナイフで地面に描きはじめた。

「地図なら、私に描かせてください」

片倉が手を上げてみせた。

「頼む」

浩志は片倉にサバイバルナイフを渡した。

片倉はナイフを受け取り、切っ先で街の地図を描きはじめた。かなり詳細に書き込んでいる。アジトの南側は空き地になっており、北側に建物が密集している。この手の作業は加藤が得意とするが、図を見る限りでは彼と同等の能力を有しているようだ。

「地図は精確だ。それなら狙撃ポイントも分かるか？」

傭兵としていつでも襲撃に備えるべく、浩志は到着直後に見張りをしながら狙撃ポイントを確認していた。片倉を試すべくあえて質問したのだ。

「まず、アジトの南側の壁が崩れた場所の出入りを狙撃できる可能性がある建物は、東側にあるこの二つのビルのどちらかだと思われます」

片倉はワンブロック東に離れた二つのビルを指し示した。どちらも三階建てで、浩志も検討していたビルだ。

「どうして、そう思う？」

「西側には直接狙えるような高い建物がないからです。また〝秘密病院〟のある建物が手前にあり、邪魔しています。しかし、ワンブロック離れた東にあるビルなら窓からでも屋上からでも狙えます。その隣のビルは、屋上からなら狙撃可能です」

「いいだろう。北の玄関側は？」

頷いた浩志は片倉を促した。

「アジトの北側にあるビルは、爆撃で瓦礫の山になっているため、これが邪魔で、北側と東側からは狙撃ができません。ただし、西にあるこの三つのビルからは見通しが利くため、狙撃が可能だと思われます」

狙撃はまずは見通しが利く場所が分かればある程度判断がつく。それにしても銃が扱えないと言う割には正確な判断をしている。

「片倉の考えに俺も賛成だ。ただし、屋上はアジトの方が高い。マーキーは敵を確認できなかったと言っている。敵も悟られないように窓から狙ったのだ。屋上は、この際考えなくていいだろう。質問は？」

一同の顔を見たが、誰しも納得した顔をしていた。

「行くぞ」

浩志はジッポライターの火を消してポケットに仕舞った。

五

午後十一時三十二分、上弦の月は、荒れ地を照らしていた。街灯りがないため、汚れを知らない夜空は満天に星をちりばめている。

浩志を先頭に柊真、ムスタフ、そして彼の部下であるアブデュラがRPG7を担いで続き、しんがりに加藤を付けて黙々と進んでいる。

片倉らを残してきた倉庫から北に移動していた。倉庫から北西にある〝北部の嵐〟のアジトまでは直線距離で約二キロ。まずは手前の東側の狙撃兵を狙っている。反対側の西にいる敵に気付かれずに攻撃するつもりだ。

特殊部隊ならともかく、狙撃兵だけで敵地に潜《もぐ》り込むとは思えない。そうかといって、多人数の部隊ではないはずだ。寝込みを襲うのなら、百人前後の二小隊で数に物を言わせればいいからだ。敵が数人なら、浩志と加藤と柊真だけで充分対処できる。

アレッポの北側は反政府勢力の支配下にあるため、少人数で目立たないように日が暮れてから行動し、アザズまでやって来たと考えるのが妥当《だとう》だろう。とすれば、せいぜい十人前後、二チームに分かれて行動しているに違いない。

しばらく荒れ地を進んでいたが、瓦礫が散乱する通りになった。アザズの街に入ったのだ。恐ろしく静まり返っている。狙撃を怖れて街全体が息を潜めているようだ。十五メートル先の交差点を西に二百メートルほど進めば目標の二つのビルに到達する。

用心深く瓦礫を縫うように百メートル進む。浩志は右の拳を握り、止まれを命じた。後ろを振り返って加藤を指差し、斥候《せっこう》にでるように前方を示した。

加藤は無言で頷き、黒豹《くろひょう》のような素早さで足音も立てずに走って行った。

十分ほどして加藤は瓦礫が作り出す闇を抜けて戻ってきた。

「敵の数はカウントできるだけで、三十二人いました。服装からして民兵です」

加藤は息も乱さずに答えた。

「三十二人。小隊クラスか」

浩志は右眉を吊り上げた。

敵は二人の狙撃兵を含む十人前後の分隊クラスだと予測していた。だが、三十人以上ということは小隊クラスということになる。また、二チームに分かれていることを考えれば、その倍の人数で二小隊と考えた方がいいだろう。

「あれだけの人数がいて、どうして寝込みを襲わなかったのでしょうか？」

加藤も首を傾げていた。

「同士討ちを怖れているのだろう。俺はてっきり爆撃を待っていると思っていたが、違ったようだ。服装も民兵だとすれば、〝シャッビーハ〟かもしれない。ヒズボラなら一度にそんな人数で攻めて来ることはないはずだ」

レバノンのヒズボラがトルコの国境付近まで攻め上がって来るとは思えない。アレッポの西南に位置するイドリブまで支配下に収めた〝シャッビーハ〟が、政府の命を受けて〝北部の嵐〟の幹部を殺害するためにやって来たのだろう。

現在アジトには〝北部の嵐〟の幹部と民兵が二十人近くおり、アザズ全体では百人以上いるはずだ。おそらく〝シャッビーハ〟は夜明けとともに総攻撃し、〝北部の嵐〟との正面衝突は避けてすぐに退却するつもりに違いない。どこの組織も幹部さえ殺害すれば烏合《うごう》の衆になるからだ。それにぐずぐずしていると背後のアレッポから自由シリア軍の応援部隊が駆けつけてくる。攻撃は電撃的に行われるはずだ。

「敵の配置を教えてくれ」

「了解しました」

加藤はアジト周辺の詳細な図を描き、敵の位置を書き込みはじめた。

狙撃兵がいると思われるビルの陰に貨物用トラックが二台停められており、その近くの爆撃で広場になった場所に三十人近い男たちがいるようだ。そこで夜を明かすつもりなのだろう。

「RPG7で、トラックは破壊せずに精確に瓦礫の広場を狙えるか？」

浩志はムスタフに尋ねた。

奇襲攻撃で敵にダメージを与えるが、殲滅《せんめつ》することは考えず、むしろ退却するように仕向ける。トラックを破壊すれば、退路を断たれた敵は死にものぐるいになって抵抗するため、味方にも被害が出る可能性あるからだ。

「ここからじゃ無理だが、北側からなら可能だ。敵をわざと逃がすんだな」

作戦の意図がすぐに分かったらしい。ムスタフがヨルダンで軍事訓練を受けてきたと言ったのは、射撃訓練だけではなさそうだ。

「こちらが少人数で襲っていることに気付かれないように派手に襲うのだ。まずは、アジトから味方を助け出すことを優先させる。彼らがアジトから脱出できれば、なんとでもなるはずだ」

たとえ敵の残党がいようが、〝北部の嵐〟が態勢を整えれば勝てるだろう。

「なるほど、夜間の戦闘じゃ、同士討ちになるからな。いい作戦だ」

ムスタフは部下のアブデュラからRPG７を受け取った。彼の方が操作に慣れているのだろう。

浩志は衛星携帯を取り出し、マーキーに電話をかけた。

「敵は、確認できただけで三十二人、全体で七十人以上、二小隊いるはずだ。夜明けとともにそこを総攻撃するつもりだろう。そこで、〇〇〇〇時に東側の敵に攻撃を開始。敵が撤退次第、全員南側の出口から脱出するんだ」

作戦は十二分後の午前零時に決行するつもりだ。

――二小隊！　……我々は退却するだけでいいのでしょうか？

マーキーが声を上げた。

「退却の指揮は、ベルサレオにさせろ。敵だと確認できるまで銃は絶対使うな。同士討ちになる」

――〇〇〇〇時ですね。了解しました。

携帯を切ると、浩志はチームを北に進めた。

六

浩志は腕時計で時間を確認した。

午前零時。浩志はビルの陰から抜け出し、柊真とともに道沿いの闇を伝って走った。

背後のビルの屋上で、乾いた破裂音がした。ムスタフのRPG7が火を噴いたのだ。ロケット弾は十数メートル先にある瓦礫の広場に着弾、破裂した。同時にムスタフの脇で銃を構えていた加藤とアブデュラが銃撃を開始した。敵の悲鳴と叫び声が聞こえる。突然の攻撃にパニック状態になったようだ。

浩志と柊真は瓦礫の向こうにある広場の敵には目もくれず、狙撃兵がいるはずのビルに向かっている。

数メートル先のビルから二人の民兵が飛び出してきた。

浩志と柊真が同時に発砲し、倒れる男たちと入れ違いに建物に突入した。以前はレストランだったのか、テーブルや椅子が散乱している。奥の厨房と思われる場所にロウソクの炎が揺らめいていた。

柊真が自ら先に進み、浩志がすぐ後ろに付きサポートした。まるで何年もコンビを組んでいたかのように息が合う。柊真がまだ日本にいた頃、浩志は彼の祖父である明石妙仁の許で古武道の稽古《けいこ》を彼と一緒にしたことが何度もある。その経験が生きているのだろう。しかも、彼は今や外人部隊最強の特殊部隊〝ＧＣＰ〟の隊員である。軍人としての力量に不満はない。

「むっ！」

倒れたテーブルの後ろに人影。

「撃たないでくれ！」

銃を向けると、男は両手を上げて叫んだ。

柊真は一瞬戸惑ったが、浩志は迷わず三発撃った。

手を上げた男は脇腹を押さえて倒れ、背後に隠れていた男が二発の弾丸を頭と首に食らって壁際まで転がって行った。その手に銃が握られていたのだ。

浩志は、脇腹を押さえて呻《うめ》いている男の後頭部を殴って気絶させた。

戦場では敵であれば戦闘不能の状態にしなければならない。負傷しているからと背中を見せるような真似は自殺行為である。冷徹《れいてつ》にならなければ、生き抜けない。

浩志は呆然《ぼうぜん》としている柊真の肩を叩いて、厨房の横にある階段を駆け上った。二階のドアは壊れて外されている。ポケットから小型のミラーを取り出した。市街戦では必需品だ。出入口からミラーを延ばして部屋を覗いてみると、家財もないワンフロアーの部屋だった。戦乱を避けて家主は逃げ出したのだろう。毛布が二枚敷かれている。一階にいた兵士の物かもしれないが、油断はできない。

階段を柊真が先に上ろうとするので、浩志は引き戻して先に階段を上がった。三階のドアは開けっ放しになっている。一番上の段まで上がり、ミラーで覗いた。二階と同じワンフロアーのようだが、ベッドが中央に置かれているため、全体がよく見えない。

浩志はMP7を横向きに持ち、銃だけ部屋に入れて銃撃した。数発撃った後、反撃がないので部屋に踏み込んだ。

ベッドの背後に旧式だが暗視スコープを取り付けたAK47を抱えた男が倒れていた。狙撃兵に違いない。

「こちら、リベンジャー。トレーサーマン応答せよ」

ビルをクリアした浩志は加藤をいつものコードネームで呼びだした。ちなみにムスタフら三人のチェチェン人は便宜《べんぎ》的にG1、G2、G3というコードネームにしている。

——トレーサーマンです。敵が撤退をはじめました。すでに一台目のトラックは逃走、二台目も動きはじめています。

「撃ち方、止《や》め。敵が完全に撤退するまで待機」

——了解しました。

「こちら、リベンジャー。プルート、応答せよ」

プルートはマーキー上級軍曹のコードネームである。すでに無線の電波が届くため、他の三人の外人部隊の兵士にも聞こえているはずだ。

――こちら、プルート。

「東側の敵はクリア。援護する。すぐに脱出せよ」

――リベンジャー、感謝します。

通信を終えて階段を下りかけると、外で爆発音がした。

「何だ？」

――こちらプルート、RPGで攻撃を受けました。一階の玄関側に着弾。

――こちらトレーサーマン、西の敵が攻撃してきました。G1がRPGで反撃したいと言っています。

立て続けにマーキーと加藤から連絡が入った。東側の敵は退却をはじめたので、西の敵は逆に攻撃してきたようだ。是が非でも〝北部の嵐〟の幹部を殺害したいのだろう。

「リベンジャーだ。RPGの反撃は許さない。西側には住民も残っているはずだ。全員アジトに急行し、脱出を援護せよ」

――了解しました。

「プルート、〝秘密病院〟はどうなっている？」

階段を駆け下りながら、浩志は無線連絡を続けた。

——こちらプルート、把握している者がいません。

少し間を置いて、マーキーは答えた。背後でデイニス大尉のわめき声が聞こえる。攻撃されてパニックになっているようだ。

「くそっ！　柊真、行くぞ」

ビルを出て西に向かって走った。アジトを脱出した〝北部の嵐〟の兵士とすれ違った。裏口の前に〝テクニカル〟が停められ、アフマド・サバークが荷台で重機関銃の銃口を西の方角に向けて立っていた。

「アフマド、〝秘密病院〟はどうなっているんだ？」

浩志は声を張り上げて尋ねた。

「今、部下に見に行かせている。先にここを離れてくれ」

アフマドは前方の闇に目を凝らしながら答えた。

待つこともなく隣のビルの地下室の階段から、アフマドの部下とブルーの手術着姿の日本人医師と思われる男が現れた。

「移動できない重傷の患者が二人いるんです。我々はここに留まります」

男はアラビア語でアフマドに訴えた。

「ドクター・佐伯《さえき》。医者が死んだら、我々は困る。生き延びて、これからも何人もの人間を救ってくれ」

　車から下りたアフマドは、両手を振って訴えた。

「我が身かわいさに患者を見殺しにしたら、私たちは医師ではなくなる。悪いが私は残る」

　佐伯は首を横に振ると、呆気に取られているアフマドに軽く頭を下げて地下室に戻って行った。紛争地に乗り込んで来る医師だけに、下手な軍人よりもよほど根性は据わっているようだ。

「アフマド、ここはおまえのチームに任せる。俺たちは敵の側面に回って攻撃する。加藤、付いて来い」

　駆けつけて来た加藤に言った。医師が逃げないと言う以上、傭兵にできるのは体を張って敵と戦うことしかない。

　加藤の後ろに、ムスタフら三人のチェチェン人も付いてきた。浩志はいまさら帰れとは言わなかった。

「待ってください。俺も行きます」

　柊真が前に出た。

「勝手な行動をとるな！」

　駆け出そうとした柊真の肩をベルサレオが摑んで引き止めた。

「しかし！」

「反論は、許さん！　マーキー、影山、ムッシュ・藤堂の援護に就け。私とマテオは大尉と中尉を護衛してスタルクと合流する」

ベルサレオは柊真らに改めて命じると、浩志に向かって敬礼してみせた。指先まで力が込められている。敬意を示している証拠だ。

浩志も無言で敬礼を返した。

「行くぞ！」

急場の寄せ集めチームに向かって、浩志は号令をかけた。

屈辱《くつじょく》の撤退《てったい》

一

〝北部の嵐〟のアジトを襲ってきた武装集団との闘いは一時間で決着した。

西から進んできた敵はおよそ四十名、浩志は加藤、柊真、マーキー、それにムスタフらチェチェン人を引き連れ、一旦南に逸《そ》れて西に進み、進撃してきた敵の側面を攻撃した。

浩志らの猛攻であっという間に半数近くを失った敵は、数人が撤退し、残りの民兵は追われながらもアジトまでやって来たが、それをアフマドの〝テクニカル〟の重機関銃が迎え撃った。

この時点で敵は十人近くになっていたが、重機関銃に押し返されて半数はトラックに乗って逃走し、残りの数人が逃げる途中で空家に立て籠《こも》った。

三十分ほど膠着《こうちゃく》状態になったが、最後は〝テクニカル〟に搭載された12・7ミリ口径弾のＮＳＶ重機関銃とＲＰＧ７で建物ごと破壊して決着した。

負傷して生き残った民兵をアフマドが尋問《じんもん》したところ、浩志が予測したとおり〝シャッビーハ〟だった。反対勢力が支配するアレッポ北部に空爆を繰り返している政府だが、北の拠点であるアザズを先に潰すことにしたようだ。アレッポを包囲攻撃する上で、重要な軍事拠点の一つになるからだ。

この後アザズは二〇一三年九月までは自由シリア軍（ＦＳＡ）である〝北部の嵐〟が支配していた。だが、彼らを駆逐《くちく》しアザズを支配下に置いたのは、他ならぬ反政府勢力の一つ、〝イラク・レバント・イスラム国（ＩＳＩＬ）〟であった。

以前から〝ＦＳＡ〟と反目していた〝ＩＳＩＬ〟は二〇一三年九月十八日、突如《とつじょ》として〝北部の嵐〟に襲い掛かり、三時間にわたる戦闘の末、アザズを制圧した。

ことの発端《ほったん》は、〝ＩＳＩＬ〟がアザズで活動する国境なき医師団のドイツ人医師を、西洋人の手先として〝秘密病院〟を急襲したことにはじまる。この暴挙に抵抗した〝北部の嵐〟に対して、〝ＩＳＩＬ〟はアザズに雪崩《なだ》れ込んできたらしい。おそらく〝ＩＳＩＬ〟にとってドイツ人医師の問題は、攻撃のネタに過ぎず言いがかりをつけて支配地域の拡大をしたかったのだろう。

この戦闘後にアレッポに本拠地がある反政府勢力の一つ、リワ・アル・タウヒッド(Liwa al-Tawhid) が調停し停戦させたが、〝北部の嵐〟はすでに壊滅したため、アザズは事実上〝ＩＳＩＬ〟の支配地域となった。

アレッポは北部を反政府勢力、南部を政府軍が支配しているが、リワ・アル・タウヒッドは戦闘員一万人とも言われる、アレッポにおける反政府勢力最大の民兵組織である。だが、二〇一三年十一月十四日に反政府側の空軍基地が空爆された際、最高指揮官であるアブドル・カディル・アル・サレハを喪《うしな》っている。これでまた反政府勢力は力を削《そ》ぎ落とされ、政府軍は勢力を挽回しているのである。

時を戻し、アザズにおける〝北部の嵐〟のアジトを撤収した浩志らは、片倉とスタルクが隠れていた穀物倉庫でベルサレオらと合流し、ムスタフ・ハンビエフの勧めもあってアル・バーブに向かった。アフマド含む〝北部の嵐〟のメンバーとはアザズで別れている。彼らは何があっても街を離れるわけにはいかないと言うのだ。彼らにとって撤退、イコール敗北であった。

アル・バーブで浩志らは二軒の家をあてがわれ、全員ベッド付きの部屋で眠ることができた。ムスタフの計らいで部下の兵舎として使っていた家を貸してくれたらしい。

翌日、浩志らはムスタフが司令部として使っている家で朝食を食べた。食後のテーブルには例のチャイが載せられている。

浩志、加藤、片倉、スタルク、オブラック中尉とデイニス大尉の六人、それにホスト役のムスタフがテーブルに着いていた。外人部隊の四人は護衛官らしく、家の外で見張りをしている。彼らは家の外でパンとチャイで朝食をすませていた。

「これで、朝刊でも読んでいたら、ホテルとかわりませんな」

　スタルクは、うまそうにチャイを飲んでいる。

「〃北部の嵐〃はアザズを支配していると言っても、あそこは廃墟だ。客をもてなすこともできない。だが、その点、ここは違う。たまに政府軍の爆撃はあるが、まだ経済活動を失ってはいない」

　ムスタフは上機嫌で答えた。

　彼は英雄視している浩志とともに闘ったことで高揚《こうよう》しているようだ。昨夜浩志が戦闘の終了を告げた時は、ムスタフは部下とくるくると回って踊ってみせた。イスラム教徒の〃スーフィーダンス〃である。喜びや悲しみを表現するようだが、チェチェン人は無表情で踊る。激しい感情をあえて胸に秘めて踊るのだ。

「これからどうするつもりだ？」

　浩志はそれとなくスタルクに尋ねた。化学兵器の調査が終われば、スタルクの個人的な仕事に付き合うことになっている。だが、まだ仕事の内容を聞いてなかった。プロの傭兵としてはあり得ないことであるが、情報員の護衛ということで特殊な事例として受け取っていたからだ。

「さて……」

スタルクは、オブラックとデイニスを交互に見て肩を竦めてみせた。調査隊の中で、科学者と軍医という二人が主役である。また、階級はデイニス大尉が一番高い。一方、彼らを護衛する外人部隊では、ベルサレオが曹長という位であるが、調査隊の事実上の指揮官は彼である。結成された段階で、ちぐはぐな一団であった。副官のマーキー上級軍曹が、米国にポーズをとるための行動だと言うのも頷ける。

「昨日の〝シャッビーハ〟の攻撃を見ても分かるように、この国は想定外に危険で混沌《こんとん》としている。もはや調査は困難だ。昨日採取したサンプルを持ち帰ると、衛星携帯で上層部に打診《だしん》してある」

デイニスは胸を張って答えた。毅然《きぜん》とした態度に見せかけようとしているのだろうが、腰が引けて一刻も早く逃げ出したいのだろう。浩志とスタルクはムスタフに気を遣ってアラビア語で話していたが、デイニスは気にするわけでなくフランス語で言った。隣でオブラックが頷いて相槌を打っている。

「外の四人には言ってあるのか？」

浩志はあえてアラビア語で尋ねた。

「食後に伝えるつもりだ。出発は一時間後、うまく行けば、夕方にはパリに戻れる」

デイニスは嬉しそうにフランス語で答えた。気持ちは早くもパリの空の下にあるのだろう。

「失礼ですが、持ち帰られるのは、正体不明の民兵が汚染《おせん》した土壌のサンプルですよね。それを解析したところで何の意味があるのですか？　昨夜のアクシデントは、紛争地であれば織り込み済みの出来事です。私は日本を代表して調査の継続を進言します」

厳しい口調で片倉がフランス語でまくしたてた。浩志は目を見張った。片倉は普段はあまりしゃべらない。どちらかというと無口である。だが、この男に信念があるということは充分分かった。

「眠っていたすぐ近くでロケット弾が爆発したんだぞ。あんなことを承知で仕事を請けた覚えはない。出発は一時間後と決めたんだ。不服なら、日本独自に調査すればいいじゃないか。フランスは伝統的に国民の安全を優先するのだ」

デイニスは真っ赤な顔で言い返したが、彼の言ったことは本当だ。だからこそ、危険な紛争地には外人部隊を最初に投入する。

「そうさせてもらいます。私はシリアの紛争前の美しい街並を知っています。少なくとも瓦礫の山じゃなかった。この国がいつまでも不幸な状態であっていいはずがない。米国にしっぽを振るためでなく、シリア人のために真実を追求します。日本人は逃げ帰るようなことはしませんよ」

片倉はフランス語で皮肉たっぷりに締めくくった。

「なっ、なっ……」

デイニスは口をぱくぱくさせている。片倉の言ったことに反論できないのだ。

「日本人は最高だ！」

フランス語が分からないムスタフが、わけも分からず拍手をした。二人が口喧嘩をして勝者が片倉だということは、誰が見ても明白であった。

浩志は苦笑しながらムスタフに頷いてみせた。

二

午後四時、浩志らはアル・バーブから三十一キロ北の荒れ地に立っていた。十メートルほど北にトルコとの国境を仕切るフェンスが東西に続いている。だが、その一角が壊されており、車一台が自由に出入りできるようになっていた。二十メートルほど先のトルコ側にはイスラヒーエという無人の鉄道の駅がある。紛争前までイスタンブールからシリアのアレッポまで国際列車が接続していた。元々線路上にフェンスはなかったのだが、紛争後に国境を封鎖するために作られ、その後破壊されたらしい。

国境を隔《へだ》てるフェンスは延々と続くのだが、この場所はトルコにとってもシリアにとっても辺境の地になるため、人知れず出入りするには都合《つごう》がいい。

イスラヒーエからガズィアンテプまでは四十六キロと近い。しかもキリスから反政府勢力がしのぎを削《けず》るアザズを通る必要もないため、安全だった。この道を知っているのは一部の反政府勢力だけらしいが、フェンスを破壊したのは他ならぬ彼らだからである。

もっとも、一般のシリア人は難民申請をしなければならないために、検問所がある国境を越える。不法に国境を越えるのは反政府勢力だけだろう。

「気を付けて帰ってくれ」

見送りにきたムスタフは右手を差し出した。

「世話になった」

浩志はムスタフと固い握手をした。

朝食後デイニスが帰還する旨《むね》を外人部隊の四人の兵士に話したところ、案の定全員難色を示した。特に隊長であるベルサレオは激怒した。片倉と同じで、汚染されたサンプルを持って帰っても意味がないという理由からだ。

ベルサレオとデイニス、そこにオブラックが加わり激論を交わした。さらにお互いの上層部と連絡を取りあうなどして時間がかかった。軍の上層部でも意見は違っていたのだ。最終的に軍から政府幹部に打診して帰還することになった。

浩志は調査隊の活動後はスタルクの護衛としてシリアに残るつもりだったのだが、武器も含めた装備は外人部隊から借り受けたものなので返却しなければならず、一緒にアダナまで戻ることにした。

浩志が車に乗り込むと、加藤と外人部隊の四人も車に乗り込んだ。彼らは浩志がムスタフに挨拶を終えるまで周囲の警戒に自主的に当たっていたのだ。

ハンドルを握る加藤が国境沿いの道路から左に折れ、フェンスの裂《さ》け目から廃線となった線路を越えてトルコに入国した。隣に座るスタルクが名残惜《なごり》しそうに振り返り、車窓からシリアの荒れ地をいつまでも見つめている。

「どうするんだ？」

浩志はぼそりと尋ねた。

「……………」

スタルクは外を見たまま黙っている。

「アダナのホテルで、ご説明します」

しばらく経って、スタルクは物憂《ものう》げに口を開いた。

未舗装の道を一時間ほどひたすら北上してガズィアンテプまで出ると、舗装されたE90号で西に向かって走り、午後八時過ぎにアダナに到着することができた。

調査隊の六人とは、アダナの街に入る直前で別れている。彼らはインシルリク米空軍基地からそのままフランス軍の輸送機でパリに戻ることになっていた。オブラック中尉とデイニス大尉はあっさりとしていたが、外人部隊の四人の兵士とは熱い握手を交わして別れ、浩志らは街の中心部からやや北側にある〝アダナ・プラザ・ホテル〟にチェックインした。

　ベルサレオは別れ際に、無礼を詫《わ》びてきた。ユニットの指揮官であることに気負ってしまい、生意気だったと素直に謝罪を入れてきたのだ。兵士として能力が高い男だけに、これからの成長が望めそうである。柊真は浩志と一緒に行動を共にしたいらしく、口数少なく別れた。命令に従って動くことも兵士にとって重要なことである。彼もこれから大きく成長するだろう。

　ホテルのレストランで適当に夕食を摂り、浩志は自分の部屋に入った。スタルクは食欲がないと、食事もしないで部屋に戻っている。シリアから脱出したことが、相当ショックだったらしい。

　シャワーを浴びてくつろいでいると、ドアがノックされた。

「誰だ?」

　ドア脇の壁際から尋ねた。常識ではあるが、ドア越しに銃撃される恐れがあるためだ。

「片倉です」

「……入れ」

　ドアを開けると、片倉の隣にスタルクも立っていた。ベッド脇の椅子に座った浩志は、テーブルを挟んでカウチソファーに二人を座らせた。

「藤堂さんとは今後の方針を話そうと思っていたのですが、さきほどスタルクさんからご相談を受けまして一緒に来ました」

片倉は妙なことを言った。

浩志はただ頷いて続きを促した。

「私は念のために日本政府にシリアでの活動の延長を申請しておきました。ここだけの話ですが、フランスの調査隊が手を引いたことは報告しませんでした。スタルクさんの件は、複雑な事情をお持ちのようなので、ご本人からお聞きください」

片倉はスタルクに向かって軽く頭を下げた。デイニスに日本人は逃げ帰らないと啖呵《たんか》を切っていたが、日本政府も米国に追随していることは同じだ。フランスが手を引いたのなら帰って来いと言われるのを片倉は分かっていたのだろう。見た目は優男《やさおとこ》だが、骨のある人物である。

「私が、あなたに調査隊の仕事が終わったら、仕事をお願いすると申し上げたのは本当のことですが、それは成果があってのことでした。今回のように仕事半ばで引き上げるのでは、私の依頼はできなくなります」

スタルクは浩志の顔色を窺うように言った。

「回りくどいぞ」

浩志は不機嫌そうに言った。

「すみません。私の仕事は本当に個人的なことで、調査隊のガイドとして仕事ができたらその報酬として政府が許してくれたことなのです」

スタルクは眉をへの字に下げて言った。

「報酬？」

「私が使っているタージム・アル・フサインという名は、シリア人としての本名です。十六年前にフランスに渡ったのは事実ですが、職を求めて移住したのです。それに、勤めていたのは医療機関ではなく、パリの大学でシリアの歴史を教えていました。もともとシリアの大学でヨーロッパと中東の歴史を研究しており、フランス語と英語は話せました。ジェレミー・スタルクは情報員として働くようになって、便宜的にフランスだけで使う名前です。フランス国籍は情報員として働くことを条件に取得しました」

語学が堪能で歴史に詳しいシリアの知識人なら、フランスの諜報機関が目を付けるのも分かる。スタルクは情報員として教育を受けたのだろうが、どこか素人《しろうと》臭いのはそのためだったようだ。

「十二年ほど前から私はシリアを頻繁《ひんぱん》に訪れ、政府や軍の幹部から情報を得て、フランス政府に報告する仕事を続けていました。シリアでの身分は貿易商で、十年前に結婚して家族もできました。しかし、紛争が勃発《ぼっぱつ》して離ればなれになってしまいました。なんとか家族をフランスに連れて帰りたかったのです」

スタルクが仕事の内容を言わなかったのは、あまりにも個人的なことだったため、断られると思ったのだろう。確かにこれほど個人的な仕事を引き受けたことがなかった。

「仕事は、家族を連れ出すことだったのか？」

「……そうです」

浩志の問いにスタルクは伏目《ふしめ》がちに答えた。

「難民として、自力で脱出できなかったのか？」

「家族は妻と娘ですが、妻のノファルはシーア派です。難民として脱出する際にアルカイダ系の民兵に見つかれば、殺されてしまいます。家族はホムスに住んでいます。紛争が勃発した頃は、彼女は国外に出るのを拒否していましたが、街が〝シャッビーハ〟の支配下になったため、脱出を決意しました。調査隊の仕事が終われば、ムッシュ・藤堂に護衛を頼んで家族を連れ帰るのを手伝ってもらおうと思っていたのです。しかし……」

スタルクは溜息をついて話を切った。

〝シャッビーハ〟は暴力で支配地域を拡張している。彼らの非道な行いの対象はスンニ派とは限らず、気に入らなければシーア派だろうと、支配層側のアラウィー派であろうと容《よう》赦《しゃ》はしない。そのため、アサド支持者の間からも不満は出ている。

「作戦が失敗したため、政府からの報酬もなくなり、キャンセルをしなければならなくなったそうです。私は藤堂さんに新たにシリア調査をお願いしようと思っていましたのですが、スタルクさんから、一緒に行きたいと申し出がありました」

片倉が話を継いだ。フランス政府は、素人のような情報員のスタルクを危険な任務に就けるために家族救出を餌《えさ》にしていたようだ。

「申し訳ありませんでした。フランス政府から傭兵代理店への支払いは、前金だけになります。私の口からはキャンセルとは言い辛かったのです。もう一度シリアに連れて行っていただければ、私一人でなんとか家族を連れ出すつもりです」

場合にもよるが、通常代理店に前金をもって仕事の依頼がされ、作戦終了後に全額が支払われる。作戦が途中で終われば、当然前金だけとなり、キャンセルされてしまう。

「おまえたちは手順を間違えている」

浩志は二人を睨みつけた。

片倉は首を捻った。

「どういうことですか?」

「俺はクライアントとは直接交渉しない。日本政府からの依頼をおまえから直接聞こうとは思わないし、スタルクのキャンセルも代理店から受けていないということだ」

代理店を通さずに仕事の変更は、基本的にしない。スタルクの仕事が個人的な理由だからと断るつもりもなかった。

ポケットの携帯が鳴った。画面の表示は池谷だ。

片倉が意味ありげに笑ってみせた。すでに池谷には仕事の依頼をしているに違いない。

「……」

舌打ちをした浩志は、電話をとった。

三

午後十一時五十分。片倉は枕元の衛星携帯が振動する呼び出し音で目覚めた。

画面は、非通知である。片倉は仕事で使っているため、関係者しか電話番号は知らない。そのため履歴《りれき》が残らないように非通知で掛けて来ることになっているのだ。

「もしもし」

片倉は何の疑問も抱くこともなく電話に出た。

――私だ。もう寝ていたのか？

携帯から低くしわがれた耳障《みみざわ》りな声が響いてきた。

「何の用ですか。こんな時間に」

片倉は眉間に皺を寄せて答えた。あまりにも疲れていたので、スタルクとともに浩志と打ち合せした後、すぐにシャワーを浴びてベッドに潜り込んでいた。まだ一時間も眠っていない。

――おまえにはいつも良質な情報を与えているはずだ。邪険に扱うな。

電話の主は片倉の父親である片倉誠治《せいじ》であった。

父親は数カ国語を駆使《くし》する商社マンだと、片倉は大学を卒業する歳まで信じていた。だが、ドイツのハンブルクで一家の乗った車が銃撃され、車が大破する事件に遭遇する。誠治の見事なハンドルさばきで奇跡的に家族は大怪我をせずにすんだが、その夜彼は何も告げずに失踪《しっそう》した。

大学を卒業した片倉は焦燥《しょうすい》し切った母を伴って日本に帰ったが、気丈な妹の梨紗《りさ》は一人でドイツに残って高校を卒業し、日本に帰ることなく米国の大学に入学した。帰国後に国家試験を受けて難なく合格した片倉は、父親の英才教育で数カ国語をマスターしていたこともあり外務省に入省した。

誠治の失踪後も音信はなかったが、母親の口座には不思議なことに父の会社から給料が支給され続け、母も妹も経済的に不自由はしなかった。不審に思った片倉は休暇を取って、米国に本社がある誠治の会社を調べてみた。だが、住所が書かれた名刺を頼りにニューヨークまで行ってみたが、実体のないダミー会社だった。

外務省に入省後、国際法局条約課に配属されて一年間の実務研修後に、英国のオックスフォードで二年間の研修を受けた。ここまでは誰でも通る道で、大抵は東南アジアやアフリカなどの小国の大使館勤務となる。だが、片倉は三年目に情報分析補佐官として米国の大使館に勤務することになった。これは異例の抜擢《ばってき》である。新人とも言える外交官が最重要国に勤務することはあり得ないからだ。外務省きっての語学力が役にたったことは言うまでもないが、他にも理由があった。

米国に来て一週間目のことである。突然携帯に誠治から電話が掛かって来た。何年も音信不通だったにもかかわらず、片倉が大使館勤務になったことを知っていたばかりか、今回と同じく他人は知らないはずの番号に掛かって来たのである。しかも誠治は日本の外務省に片倉が三年間の研修を終えたら米国の日本国大使館で働けるように、政府高官を通じて要請したというのだ。

はじめは戸惑い、怒りすら覚えたが、父親のこれまでの行動を考えれば理解できることもあった。誠治は仕事の関係で世界中を渡り歩いていた。だが、米国絡みの事件を契機に引っ越しをすることが多かった。おそらく米国の情報機関に勤め、現在ではその要職に就いているのだろう。ハンブルクで襲われたのも、敵対国に暗殺されかかったに違いない。家族を危険に晒すことを嫌って失踪したと片倉は考えるようになった。

梨紗は、家族を捨て、母を見殺しにしたと誠治を未だに憎んでいる。だが片倉は、やむを得ない事情があったのだろうと、全面的ではないが父親を弁護する気持ちは持っていた。

「疲れているんだ。用件は手短にして欲しい」

片倉は眠い目を擦《こす》った。

——おまえは、シリアの化学兵器の調査に乗り出したようだな。

「なっ、どうして、それを……」

危うく携帯を落としそうになり、慌てて起きあがった。

——私が知らない情報はない。悪いことは言わない。この件からは手を引け。

「このまま化学兵器を野放しにはできない。被害者は何の罪もない一般人だ。誰かが真実を追求して公表しなければ、暴挙を止めることはできないんだ」

いきなり否定されて片倉は憤《いきどお》りを覚えた。

——相変わらずの英雄気取りか。国際社会では、そんな青臭い考え方じゃ生き残れないぞ。アルジェリアで拉致されて懲《こ》りなかったのか、呆《あき》れた奴だ。国際紛争に限らず、小さな地域紛争でも原因は、利権と金だ。宗教紛争も宗派間の利権争いに過ぎない。くだらない世の中できれいごとを言うのは、茶番だぞ。

誠治はまくしたてた。

「僕は僕のやり方で、国際社会と向き合って行くつもりです」

腹を立てて感情的になってはいけないと、片倉は努《つと》めて穏やかに言った。国際紛争の裏側はこれまで嫌と言うほど見て来た。だからこそ、純粋に被害者である国民の立場になれると思っている。

——仕方がないやつだ。一つだけ警告しておいてやる。

誠治の舌打ちが聞こえた。

彼を最後に見たのは二十年近く前になる。身長は一八一センチ、日本人離れした風貌《ふうぼう》を持っていた。目つきが鋭く、子供の頃は睨みつけられると竦み上がったものだ。眉間に皺を寄せた父親の顔が浮かび、片倉は苦笑した。

――化学兵器に関しては、米露が関係している。調べようとすれば、どちらかあるいは両国から命を狙われる危険性がある。幸い、おまえの護衛に藤堂が就いているようだが、油断はするな。

「もう少し、詳しく教えてくれないか」

米露は化学兵器の使用が政権側か反政府側かで言い争っている。両国が真相を調べようとする者を抹殺《まっさつ》するということか。

――シリア政府が化学兵器を使っていたのは、おそらく去年までだろう。今年に入ってからも使っているのは政府ではない。米国が攻撃する条件を化学兵器使用と決めた時点で、シリア政府が使用するメリットは何もなくなったからだ。

断定しないところを見ると、誠治も確証がないのだろう。だが、何かそれらしき情報は持っているはずだ。

「それって、化学兵器を使っているテロリストがいるということなのか？」

――……銃は手放すな。

誠治は答えることもなく電話を切った。何か知っているのかもしれないが、職業柄肉親にも言えないのだろう。

幼い頃から射撃や護身術の訓練を強要された。今から思えば、いつ襲われてもおかしくなかったからに違いない。人と争うことが嫌いだった片倉は父に反発し、よくさぼっては怒られた。

逆に喜んで受け入れていたのは梨紗である。彼女は厳格な父親を愛していたようだ。また射撃や護身術も根っから好きだった。それゆえ、彼女は誠治に裏切られたとして憎んでいるようだ。片倉が梨紗ともコミュニケーションがほとんどないのは、父親に対する憎悪の違いだと思っている。

「予測だとしても、忠告は受け取っておくよ」

片倉はトーン信号を流す衛星携帯に向かって言った。

四

トルコのアダナには、東部の外れにインシルリク米空軍基地があり、西部に民間のアダナ・サカーパシャ空港がある。トルコでは八番目に利用客が多い空港であるが、空港としての規模は米軍基地の方がはるかに大きい。

浩志はサカーパシャ空港の到着ロビーの椅子に英字新聞を読みながら座っていた。隣に座る加藤は旅客機から下りてきた乗客の様子をじっと見ている。

三日前、片倉とスタルクと打ち合せをしていると、池谷から連絡があった。スタルクの個人的な仕事のキャンセルと、日本政府からの正式なシリアの化学兵器調査の依頼であった。片倉はフランスの調査隊が撤収したことを政府に報告していない。そのため、政府は彼がまだ調査隊に随行しているものと思っているのだ。

だが、現地を見た片倉からの報告で、単に米国に有利な情報を得るという目的ではなくなったらしい。化学兵器を使用しているのは、政府なのか反政府勢力なのか見極めが必要になったからだ。もしロシアが主張するように反政府勢力が使用しているようなら、日本政府としてはシリア攻撃を支持することはできない。だが、それには本格的な調査が必要である。片倉はフランスの調査隊にぶら下がっているだけでは身の安全は図《はか》れないとし、内調の上層部に対し傭兵代理店に警護を依頼するように申請した。

一方フランス政府により個人的な仕事をキャンセルされたスタルクは、今度は浩志らと行動を共にすることになった。シリアに入国してからはホムスまで単独でいくつもりのようだ。

内調の要請を受けて、傭兵の増員がされることになった。池谷は現場の浩志の意見も聞いて五人の男をリストアップした。浩志と加藤は新たな仲間を空港まで出迎えに来たのだ。

「来ましたよ」

加藤が立ち上がったので浩志は読みかけの新聞を畳んだ。

トルコ人や観光客に混じって三人の体格のいい男が大きなスーツケースを片手に歩いて来た。スキンヘッドの男が浩志を見てにやにやと笑っている。元米国陸軍特殊部隊デルタフォースの中佐だったヘンリー・ワットである。その後ろにいる男たちは懐《なつ》かしい顔ぶれであった。

一人はスパニッシュ系のアンディー・ロドリゲス、もう一人は黒人でマリアノ・ウイリアムスという名で、二人はワットのデルタフォース時代の直属の部下だった。一昨年会った時彼らはまだ現役と聞いていたが、今年に入ってから二人とも退役し、フリーの傭兵として活動しているらしい。

「世界で注目の的のシリアで仕事をするなんて、ハッピーだぜ。しかも国連の監視団の先を行くとは面白そうじゃないか」

ワットは楽しげに言った。この男はどんな困難な状況でも弱音を吐かずに陽気に振る舞う。浩志の友人であり力強い傭兵仲間でもある。彼には通信機器などの武器以外の装備を揃《そろ》えるように頼んでおいた。

「ずいぶんと頼もしい連中を連れてきたな」

浩志はアンディーとマリアノと固い握手をした。これまで二人と何度か仕事を一緒にしており、その実力は折り紙付きである。今後〝リベンジャーズ〟に入るかはまだ聞いていない。というのも、メンバーは誰しも自主的に入る形を取っている。いつでも報酬を払えるとは限らない。損得関係なく参加できる者に限るからだ。

「彼らも来ました」

加藤が到着ゲートから遅れて出てきたアジア系の二人の男に手を振りながら言った。

男たちは浩志と加藤に気が付くと、荷物を抱えて走って来た。

「お待たせしました」

二人の男は浩志の前に並んで、新兵のように踵《かかと》を揃えて不動の姿勢になった。

「よく来たな」

浩志は緊張気味の二人の肩を叩き、握手を交わした。

「ワット、覚えているか。元特別警備隊員の村瀬政人《むらせまさと》と鮫沼雅雄《さめぬままさお》だ。今回の助っ人だ」

浩志は二人の日本人をワットに改めて紹介した。

彼らは海上自衛隊の特殊部隊である特別警備隊員であった。

二〇〇九年にソマリアの海賊対策を依頼された浩志は、〝リベンジャーズ〟を率いて海自の偽装艦船である補給艦〝みたけ〟に乗り込んだことがある。海賊退治を任務としていたのだが、ブラックナイトが関係するロシアの陰謀に浩志らは巻き込まれた。その際、デルタフォースの現役将校だったワットと彼の部下だったアンディーとマリアノ、それに村瀬と鮫沼も浩志と一緒に闘っている。確かコードネームは〝ハリケーン〟に〝サメ雄《お》〟だったな。

「二人のことはよく覚えている。どっちもタフガイだから、忘れるわけがない」

ワットは得意げに言った。

村瀬は短気だったため〝ハリケーン〟、鮫沼は、顎が尖って頑丈そうなために〝サメ雄〟と、辰也がニックネームをつけ、それをコードネームとしても使っていた。

「また藤堂さんと仕事ができて光栄です」

ワットに褒められて緊張がほぐれたらしく、村瀬は満面の笑みを浮かべて言った。

「私もです」

鮫沼も笑顔になった。

二人はソマリアの作戦から帰還して元の特別警備隊員として訓練を続けていた。ところが、二年前に二人揃って一身上の都合として自衛隊を退役し、傭兵として米国の軍事会社に就職していたらしい。

辞めるにあたって池谷は二人から相談を受けていた。二人とも〝リベンジャーズ〟に入るために辞めたというのが理由だったようだ。だが、実戦の経験がなければ傭兵としてのランクは上がらない。まして〝リベンジャーズ〟に入る資格もないと池谷から聞くと、彼らは米国の軍事会社に入社し、イラクやアフガニスタンでも危険地帯での任務を自ら志願して経験を積んできたらしい。その話を聞かされたのはアルジェリアでの仕事を終えた直後で、浩志がメンバーを増やすことを考えるきっかけになった。

今回のシリアでの増員を募集するにあたり池谷が声を掛けたところ、二人とも米国の軍事会社を即座に退職して、駆けつけて来たのだ。

「これで、七人になりましたね」

加藤は新たな顔ぶれを見て嬉しそうに言った。

「一チームできたな」

浩志は満足げに頷いた。

五

アダナで仲間を迎えた浩志らは三台の車に分乗し、国境の街キリスまでやってきた。先頭はトヨタのランドクルーザーで加藤がハンドルを握り、浩志が助手席に、後部座席には片倉とスタルクが座っていた。二台目は村瀬と鮫沼のダットサントラック、三台目の三菱《みつびし》パジェロにはワットとアンディーとマリアノが乗っている。

新たなメンバーが揃うまでアダナで足止めになった。その間、浩志と加藤は三台の中古車を買ってメンテナンスした。新車を買うほどの予算がなかったこともあるが、使い古した車でないと、シリアに潜入した時に怪しまれるからだ。車の整備だけでなく、後部の床を外して武器を隠せるように二重床にするなど、改良にも時間を費《つい》やした。まるまる二日間あったが、決して暇ではなかった。

午後四時半、気怠《けだる》い日差しが射すキリスの中央公園の北にある青空市場は、閑散《かんさん》としていた。中央公園は物資が不足して生活に喘《あえ》いでいる難民で溢れているが、市場ではそれを感じさせない。

ランドクルーザーは市場の東側から入り、例のトウモロコシ屋の前に停まった。後続の二台は市場の奥にある倉庫の裏側で待機させている。

車を下りた浩志は、まっすぐに進んでトウモロコシ屋の前に立った。

「あっ、あんたは……」

隣の店の者と立ち話をしていたイスマエルは、浩志に気付き唖然としている。

「二箱ばかり、貰おうか」

浩志はさりげなく言った。トルコに傭兵代理店はイスタンブールにあるだけだ。しかも武器を手に入れても国内を移動する手間がかかった。気は進まないが、反政府勢力御用達のしがない武器商人に声を掛けたのだ。

「二ケースということですか？」

イスマエルはきょとんとして聞き返した。

「俺に売れないとでも言うのか」

「とっ、とんでもない」

ずるそうな笑みを浮かべたイスマエルは、浩志を裏の倉庫に案内した。

前回に比べて木箱は少なくなっているが、それでも五箱ほど積み上げてあった。

「ご入用の武器は何でしょうか？」

イスマエルは蠅《はえ》のように両手を擦り合わせながら尋ねてきた。

「ＡＫ47が十五丁、弾丸二千発、ハンドガン八丁、弾丸二百発、ＲＰＧ７二丁、ロケット弾二十発、それにできれば、手榴弾も二十個ほど欲しい」

ＡＫ47と予備の弾丸を多めに買ったのは、世話になった反政府勢力への手土産だ。資金はすでに池谷から送金されていた。どう使おうと浩志の勝手である。加藤はすでに銃は揃えているので、ハンドガンだけ片倉とスタルクの分を加えた八丁とした。

ちなみに外で待機させている三人には市場で食料を買い込むように指示してある。作戦が長期化する可能性もあるからだ。シリアは紛争地というより戦地という状態に陥っている。食料の確保も重要なポイントとなるのだ。

「ありがとうございます。生憎《あいにく》、ハンドガンの在庫は少ないので、型は揃いません」

「構わん」

「また、調べられるんですか？」

上目遣いに尋ねてきた。

「当たり前だ」

浩志は不機嫌そうに答えると、指笛を鳴らした。

待つこともなく入口からワットらが入って来た。

「なっ、なんですか」

驚くイスマエルを脇にどけて、浩志らは木箱を開けて武器を勝手に調べはじめた。中古のアサルトライフルは、銃本体は作動してもスリングがちぎれかかっていたり、照準が歪んでいたりと案外使い物にならない銃は多い。スリングが切れた場合など、銃をいつも抱えて歩くはめになり、行動を著《いちじる》しく阻害《そがい》する。

「AK47を使ったことがあるか?」

浩志は困惑した表情で銃を選んでいる村瀬と鮫沼に声を掛けた。

「日米の軍で使用されているアサルトライフルならほとんど使ったことがあります。しかし、旧ソ連製の銃は経験ありません。しかも中古は……」

正直に答えた村瀬は、頭を掻いてみせた。

「慣れることだ」

長年厳しい軍事訓練を受けてきた者なら、旧式の銃であろうとすぐに扱えるようになるはずだ。

「手榴弾はない。使えそうなハンドガンもこれだけだった」

ワットが木箱の上に銃を並べ、溜息をついた。

グロック17Cが二丁、マカロフPMが五丁、トカレフTT33が三丁、コルト・ガバメントが一丁である。三丁揃っているためにトカレフも捨てがたいが、7・62ミリトカレフ弾の在庫は少ないらしく除外した。弾丸を共有できることを考えれば、マカロフPMは決定だ。

「ガバメントか」

呟いた浩志はガバメントを手に取った。最近ではさすがに見かけなくなったが、傭兵として働きはじめた頃はまだ市場に沢山流通しており、総弾数が七発ということが不満ではあったが、45ACP弾の破壊力とグリップが手に馴染むため浩志は好んで使っていた。

マガジンを取り出し、残弾がないことを確かめると、引き金を引いてスライドをオープンさせた。ぷんと戦場の香りがした。独特の硝煙《しょうえん》が染み込んだ金属臭だ。

真剣を手にすれば、人を殺めた刃なのか直感で分かる。拳銃も同じで、限りなく弾丸を吐き出し、幾人もの人の命を奪ってきたと銃が語っていた。この手の武器は素人が扱ってはいけない。殺人剣と同じく、銃の持つ魔力に所有者は影響を受け、むやみに人を殺したくなるものだ。

「グロックは、二丁だ。俺たちでいいんじゃないのか」

ワットはグロックを握り、にやりと笑った。

「俺はガバメントにする」

浩志はイスマエルに代金を支払うと、ズボンの後ろにガバメントをねじ込んだ。

二箱分の武器を購入した浩志らは、キリスを出て東へ向かった。脱出した時と同じく、イスラヒーエの駅近くからシリアに侵入するつもりだ。念のために街を出るまで三台は別々に行動し、二キロほど郊外で合流した。

——こちらピッカリだ。リベンジャー、応答願います。

最後尾の車に乗るワットからの無線連絡だ。

「どうした？」

——二台のSUVが猛スピードで追いかけて来る。ラーダ・ニーヴァだ。

「武器は？」

——視界が悪いので確認できない。

浩志らは未舗装の道路を進んでいる。砂埃《すなぼこり》が激しく巻き上がるのだ。その上、日が暮れて薄暗くなりはじめている。

襲撃して来る可能性もあるが、このまま尾行されてシリアに入国されてもまずい。浩志らは反政府勢力と再び合流するつもりだからだ。

「総員に告ぐ。背後から二台の車が接近して来る。戦闘の準備をせよ」

浩志は仲間に連絡を取り、ＡＫ47のマガジンを確認した。

六

キリスからイスラヒーエまでは三十七キロ。浩志らの車列は、街の郊外で合流した直後に二台の車に尾行されている。おそらく武器商人と会っている時にすでにマークされていたのだろう。

過去はともかく今年に入ってからの化学兵器使用について、シリア政府軍は関与していない可能性があると片倉から聞かされていた。というのもシリアへの介入を示唆《しさ》しているオバマは化学兵器の使用はデッドラインだとし、シリア政府軍の使用が確認されれば攻撃に踏み切ると宣言しているからだ。

通常兵器を使用しても市民の虐殺は可能だ。今さら化学兵器を使用するメリットは何もない。これは浩志も考えていたことだ。現段階での化学兵器は米露が深く関与しており、場合によってはどちらからも攻撃される可能性があると片倉は忠告してきた。そのため、キリスで武器を手に入れた浩志らは細心の注意を払って、別々の場所から街を抜け出し、郊外で合流していたのだ。だが、尾行されてしまった。

「ピッカリ。スピードを落として引き付けてくれ。俺たちはイスラヒーエで待伏せする」

——了解。

「ハリケーン。尾行車が前に出ないようにブロックしろ」

浩志はダットサントラックを運転する村瀬にも命じた。

——了解しました。

「加藤、スピードを上げろ」

浩志はイスラヒーエの駅舎に隠れ、構内に尾行車を誘い込んで囲い込むつもりだ。あと十八キロほどあるが、右手は国境のフェンスが続き、左手は背の低い植物が生《お》い茂《しげ》る農園地帯である。見通しが利くために隠れる場所はなかった。

加藤はアクセルを踏み込み、後続車との距離を空けた。背後を確認したが、尾行車はワットが乗るパジェロの後ろに付いている。粉塵で先頭車がいなくなったことに気が付いていないのだろう。

やがて荒れ地にひっそりと佇《たたず》むイスラヒーエ駅が見えてきた。駅舎の裏にランドクルーザーを隠すと、片倉とスタルクを残し、浩志と加藤は車を飛び出した。

二キロほど西方に、竜巻のように上空へ砂煙を巻き上げながら近付いて来る四台の車が見えてきた。

乾いた破裂音。

——こちらピッカリ、撃ってきやがった。リアウインドがなくなったぜ。

「しまった」

浩志は舌打ちをした。尾行車は国境のフェンスの裂け目を知っているようだ。シリア潜入を阻止しようと銃撃してきたに違いない。

「こちらリベンジャー、駅舎で待伏せしている。スピードを上げて通り抜けてくれ」

——分かった！　これ以上風通しがいい車にされたくないからな。

ワットはわざとらしく絶叫《ぜっきょう》を上げながら、冗談を言った。

浩志と加藤は駅舎の陰で銃を構えて待った。ピッカリのすぐ背後の車から身を乗り出して銃を撃つ男がいる。距離は六百メートル。射程圏外だ。

男が連射した。パジェロの後輪が吹き飛び、道路から外れて横転した。

「くそっ！」

浩志が駅舎から飛び出すと、加藤も横に並んだ。

「Uターンして援護しろ」

浩志たちとすれ違ったダットサントラックの村瀬に大声で命じた。

——了解！

「加藤、二台目だ」

走りながら命令を出した浩志は、二百メートル進んだところで膝撃ちの姿勢になり、先頭のラーダ・ニーヴァを銃撃した。加藤も後続車を膝撃ちの姿勢で撃った。距離はまだ二百メートル以上あったが、安定した姿勢で撃った浩志らの弾丸は、二台のフロントガラスを粉砕し、運転席に集中した。

あっという間に運転手を倒された車は、蛇行しながら左右に分かれて停まった。

ラーダ・ニーヴァから銃を構えた男たちが下りてきた。降伏するつもりはないらしい。いきなり連射モードで撃ちながら、車の陰に隠れた。左右に敵は二人ずついる。

浩志と加藤は荒れ地の中に取り残された。銃弾が当たらないように腹這いの姿勢になり反撃した。七十メートル先に停まっている左の車からの銃撃で、三メートル先の地面が砂煙を上げた。右に停まっている車は百二十メートルほど距離がある。だが、射撃はうまいらしく、耳元をかすめるようにヒュンと音を立てながら弾丸が飛んで行った。

「ちっ！」

舌打ちをした浩志は姿勢を変えて、右側の車に反撃した。

Uターンしてきたダットサントラックが、左側の車との間に急停車し、運転席から飛び降りた村瀬がＡＫ47を乱射した。弾幕を張っているのだ。その間に助手席から下りてきた鮫沼が、膝撃ちの姿勢になり、二人の敵を次々と倒した。連携《れんけい》の取れたいい攻撃だ。射撃もうまい。

背後で破裂音がした。

右側のラーダ・ニーヴァが爆発し、炎を上げた車体が二メートルほど跳ね上がって隠れていた男たちも吹き飛んだ。

振り返ると、パジェロの脇で頭から血を流したワットがＲＰＧ７を担いでいた。

「うまいもんだろう。我ながら完璧だ」

得意げにワットは親指を立てて見せた。

「加藤、村瀬と鮫沼で敵の確認をしてくれ」

浩志は三人に安全確認をさせ、横転したパジェロに近付いた。

ワットの怪我は大したことはなさそうだ。スキンヘッドのために傷口が分かりやすい。止血をするだけで大丈夫そうだ。車を覗くと、アンディーとマリアノが頭を振りながら車から這い出してきた。二人とも額や腕を擦りむいた程度らしい。銃創はなさそうだ。

「大丈夫か？」

「俺たちは、タフを売り物にしている。これしきの怪我は蚊《か》に刺されたようなものだ」

浩志が尋ねると、ワットは豪快に笑ってみせた。

「おまえたちじゃない。車のことだ」

ワットらが大丈夫なのはもう分かっていた。ここでパジェロがだめになると、三人はダットサントラックの荷台に乗ることになる。

「ちょっとは俺たちの心配もしろ。ガソリンは漏れていないし、フレームも歪んでいない。とりあえず車を起こして、タイヤを交換すればなんとかなるだろう。この車は俺たちと同じでタフだからな」

ワットは肩を竦めて苦笑いをした。

リアウインドはなくなり、車体は銃弾で穴だらけだがシリアではこの方が目立たないかもしれない。

「藤堂さん、襲撃者たちは六名、全員死亡していました」

加藤が報告してきた。

「ムッシュ・藤堂！」

襲撃してきた車の近くでスタルクが手招きをしている。

「どうした？」

死体を見下ろしているスタルクに浩志は尋ねた。

「この男、見覚えありませんか？」

スタルクは厳しい表情で尋ねてきた。

しゃがんで男の顎を掴み、顔をよく確認した。

「むっ！」

浩志は眉間に皺を寄せた。

男は、一週間前にガズィアンテプでクロード・フーリエを拷問したシリアの秘密警察官だった。

紛争地の捜索

一

イスラヒーエから国境を越えて再びシリアに潜入した浩志らは、シリア北部の田舎町アル・バーブのムスタフ・ハンビエフを訪ねた。元々態勢を整えて戻って来るつもりだった。

浩志が六名の傭兵仲間を連れてきたことをムスタフは歓迎し、前回と同じく二つの家を宿舎として使うように手配してくれた。

歓迎の夕食を終えた一行は、浩志らにあてがわれた家に集まった。リビングとして使われている部屋には大きなテーブルに木製の椅子が六脚あり、あぶれた三人は壁際に備え付けのベンチ椅子に座っていた。

「それにしてもチェチェン人と一緒にロシアに潜入したのに、俺の名はどうして広まっていないんだ?」

ワットは冗談混じりに言った。

「彼らは、浩志さんに直接武道を習ったと自慢していたそうです。だからでしょう。ワットさんを無視しているわけじゃありませんよ」

ムスタフから事情を聞いていた加藤が取り繕うように答えた。

パンキシ渓谷のチェチェンレジスタンスの拠点に行った時のことである、力自慢の若きチェチェン人、ルスラン・サドゥラーエフは、浩志に喧嘩を仕掛けてあっさりと負けてしまった。その後彼とその仲間に二日間にわたって武道を教えた浩志を、彼らはブドウ・マスターと呼び尊敬していた。ロシアでの活動以前に浩志は英雄として扱われていたようだ。

「分かっている。冗談だ。それより、連中はやっぱり公安警察だったのか?」

ワットは鼻で笑って尋ねてきた。

イスラヒーエで襲ってきた六人の男たちの身元を調べるために、顔写真と身分証明書の写真を傭兵代理店の土屋《つちや》友恵《ともえ》に確認させている。身分証明書は偽造の可能性が高いが、顔写真を識別するためにあえて一緒に送った。

友恵はシリアの公安警察のサーバーに侵入して調べるそうだ。米国の国防総省のサーバーをもハッキングする彼女にしてみれば、朝飯前の仕事に違いない。

浩志は腕時計で時間を確認すると、衛星携帯を使った。午後八時二十分になっている。写真を送ってから一時間半が経っていた。

――すみません。ご連絡しようと思っていたところです。

友恵は何か口に入れて話しているようだ。日本は夜明け前だが、食事をしながら仕事をしているのだろう。

「急がせてすまない。どうなった？」

――五人は確かにシリアの秘密警察に所属していました。ただ一人だけ、フィラード・アワドという名の男の身元が分かりません。

「フィラード・アワド？」

浩志は片倉を呼び寄せた。データの管理は彼に任せており、衛星携帯の他にスマートフォンを持っていた。どちらも市販の物ではない特注で、情報員としての小道具らしい。

片倉のスマートフォンにフィラード・アワドの顔写真が映し出された。口髭を生やしてシリア人に見えなくもないが、肌は六人の中では一番白かったため記憶にあった。パスポートの記載では、年齢は三十六歳のシリア人になっている。また、ガズィアンテプでフーリエを襲って拷問をしていた三人ではなかった。

「この男は、ガズィアンテプでは見なかった。ひょっとして秘密警察じゃなくて、別の組織かもしれないな」

浩志は首を捻りながら言った。

——シリア政府のサーバーにも記録されていない可能性もありますが、米国やロシアの政府機関のサーバーも調べようと思っています。

「頼んだ」

電話を切って明日からの動きを確認した。

ムスタフにはチェチェン人に化けたロシア人について調べさせておいた。化学兵器をばらまいている可能性があるからだ。ヌスラ戦線で疑わしき男は数人おり、デリゾールとラッカにいるというのだ。その中で左頰に大きな傷跡があるのは二人いると言う。キリスでフーリエにからみ、ハーンアサルで化学兵器を散布していた男に特徴《とくちょう》ある左頰の傷跡があった。また、ハーンアサルから追跡途中で見失ったが、四人組はシリアの東部に向かっていた。その先にはラッカやデリゾールがあるため、偶然だったとしても調べる価値はありそうだ。

片倉はアル・バーブに置いて行く予定だったが、本人は一緒に行くつもりだ。自分の目でシリアの現状を確かめて政府に報告すると言うのだ。真面目なのか危険を予知できないただの馬鹿なのか分からない。最悪の場合は、自分で自分の身は守るというので、仕方なく連れて行くことにした。片倉とスタルクにはグロック17Cを渡してある。

打ち合せを終えたところで解散したが、スタルクが一人壁際の長椅子に残っていた。何か話したそうにしていたことは気が付いていたので、浩志も椅子に座ったままでいた。

「なんだ？」

浩志が声を掛けると、スタルクは立ち上がって近付いてきた。

「明日、アレッポに向かう民兵の車に乗せてもらうことにしました。アレッポからホムスに行く手段は今のところ分かりませんが、何とかなると思います。シリアにまた入国できたことと、銃をプレゼントしていただいたお礼を言わねばなりません。ありがとうございました」

スタルクに与えた銃は、池谷から送金された軍資金を使ったものだ。礼を言われる覚えはない。

「一人で女房子供に会えたらどうするつもりだ？」

「北に逃れれば、アルカイダ系の反政府勢力に殺される危険性が高いので、ダマスカス経由でヨルダンに逃れようと思っています」

ヨルダンからサウジアラビアを経由し、フランスに行くつもりなのだろう。簡単なようだが、アレッポから先はとてもじゃないが生きて行けるとは思えない。だが、スタルクは落ち着いていた。死を覚悟しているようだ。

「俺がここに戻るまで待てないのか」

「……と、申しますと」

スタルクが首を傾げた。

「化学兵器を誰が使っているのか分かれば、それで仕事は終わる。その後でホムスまで行くつもりだ。それまでここで待っていろ」

浩志は命令口調で言った。

「しかし、フランス政府からキャンセルがされましたが」

スタルクは甲高《かんだか》い声で言った。

「仕事はおまえから請けた。フランス政府は関係ない。ギャラも貰っている」

ギャラはいつもスイスの口座に振り込まれる。口座を確かめることはめったにない。プロとしては失格だが、ギャラに興味はないのだ。

「しっ、しかし、あれは前金だけのはずです」

スタルクは目を見開き、肩を竦めた。

「死にたければ、勝手に一人で行け。どうするんだ」

浩志はじろりと睨みつけた。

「とんでもない。本当に一緒に行っていただけるんですか?」

スタルクは目を潤《うる》ませながら言った。

「何度も聞くな」

浩志はそっけなく答えた。

二

午前七時、アル・バーブを出発した浩志らは、町の郊外を通るM４ラインという幹線を利用し、一時間後に約四十キロ東に位置するマンビジという街の南部を経由し、ユーフラテス川の上流を渡った。途中でM４ラインから外れ、アサド湖を右手にする未舗装の道路を進んでいる。雨量も少ない乾燥地帯なので、景色は砂漠と変わらない。巻き上がる砂埃からすれば砂漠そのものだ。

先頭車両はムスタフと彼の部下が乗る塗装《とそう》が剝《は》げかかったグレーのラーダ・ニーヴァ、二台目のランドクルーザーは浩志、加藤、片倉、村瀬、三台目はパジェロでワット、アンディー、マリアノ、鮫沼が乗り込んでいる。

襲撃を受けて後部に銃弾で穴を開けられ、その上横転したもののパジェロは軽快な走りを見せていた。ガソリンタンクに被弾しなかったことが何よりである。ダットサントラックは、ムスタフらが加わったために車列が長くなることを嫌って置いてきた。

目的地はアル・ラッカ県の県都、ラッカである。マンビジからラッカまでは約百三十キロ、未舗装の道のため、飛ばしても二時間以上掛かりそうだ。

一時間半ほど走ると、周囲にぽつぽつと綿畑が見えてきた。紛争前はユーフラテス川の恵《めぐ》みで綿の一大生産地だったアル・ラッカ県に入ったのだ。間もなく舗装された県道に入った。

舗装道路を二百メートルほど進んだところで、民兵が道の両脇に五人ずつ立って銃を構えていた。先頭のラーダ・ニーヴァがゆっくりと停まった。近くにはロシア製のトラックが停められており、荷台から浩志らの車に狙いをつけている民兵もいる。ヌスラ戦線による検問である。

ラッカはヌスラ戦線と自由シリア軍（ＦＳＡ）、それに〝ＩＳＩＬ〟の支配下にあり、街に通じるすべての道に十人前後の民兵で検問所を設けているらしい。政府軍の侵入を防ぐためだが、小隊クラス以上の政府軍が来た時は防ぎきれないため、仲間に応援を求めるか、退却して態勢を整えるようだ。マンビジから舗装された国道でラッカに入ることもできたが、〝ＩＳＩＬ〟の検問所があるためにユーフラテス川に沿った未舗装の道を選んで来た。

車を下りたムスタファが検問の兵士と親しげに話している。だが、話しているうちに二人の顔から笑みが消え、ムスタファが小走りに駆け寄ってきた。

「検問の男は、仲間でチェチェン人なのだ。浩志・藤堂を連れて来たと言っても、冗談だと言って信じてもらえない。すまないが挨拶してもらえないか」

ムスタファが苦笑いをしてみせた。

車を下りた浩志は、男の前に立った。身長は一八一、二センチ、ムスタフと同じようにいい体格をしている。年齢は三十代後半か。

「俺はモハメドだ。チェチェン人の間で、藤堂は英雄だ。名前を騙《かた》る奴は俺が許さない」

モハメドは浩志を下から上へと何度も見ながら言った。噂というのは伝わるうちに誇《こ》張《ちょう》されるものだ。彼らにとって英雄というのなら、おそらく身長が一九〇センチもある大男にでもなっているのだろう。浩志は一七六センチ、逞《たくま》しい体をしているが、彼らには小柄に見えるに違いない。

「おい、失礼だろう。謝れ！」

眉間に皺を寄せたムスタフは怒鳴りつけた。

「うるさい。もし、偽者だったら、俺たちの英雄を侮辱《ぶじょく》したことになるんだぞ」

モハメドも大声で言い返した。

ムスタフは名前を言っただけで信じたが、疑っているモハメドの方がむしろ正常な反応なのだろう。この分では、本人と確認できるまで検問所は通れそうにない。

二人の剣幕に驚いた他の民兵たちもぞろぞろと集まりはじめた。

「本人だから仕様がないだろう。証明しろとでも言うのか」

浩志は肩を竦めてみせた。

「俺はヨルダンで格闘技を習った。仲間の中では一番強い。本物なら俺を倒してみろ」

男は手に持っていたＡＫ47をムスタフに投げ渡した。

「やれやれ」

浩志はぐるりと首を回して筋肉をほぐした。

デジャブーを見ているようだ。二年前に会ったルスラン・サドゥラーエフも同じように喧嘩を仕掛けてきた。チェチェン人は血の気が多く感情の起伏が激しい。その代わり、一度仲良くなると、とことん面倒をみるという民族的な気質がある。

「怪我をするぞ」

浩志は構えることもなく男にちょうどいい間合いで立った。

「舐めているのか」

モハメドはボクシングスタイルに構えると、いきなりワンツウのジャブを繰り出してきた。浩志は頭を軽く振ってパンチをかわした。確かに自慢するだけのことはある。

「どうだ。俺に勝てるとでもいうのか」

「むろんだ」

浩志はにやりと笑った。

「くそっ！」

モハメドは鋭い右のパンチを繰り出してきた。浩志は右手で相手の手首を摑み、体を右に移動させながら、パンチの勢いを利用してたぐり寄せた。モハメドはバランスを崩し、体をくるりと回転させた。浩志は右腕で相手の首を引き付けると同時に、強烈に上に持ち上げながら投げ飛ばした。古武道の荒技である。

「げっ！」

二メートルほど先に転がされたモハメドは、首を押さえて咳《せ》き込んでいる。手加減したが、普通の人間なら完全に気絶しているだろう。

周りを囲んでいた民兵たちは呆気に取られていたが、しばらくすると歓声を上げて浩志を握手攻めにした。

「どうだ、モハメド。これで分かったか」

ムスタフは自慢げに言った。

「すまない。疑った俺が、馬鹿だった。あなたは間違いなく浩志・藤堂だ」

モハメドは立ち上がり、握手を求めてきた。

浩志は握手に応じると、車に戻った。

「どうなるかと思いましたよ」

加藤はマカロフを握り締めていた。

「チェチェン人で一番分かりやすいタイプだ。乱暴だが、信頼できる」

浩志は座席に収まると、笑顔で答えた。

ルスランと彼の部下もそうだった。喧嘩に勝った浩志に絶大な信頼を寄せ、命まで差し出して来る。実際、彼の部下は浩志と一緒に行動し、戦闘で死亡した。検問の兵士たちが、トラックに乗り込みはじめた。どうやら仕事を切り上げて、浩志らを案内するつもりのようだ。

「この分だと、道に迷わずにすみそうですね」

加藤が皮肉を言った。

「そうらしいな」

浩志は鼻で笑った。

三

ラッカはシリアの六番目の都市である。農業を主産業とした長閑《のどか》な街だった。だが、ここも紛争で荒れるに任せている。しかも〝ＩＳＩＬ〟が勢力を伸ばそうと、自由シリア軍を狙った自爆テロや市場経済を破壊するために両替所を襲撃するなど、政府軍を撃退することよりも、地元シリア市民の駆逐を目的にしているかのような暴挙の限りを尽くしていた。

イラクやアフガニスタンで米軍相手に培《つちか》った彼らの戦闘力は高い。しかもイラクから人員や武器の流入で組織を拡大している。一方、シリア市民が中心となっている自由シリア軍は、慢性的に武器不足のために〝ＩＳＩＬ〟に押され続けていた。

他地域でも見られることだが、ラッカでは二旅団もの自由シリア軍が、〝ＩＳＩＬ〟に対抗するためヌスラ戦線に合流したとロイター（二〇一三年九月）では報じられている。欧米がテロリストへの流出を怖れて、自由シリア軍に武器供給を制限していることで、アルカイダ系の〝ＩＳＩＬ〟の増強を招いているという皮肉な結果になっているのだ。

無事にラッカの街に入った浩志らは、モハメドの案内で街の中心部にあるサッカー競技場のすぐ近くにある八階建てのビルの前で車を停めた。浩志は加藤と片倉だけ連れて、モハメドとムスタフらに従った。

「このビルにヌスラ戦線のラッカ支部事務所がある。モハメドは軍隊でいうのなら、ラッカの小隊長にあたるんだ」

階段を上がりながら、ムスタフは浩志に改めてモハメドを紹介した。エレベーターは空爆で壊れて、使えないそうだ。

三階の廊下を進み、部屋番号もないドアをモハメドは開け、浩志らに頷いてみせた。浩志も頷き返して中に入った。

五十平米ほどのワンルームになっており、パソコンが置かれた机がいくつもある。奥の壁にはシリアの地図が貼り出してあった。ジーパンにトレーナー、あるいは迷彩の戦闘服と服装は様々だが、六人の男たちがパソコンや資料に目を通していた。

中央のテーブルにトルコの大手エリキリ社のミネラルウォーターのペットボトルがいくつも置いてある。物資も豊富なようだ。アザズやアル・バーブは野戦部隊といった雰囲気があったが、ここは正規軍の作戦司令室といった感じがする。

「ほお」

浩志は視線を移して思わず唸《うな》った。というのも壁際にHN6携帯対空ミサイルが無造作に立てかけられていたからだ。

HN6は、中国製の第二世代の携帯地対空ミサイルで、ミサイルの射程は五百メートルから最大三千八百メートルあり、優れた目標判別能力を持っていると高く評価されている。

シリアでは一部の反政府勢力が所持しており、政府軍の戦闘機に対する攻撃に使われている。中国はこれまでカンボジア、マレーシア、ミャンマー、パキスタン、ペルー、スーダンへ輸出している。だが、シリア政府には売却していない。まして、反政府勢力にHN6が流れているルートは不明とされている。

横流しの武器も多いが、HN6は政府に管理されているため、人民解放軍が密かに反政府勢力に売り捌いているに違いない。中国は欧米のシリア攻撃を非難し、ロシアとともに政権側を支持しながら、武器によっては政府にも反政府勢力にも売っているというわけだ。

シリアの地図の前に木製の机があり、色の黒いアラブ系の男が座っている。その机の脇に立っていた背の高い男が表情を一瞬変えたのを浩志は見逃さなかった。視線は浩志でなくすぐ隣の片倉に向いていた。珍しく日本人を見たためかもしれないが、他にも理由がありそうな気がする。

「藤堂、ラッカでの責任者であるターリク・アッキームだ」

ムスタフが紹介すると、座っていたアラブ系の男が立ち上がった。笑顔をみせてはいるが、浩志らをしっかりと査定する厳しい目をしている。民兵だから責任者だとムスタフは言ったのかもしれないが、指揮官と明言すれば、命を狙われる可能性もあるからだろう。

「ターリク・アッキームです。ムスタフからあなたのことは、電話で色々と聞かされました。会えて光栄です。皆さんエリキリをどうぞ」

軽く頭を下げたターリクは、浩志らに気前よくペットボトルの水を勧めた。顔立ちやアラビア語の訛からイラク人のようだ。

シリア政府は国民に一切の通信をさせないため、インターネット、固定電話、携帯電話回線も遮断している。アッキームが電話でと言うのは、衛星携帯で連絡を取り合っているに違いない。

「ターリク、例の嫌疑がかかった男たちは吐いたのか？」

ムスタフは言葉を濁《にご》した。裏切り者やスパイという言葉を使いたくないのだろう。

「しぶとい連中で、まだ吐いていない。だが、ロシア人でチェチェン人ではないことは確かだ。藤堂にハーンアサルで見た男と同じか確かめて欲しい」

ターリクは横に首を振って渋い表情で言った。

ムスタフによれば、ヌスラ戦線は反政府勢力として力を持っているが、様々な人間の寄せ集めであることは確かである。人種もチェチェン人もいれば、イラク人やアフガニスタン人もいる。またヨーロッパに移住していたアラビア語を話せないアラブ系の者もいる。共通点はスンニ派原理主義であるサラフィー・ジハード主義であることだ。それだけに教義さえ偽《いつわ》れば、潜り込むことは簡単だ。

「……案内してくれ」

協力は頼んだが、いつの間にか利用されているようだ。イニシアチブを取られるのは用心が必要である。浩志は不機嫌な表情で言った。

「ターハ、客人の案内を頼む」

ターリクは、傍らに立っていた背の高い男に命じた。彫りが深いアラブ系の顔立ちをしており、肌の色は中近東でも濃い方だろう。インドなどのアーリア系と言ってもおかしくはない。身長は一八二、三センチ、口髭はなく、顎髭だけ五センチほど伸ばしている。

「こちらへ」

ターハは、階段を下りて浩志らを地下へと案内した。

暗い廊下が続き、突き当たりに鉄のドアがあった。暇そうに煙草を吸っている見張りが立っていた。

「以前は倉庫でしたが、今は拷問所として使われています。人道に反すると思われるかもしれませんが、政府軍の拷問所には五千人以上収容されています。それに比べれば、我々は人道的です」

ターハはドアノブに手を掛けて言い訳がましく言った。

あくまでも反政府勢力の情報ではあるが、ホムスにある政府系の民兵〝シャッビーハ〟の収容所と拷問所には五千人の反政府勢力、および非政府系市民が収容され、日々拷問を受けているそうだ。また、施設の周辺には拷問で眼球や内臓をえぐり取られた死体が散乱しているらしい。ターハは政府よりはましだと言いたいのだろう。

「前置きはいい」

浩志は先を促した。

「お入りください」

ターハはドアを開けた。途端に獣のような異臭が鼻を突いた。

わずかに右眉を上げた浩志は部屋に足を踏み入れた。

遅れて加藤、片倉、ムスタフ、モハメドが入り、最後にターハは部屋の電気を点けてドアを閉めた。

「うっ！」

鼻と口元を押さえていた片倉が、押し殺した悲鳴を上げた。

浩志は無表情で天井を見上げ、目の前を飛ぶ蠅を手で追い払った。

血だらけの男が三人吊るされていた。

四

二〇〇五年に利用者が自作映像などを投稿・閲覧《えつらん》できる〝ユーチューブ〟というインターネットのサービスがはじまった。著作権や違法映像などの問題はあったが、世界中から見られるということで瞬《また》く間に広まり、今やパソコンやスマートフォンでは基本機能として設定されるまでになっている。

二〇一三年五月十二日、自由シリア軍の兵士が政府軍兵士と見られる遺体から心臓をえぐり取り、政府軍兵士に対して「おまえたちの心臓と肝臓を食べることを、我々は神に誓う」と言って口に運ぶというショッキングな映像が〝ユーチューブ〟に流された。

自由シリア軍のファルーク旅団のリーダーであるカッサールという男が自ら投稿したようだ。投稿直後から世界中の批難を浴びたが、この映像を一番活用したのは他でもないロシアのプーチンである。翌月の十六日に「人間の内臓を食べるような兵士に武器を供与してはならない」と強く欧米を批判した。また、米国の保守系のメディアや政治家もこぞってオバマ大統領を非難する材料に使っている。

内臓を食すというのは確かに衝撃的だったが、こうした敵兵に対する残虐行為を収めた映像は反政府軍、政府軍関係なくおびただしい本数が〝ユーチューブ〟に投稿されている。専門家による、戦争の狂気だとか、極度の憎しみがなせる業とかいう分析《ぶんせき》もあるが、自らネガティブキャンペーンを行っているようなもので愚《おろ》かで恥《は》ずべき行為である。

天井から吊るされている三人の男はいずれも相当殴られたらしい。口や鼻から血を流し、赤黒く腫れ上がった顔をしていた。男たちは照明が点けられて、潰れかかった目を開けた。

真中の男の左頬には大きな傷跡がある。だが、ハーンアサルで見た男ではなかった。

「三人とも見覚えはない」

浩志は首を横に振った。

「そうですか」

案内役のターハは、気のない返事をすると、ポケットから煙草を出して吸いはじめた。

「この男たちを捕まえた理由はなんだ？」

「出身地を聞いたら、矛盾《むじゅん》したことを言ったからだ。追及したらロシア軍の脱走兵だと白状した。もっとも逮捕したのは私ではない」

浩志の質問にターハは肩を竦めて答えた。

「俺が尋問する。三人を下ろせ」

浩志が命令口調で言うと、モハメドは腰に下げているサバイバルナイフで三人のロープを切って床に下ろした。

「正直に答えれば助けてやる。何の目的で反政府軍に参加した？」

浩志は流暢なロシア語で頬に傷跡がある男に尋ねた。

長年宿敵としたブラックナイトに対抗するため、浩志はロシア語を完璧にマスターしていた。

「……訛がないロシア語だ。中国人か？」

体を起こした男が、床に座りながら弱々しい声で尋ねてきた。

「日本人だ。名前は何と言う？」

浩志は持っていたペットボトルを男に渡した。男はむさぼるように水を飲み干した後、肩で荒い息をした。

「……マフード・カディロフだ」

マフードは、嗄《か》れた声で答えた。

「質問に答えろ」

「俺たちは確かにロシア軍にいたが、イングーシ人だ。親の代にロシアに移住したが、迫害され続け貧乏だった。仕方なくロシア軍に入ったが、ロシア兵からも虐待を受けた。たまたまシリアに駐屯していたので、脱走してヌスラ戦線に参加したのだ」

マフードは力なげに首を振った。

イングーシ共和国は北カフカースに位置し、ロシア連邦に属する。国民の大半がイスラム教のスンニ派である。イングーシ人と隣国のチェチェン人は、もとは同一民族だった。帝政ロシアの南下政策に抵抗する東の山岳地帯の民をチェチェン人、西部地域の抵抗しない民をイングーシ人として呼称し、ロシア人は差別化した。彼らが自ら民族名を名乗ったわけではない。その後、ソ連の思惑で二つの国家として分裂したのだ。

シリアのタルトス港には、ロシアの軍事基地がある。脱走したマフードは基地からなるべく遠い北部のヌスラ戦線に合流したのだろう。

「イングーシ人か。どうして、それを言わなかった」

「俺たちを尋問したやつは、ターリクというアラビア語しか分からないイラク人だった。あんたのようにロシア語では聞かれていない。俺たちはアラビア語がうまく話せない。イングーシ人だと何度も訴《うった》えた」

ターリク自ら拷問したようだ。

浩志は裏付けをとるべく、イングーシやタルトス港の軍事基地などの情報を詳細に聞きだした。ロシアのことを浩志は詳細に研究しており、マフードの話に矛盾はなかった。

「嘘じゃないらしいな」

浩志は頷きながら立ち上がり、振り返った。ロシア語がわかるだけに、ムスタフとモハメドが気まずそうな顔になっている。

「話は聞いたな。すぐに放してやれ」

浩志がターハとモハメドを交互に見て言うと、モハメドがターハにアラビア語で説明しはじめた。

「イングーシ人か、なるほど。私も解放してやりたいと思うが、権限がない。ターリクに聞いてみる」

煙草を吸いながら聞いていたターハは吸殻を足下に捨てると、部屋を出て行った。

「きざ野郎め」

モハメドが吐き捨てるように言った。ムスタフもターハを忌々《いまいま》しそうな目で見送った。

「とんだ勘違いだったようだな。すまなかった。次のデリゾールには、現地の仲間と連絡を取り、安全を確認した上で行くつもりだが、空爆を避けて日が暮れてから移動したい。チャイでも飲まないか」

大きな体を折り曲げ、ムスタフは上目遣いで言った。

時刻は午前十時を過ぎたところである。日が暮れるまでかなり時間があった。

「………」

浩志は表情もなく首を振った。

五

チャイをモハメドにご馳走《ちそう》になった浩志らは、仲間のみで打ち合せがしたいと、ビルの六階の一室を借りた。ヌスラ戦線の支部があるビルの上階は、ほとんど使用されてはおらず、どこでも自由に使えた。

最上階である八階は見張り所として使われていたが、四階から七階はすべて空部屋になっている。というのも高い場所は政府軍の戦闘機の機銃や空爆で攻撃を受けやすいからだ。事実、窓ガラスは空爆ですべて破壊されていた。

「作戦会議なんて、人払いをしたかっただけだろう。何かあったのか？」

ワットは床に転がっていた椅子を立てて座った。頭に止血用の絆創膏《ばんそうこう》を貼ってあるために、黒のニット帽を被っている。

「そういうことだ。片倉、何を考えていたのか話せ」

浩志は倒れていた家具に座って尋ねた。

他のメンバーは、瓦礫が散乱している床に直に座っている。

「えっ、私ですか？」

急に矛先《ほこさき》を向けられた片倉は声を裏返らせた。

「ターハ・イスマイールを見て何か考え事をしていただろう」

「どこかで見たような気がしたのです。しかし、それが思い出せなくて」

片倉はまた首を捻ってみせた。

「いつごろ見たのかも思い出せないのか？」

「そんなに昔ではないと思います。外務省で中東に勤務していたのは六年ほど前からですから。ひょっとしたら、イラクかアフガニスタンで見かけたのかもしれません」

他人のそら似もあるかもしれないが、ターハの方でも片倉を見て一瞬だが反応をしていたところを見ると、実際に会ったことがあるのだろう。向こうでもどこかで見た日本人と首を捻っているのかもしれない。

「危険な臭いはしなかったか？」

曖昧《あいまい》な表現だが、危害を加えるような人間は直感的に分かることもある。

「特に感じませんでした」

「うん？」

浩志のジャケットのポケットが振動した。衛星携帯が反応している。

「俺だ」

画面を確認して電話に出た。

――やっと、分かりました。

友恵の興奮した声が聞こえてきた。

「頼んでいた件か？」

浩志は念のため確認した。イスラヒーエで国境を越える際に、襲撃してきた男たちの顔写真と身分証を友恵に確認させており、五名はシリアの秘密警察に所属していることはすでに分かっている。だが、残り一名はシリアの政府機関のサーバーで見つけることはできなかった。

――すみません。そうです。ロシア連邦軍参謀本部情報総局の情報員でした。

ロシア連邦軍参謀本部情報総局〝GRU〟は、ロシア連邦軍の情報部で、スパイ活動、通信、電磁波などを媒介《ばいかい》する諜報《ちょうほう》活動や軍事衛星による偵察など広範囲にわたって活動する巨大組織である。

「〝GRU〟か。やはりな」

名前を聞いて納得した。シリアの秘密警察が〝GRU〟の協力を得ていれば、フランスの極秘の化学兵器調査隊や浩志らの動きも察知することはできたはずだからだ。

――米国のCIAのサーバーで発見しましたが、候補者が四名いたのでロシアの情報総局のサーバーで、最終的に絞《しぼ》り込みました。顔写真も酷似《こくじ》していましたが、昨日死亡を確認されたと記載があったのは一人だけなので、間違いありません。本名はフィラード・アワドではなく、イワン・カリニコフという名前でした。

友恵の仕事はいつも完璧だ。身分証は偽造だった。死体の写真では絞り込みができなかったため、ロシアの情報局で詳しい資料を参照したようだ。

――それと、ＣＩＡのシリア関係の情報を調べているうちに〝ベルゼブブ〟というコードネームを発見しました。

「何のコードネームだ？」

――情報元はＣＩＡではなく、イスラエルらしいのです。〝ベルゼブブ〟の活動というタイトルのような見出しでしたが、シリア紛争の初期から関わっているようです。

「イスラエル？　モサドからの情報だな」

モサドはイスラエル情報特務庁のことで、情報員は世界中にいると言われる。当然中東情勢には詳しく、同盟国である米国に情報をもたらすこともあるようだ。

――組織か個人のコードネームなのかも分かっていません。ひょっとすると作戦コードかもしれません。イスラエル政府のサーバーも調べましたが、記載はありませんでした。サーバーから完全にデータが消去された可能性もあります。ただ、化学兵器の使用に関係しているのじゃないかと思いまして報告しました。

「気になるな。引き続き調べてくれ」

浩志は衛星携帯をポケットに仕舞った。

「〝ベルゼブブ〟？」

会話を聞いていた片倉は気難しい顔で呟いた。

「知っているのか？」

「いえ、語源だけです。〝ベルゼブブ〟はヘブライ語で〝蝿の王〟の意味を持ち、悪霊デーモンの一名とされています。〝ベルゼブブ〟は悪魔と同一視されていますので、サタンの別名という解釈もあります。コード名に〝ベルゼブブ〟が使われているとしたら、邪悪な謀略を行うということを意味すると思います。組織にしろ個人にしろ、紛争の原因を作りだしていたとしてもおかしくはありませんね」

言語に明るい片倉は、博識なところを披露《ひろう》した。

「邪悪な謀略か」

あり得る話である。そもそも戦争や紛争そのものが、邪悪な謀略にほかならない。浩志は大きく頷いた。

六

ラッカの南東の方角に青白い光で満たされた月が浮かんでいる。満月に近いため、枯れた大地を明るく照らし出していた。

午後八時。ヌスラ戦線の支部が入るビルの前から四台の車が出発した。

先頭は、ムスタフのグレーのラーダ・ニーヴァ、二台目は浩志らのランドクルーザー、三台目はワットらのパジェロであるが、四台目にターハ・イスマイールと彼の三人の部下が紺色のラーダ・ニーヴァに乗り込んでいた。

当初チェチェン人のモハメドが、ムスタフ同様浩志らの護衛を自ら買って出たが、ラッカの防衛上欠かせないため、指揮官であるターリク・アッキームがその役をターハに命じたのである。

ターハはヨルダン人で、イラク人であるターリクの腹心の部下だそうだ。イラク戦争で米国と闘う義勇兵として参加し、ターリクの民兵組織に入ったらしい。背が高い優男風だが、銃や爆薬を熟知しており、モハメドも一目置く存在のようだ。彼は戦闘員ではなく、各地のヌスラ戦線の事務所や野戦部隊と連絡を取る、いわゆる連絡将校らしい。馬鹿では勤《つと》まらない職種であるが、ムスタフのような現場のリーダーからは評判が悪いようだ。

デリゾールは政府軍の砲撃や空爆が続いているため街は孤立化し、北部の油田を制圧しようとする反政府勢力と政府軍との間で戦闘が激化している。アレッポ同様、簡単に近付くことはできない。そのため、ターリクが気を利かせてターハを付けたらしい。

ラッカからデリゾールまでは東に約百六十キロ、ユーフラテス川を渡らず、北の左岸沿いの国道を走っている。右岸に沿った国道4号は政府軍と遭遇する可能性が高いらしい。

「嫌な道ですね。もっともシリアはどこも同じかもしれませんが」

ハンドルを握る加藤が不満を漏らした。

ユーフラテス川の傍を通るだけあって周囲に緑が多いが、木々が生い茂るというわけではない。川岸は腰高の葦《あし》や雑草が鬱蒼《うっそう》としているが、道の左側は背の低い綿畑があるだけで、見通しがいいのである。月夜だけに攻撃の的になるとぼやいているのだ。

午後十時三十七分、道路沿いにぽつぽつとあった民家の数が次第に増えてきた。すでにデリゾール県には入っており、シリアで第七位の県都デリゾールに近くなってきたのだ。

やがて道が複雑に入り組んでいる場所に差し掛かった。南北、東西からの道が大きなロータリー交差点に繋がっている。デリゾールの北側に着いたのだ。街の中心部では反政府勢力と政府軍が一進一退の攻防をしているが、道中政府軍どころか、反政府勢力にも遭遇しなかった。戦略的に重要な場所を通らなかったということだ。

デリゾールはユーフラテス川で街が南北に分断されている。北部は民家が少なく大学などの教育機関があり、緑が多い。南部は街の中心部があり、建物が密集していた。

ロータリー交差点の手前で先頭のラーダ・ニーヴァが停まり、ムスタフが車から下りてきた。浩志が車から下りると、後続の車からワットとターハも顔を覗かせた。

「ヌスラ戦線の事務所は川向こうの街の西北部にある。だが、ユーフラテス川の対岸に行くには、自動車専用の新デリゾール橋を渡らなければならない。橋は北部の油田地帯に行くための生命線なんだ。仲間に連絡がつかなかった。現在敵味方、どちらが占拠《せんきょ》しているのか分からない。確かめる必要がある」

ムスタフは声を潜めて言った。道を右折してまっすぐ南に一・二キロ行けば新デリゾール橋がある。政府軍が橋の袂《たもと》にいるのではないかと心配しているのだろう。

五百メートル戻った上流に観光名所にもなっていた旧デリゾール橋があるが、フランスの統治下である一九二七年に竣工された古い吊り橋のため、紛争前から車の通行は禁止されている。

「確かめるか」

浩志は加藤を呼び、橋の斥候を命じた。

加藤は自分のＡＫ47を預けて身軽になると、闇のベールの向こうに走り去った。

待つこと、十分。加藤は息を切らすこともなく帰って来た。

「橋のすぐ手前に政府軍のトラックが一台停まっていました。警備の兵は二名、トラックの荷台にも兵士がいると思われます。また、対岸には別のトラックが二台停車しているのが確認できました」

加藤はいつものようにこともなげに報告した。

「やはり、政府軍か、まずいな。たとえ、奇襲攻撃で橋の守備隊を駆逐しても、渡る前に街の北部に駐屯している連中を呼び寄せてしまう。仕方がない、吊り橋を渡ろう」

ムスタフは淡々と言った。あらかじめ予想していたようだ。

「新旧二つの橋の間隔《かんかく》は？」

浩志は確認する上で、改めてムスタフに尋ねた。

「およそ五百メートルだ」

ムスタフは衒《てら》いもなく答えた。

「五百メートルなら、夜間でも目視できる。渡っている途中で見つかれば、攻撃されるだろう」

気難しい表情で浩志は首を捻った。照明は一切ないが、月夜のため視認できる。少なくとも浩志や加藤ならはっきりと見える距離だ。

「吊り橋の東側は反政府勢力が制圧している。政府軍は攻めて来ない。それに夜は同士討ちになるから向こうだって攻撃は避けるはずだ。これまではそうだった。それに月夜だからって車が通るのを見張っている生真面目《きまじめ》な政府軍兵士はいない」

ムスタフは右手を振って笑ってみせた。

道を迂回して古い吊り橋の袂までやってきた。橋の長さは五百メートル、幅は三メートルあるが、路面は、二メートル四十センチほどか。なんとか渡れそうだが、一度に渡るのは古い上に構造的にも危険だ。

最初にムスタフらのラーダ・ニーヴァが渡った。不気味な軋み音がする。やはり続けて渡ることはできそうもない。

ラーダ・ニーヴァが無事渡り切り、ムスタフが対岸から手を振っている。

「行くか」

「はい」

加藤が緊張した面持ちで頷き、アクセルを踏んだ。軋み音が車内にいても聞こえる。しかも車体が大きく揺れた。

「ゆっくりだ。急ぐ必要はない」

額に汗を浮かべている加藤に浩志は落ち着いた声で言った。たとえこんなところで死んだとしてもそれは運命なのだ。慌てても仕方がない。

「スリルがありましたね」

加藤は渡り切ると、大きな息を吐き出した。

浩志は車を下りて、対岸で待っているワットに向かって手を振った。ワットも手を振って答え、助手席に乗り込んだ。

パジェロがゆっくりと吊り橋を渡って来る。

「むっ！」

下流でポンッと乾いた破裂音がした。次いで空気を切り裂く音。

「迫撃砲だ！」

浩志は叫んで、ランドクルーザーのボディーを叩いた。加藤は急発進させた。途端、数メートル後方で地面が炸裂《さくれつ》した。途中まで橋を渡っていたワットの車は、急ブレーキをかけバックで対岸に戻りはじめた。

ムスタフのラーダ・ニーヴァが橋を渡る時に、すでに気付かれていたに違いない。狙いが正確である。政府軍の兵士はいつでも発射できるように、迫撃砲の準備はできていたのだろう。夜間、目標も見えない場所に着弾するのだから、仰角も昼間のうちに設定してあったに違いない。それにしても自軍の車両でなければ、攻撃するという獰猛《どうもう》さは狂気の沙汰だ。

また破裂音がすると、今度は橋のすぐ近くの建物に着弾した。

「行くぞ」

浩志は村瀬にRPG7を持たせ、加藤と三人で川沿いの舗装された道路を走った。道は四百メートル先で右に大きくカーブする。再び爆発音がする中、浩志は三百メートル進んだところで、市街地に続く未舗装の裏路地に入った。

ブロック造りの低層の建物がひっそりと建ち並び、建物の隙間は幅一、二メートルの迷路のような小道で繋がっている。真っ暗な裏道から川岸の道を覗いてみた。兵士が街路樹や建物の陰に潜んでいるのが見える。敵は川沿いのカーブの先で待ち構えていたのだ。

浩志は再び小道の暗闇を進み、百メートルほど先の自動車専用のデリゾール橋と繋がる大通りに面したビルの脇に出た。橋の袂の大通りにはロータリー交差点があり、ロータリーの向こう側には軍用トラックが二台停まっている。迫撃砲は、トラックの手前に設置されていた。見ている間に四発目の迫撃弾が発射された。

浩志は村瀬からRPG7を受け取り、呼吸を整えた。加藤らに援護射撃をするようにハンドシグナルで指示を出し、表通りに出るとRPG7を担いで膝立ちになった。加藤と村瀬は傍らで銃を構えている。

迫撃砲に照準を合わせるなりトリガーを引いた。

ドンと衝撃が肩に掛かり、ロケット弾が発射される。浩志はすぐさまRPG7を抱えて爆発音を背中で聞いた。暗闇に身を隠し、村瀬にRPG7を投げ渡した。着弾を確認した加藤が、親指を立ててみせた。

表の通りでは怒号と叫び声が飛び交っている。発射と同時に隠れたので敵に気付かれなかったはずだ。

浩志は加藤と村瀬の肩を叩いて、来た道を戻った。

死の街デリゾール

一

首都ダマスカスからシリア最大の穀倉地帯である北東部ハサカを結ぶ街道と、ユーフラテス川の交点にデリゾールは位置する。農業地帯であり岩塩の採掘も盛んだが、砂漠地帯の油田に近いため、シリアの石油採掘の中心地帯でもある。

県全体で二十三万人（二〇〇二年統計）と人口密度は低いが、博物館や文化センターや大学があり、メソポタミア時代から発展した街の文化レベルは高い。だが紛争が勃発し、反政府勢力の巣窟《そうくつ》と見なされ、激しい空爆と戦闘で死の街となるのは容易いことだった。

十三万人を超えていた市の住民は紛争で大半が流出したが、絶え間ない戦闘で脱出もままならず食料や医療品も尽きた状態で足止めされている住民が六万人もいる（二〇一三年三月）と言われている。また、二〇一三年十一月には反政府勢力がデリゾールを制圧したと中東では報道されているが、政府軍側の巻き返しも考えられる。だが、シリア最大の油田地帯を失い、相次《あいつ》ぐダマスカスへのパイプラインの破壊など、石油の供給を絶たれた政府側は苦境を強《し》いられることは明らかだ。

デリゾールの北の玄関とも言うべき自動車専用道路に架かる橋を守備していた政府軍を撃破した浩志らは、市の西北部にあるヌスラ戦線の事務所に向かっていた。

午後十一時十七分、狭い路地を進んでいた案内役のラーダ・ニーヴァが停まった。瓦礫で道が塞がれていたのだ。車から下りたムスタフが、二人の部下と瓦礫の向こうに消えた。

「加藤、頼んだぞ」

加藤に車の見張りを頼み、後部座席を見ると、片倉はグロックを握り締めて頷いてみせた。平和主義の男もさすがに紛争地であることを認識しているようだ。浩志は村瀬と車を下りると、ワットもマリアノを残し、アンディーと鮫沼を連れて駆け寄って来た。

二十メートルほど進み、空爆で半壊した建物の前に出た。ムスタフが、出入口の瓦礫を取り除く作業をしている部下を呆然と見つめている。

「ここか？」

浩志はムスタフの傍らに立った。

「……やられた」

呟くように答えたムスタフは、崩れかかった建物の中に入った。

浩志は村瀬と鮫沼に建物の内側から見張るように指示すると、ワットやアンディーと一緒にムスタフに続いた。

ブロックの壁は崩れているが、階段はなんとか上ることができる。

「糞ったれ！」

二階に上がったムスタフが、壁を拳で叩いた。

破壊された天井から漏れる月光に、コンクリートの塊《かたまり》に押し潰された死体が照らし出されていた。

「なんてことだ！」

遅れて入って来たターハ・イスマイールも頭を抱えて叫んだ。

ムスタフとターハの部下が、死体を引きずり出して床に並べはじめた。彼らはイスラムの教えにのっとり、遺体を丁寧に埋葬《まいそう》するようだ。

「ここが事務所だったんだな？」

無言で作業を見つめていた浩志は、ムスタフに改めて尋ねた。

「そうだ。衛星携帯で連絡が取れなかったはずだ。この建物を狙い撃ちされている。事務所の存在がばれていたんだ。だが、どうして政府軍にここが分かったと言うんだ。見当もつかない」

ムスタフは拳を握りしめて悔しげに言った。

「全員死亡したのか？」

「事務所に常時詰めているのは、四、五人だ。遺体は三つ、無事かどうかは分からないが、責任者も含めて逃げたはずだ。この街には数百人のヌスラ戦線の兵士がいる。彼らは分散して隠れているから、一緒にいるはずだ。これから一つずつ当たってみよう」

ムスタフは自ら鼓舞するように大きく頷きながら言った。

「案内してくれ」

浩志はムスタフの肩を叩いた。

「その必要はなさそうだ」

崩れた壁の隙間から外を警戒していたワットは顎で外を示した。

「何？」

浩志も外を覗いてみた。

数人の男たちが、車を置いてきた場所の反対側の闇に紛れてこちらに近付いている。AK47を持っているが、装着してあるマガジンに交換が簡単なように別のマガジンを布テープで貼り付けてある。規律を重んじる政府軍の兵士ならまずしない行為だ。夜目が利く浩志は、満月に近い月の光で男たちの装備をはっきりと確認していた。

——こちらハリケーン、武器を携帯した四人の男が近付いてきます。

一階で見張っている村瀬から無線連絡が入った。

「リベンジャーだ。ムスタフに確認させる」

浩志はハンドシグナルでムスタフに確認するように指示をした。

頷いたムスタフは、二人の部下を伴って階段を下りて行った。その間浩志とワットは、接近して来る男たちに照準を合わせた。

外にいる男たちは、ムスタフらがビルから出ると一斉に建物の陰に隠れた。

ムスタフらも月光を嫌って建物の陰を利用しながら移動し、途中でフクロウの鳴き声のような口笛を鳴らした。合図だったらしく、闇に紛れていた男たちが次々と姿を現した。

ムスタフも暗闇から抜け出し、近付いてきた男の一人と抱き合った。

「仲間だったようだな」

ワットは銃を下ろし、ふっと息を漏らした。

「そうらしい」

浩志は銃を構えたまま、外の様子を窺った。

二

デリゾールのヌスラ戦線の事務所は、空爆で壊滅していた。周囲の建物も被害を受けていたが、事務所が入っていたビルだけ半壊していたことから、戦闘機からピンポイントでミサイル攻撃を受けたに違いない。

やがてムスタフが四人の男を連れて建物の二階まで上がって来た。

「紹介する。ここの責任者のアムジャド・マクラムだ」

ムスタフが一七〇センチほどで少し太り気味の男を紹介した。年齢は四十歳前後、口髭を伸ばし、眼光が鋭く、威厳のある顔をしている。足をわずかに引きずっているが、外傷はないので、古傷のためかもしれない。

「日本からわざわざ来た傭兵とはあんたか。なるほど、いい顔つきをしている。こんな夜中に迫撃砲が聞こえたので、戻ってきたのだ」

アムジャドは、右手を差し出してきた。握手をしてみると、小指が欠けていた。戦闘で失ったのだろう。

「それにしても、酷い有様だ。犠牲者は何人出たのだ?」

ムスタフがアムジャドに尋ねた。

「ミグにやられた。彼らの他にモフセンも死んだ。一緒に脱出したが、運んでいる途中で死んだのだ。それに一般市民が三人犠牲になった。知らせるにも私の衛星携帯は、空爆で壊れてしまった」

ミグとは、ロシア製ＭｉＧ23戦闘機のことだ。

アムジャドは、床に並べられた死体を指差し、淡々と説明した。戦場慣れしているのだろう。仲間の死を悼《いた》む気持ちも薄れているようだ。毎日のように死体を見続ければ、誰でも感情は鈍化《どんか》する。

「モフセンもか。無事を祈っていたが……」

ムスタフは涙声で言った。むしろ、感情を露《あらわ》にする彼の方が珍しい。しかもはじめて会った時よりも感情のコントロールが利かなくなっているようにも見える。

「死者は夜が明けたら埋葬しようと思っていた。とりあえず、準備だけしておこう」

アムジャドは部下に死体を白いモスリンで包むように命じた。一般的にイスラム教では死者は棺桶《かんおけ》には入れずに白い布で包んで土葬にする。シリア紛争の犠牲者はすでに十二万人に達すると言われている。モスリンがどれだけ消費されたのだろうか。

「ところで、一昨日頼んでおいた左頰に傷跡がある男は、どうなっている？」

ムスタフはようやく本題に入った。

「捕まえてある。尋問はしたが、特に怪しむ点はなかった。だが、とりあえず確認するまではと思い、その男の仲間と一緒に監禁してある。雑貨屋の小部屋だ」

「雑貨屋か、……とりあえず確認してみよう」

アムジャドが答えると、ムスタフは力なく言った。仲間の死がよほどショックだったらしい。

場所を聞いた浩志らは車に戻り、ムスタフのラーダ・ニーヴァの後に従い瓦礫で塞がれた道を迂回し、二キロ近く西に移動した。住居はまばらになりユーフラテス川の畔《ほとり》にある建物の前で停まった。窓がないコンクリートブロック製で、どうみても倉庫である。

建物の脇にシートに覆われたピックアップトラックがある。形から見て重機関銃を備えた〝テクニカル〟のようだ。政府軍の戦闘機に見つからないように隠してあるのだろう。

車から下りたムスタフが建物の正面にあるドアを叩くと、銃を構えた男が出てきた。男と手振りを交えて会話したムスタフは手を振って合図を寄越した。

浩志は三台の車を建物の脇に停めさせた。

「ワット、周囲の警戒に当たってくれ」

現在地は街の西方で、政府軍が占拠している地区よりかなり離れている。建物の北側は川岸の道に接し、国道に近い南側は民家や工場跡などがあるが、周囲三、四十メートルは、綿畑になっているため孤立していた。また国道4号から二、三百メートルほどの距離なので警戒が必要だ。幹線から近いということは、攻め込まれやすい。

「任せろ」

ワットはにやりと笑って答えた。

「加藤、村瀬、ワットのチームと行動してくれ」

浩志は片倉を伴い、ムスタフとともに建物に入った。

れている。雑貨屋と聞いていたが、物資の備蓄倉庫という意味の隠語だったらしい。天井までは四メートルほど、やはり倉庫のようだ。木箱や段ボール箱が沢山積み上げら
　ムスタフと話していた男が案内役となり、ハンドライトを手に前を歩いている。他にも民兵がいるらしく、姿は見えないが荷物の向こうから話し声が聞こえる。

「ここは、備蓄倉庫だ。守備兵が四名常駐し、〝テクニカル〟でここを守っている。だが、食料と衣料品が不足していることに変わりはない。俺たちが市民にしてやれることはないんだ。情けないがな」

　ムスタフは自嘲《じちょう》ぎみに笑ってみせた。

　荷物の間を抜けると、コンクリートブロックで囲われた部屋があった。

　案内役の男が木製のドアを開けた。

「むっ！」

　強烈な汗臭い体臭で淀《よど》んだ空気が漏れてきた。

　浩志と片倉はドアの隙間から部屋を覗いた。

　八畳ほどの広さがあり、二人の男が床に座っている。アラブ系で顎髭を伸ばしている。

　浩志は案内人からハンドライトを受け取り、男たちに直接光を当てた。尋問されただけで、暴力は振るわれていないようだ。二人とも見覚えがあった。しかも、一人は左頬に大きな傷跡がある。

「……」

浩志の顔を思い出したらしく頬に傷跡がある男は、鋭い目つきで睨みつけてきた。

「名前だけ聞いておこうか?」

浩志はロシア語で尋ねた。

「……」

鼻息を立てて笑って見せると、男は横を向いた。

「それじゃ、囚人と同じように番号で呼ぼうか。扱いも囚人と同じにしてやる。どっちでも構わんぞ」

浩志は口元だけ意味ありげに緩ませた。むろん拷問をするという意味だ。

「……ナシル」

男は名乗ると、唾を床に吐いた。

「ナシル、後で話を聞かせてもらおうか」

浩志はドアを閉めると、案内の男に鍵をかけさせた。

「ここまで来たかいがありましたね」

片倉は満面の笑みを浮かべて言った。

「油断はできない。俺たちがハーンアサルで目撃した時、作業していた男は四人いた。その他にも〝テクニカル〟で警護していた連中もいる」

二人だけ民兵に紛れ込んでいたとは考え難い。

「まだ、ヌスラ戦線に紛れていると言うのですか？」

片倉は一瞬顔を引き攣《つ》らせて尋ねてきた。

「仲間を救出に来る可能性もあるということだ」

浩志は楽観視するつもりはなかった。

三

午前二時五十六分、浩志は西の地平線近くに浮かぶ月を見ていた。

昼間は三十度近くあった気温も十度ほどに下がり、乾いた空気は冷え込んでいる。デリゾールのヌスラ戦線が雑貨屋と呼ぶ倉庫の前に立っていた。

ナシルと名乗った左頰に傷跡がある男の尋問をはじめて三時間が経った。浩志は肉体的な苦痛を与えるようなことはまだ行っていない。拷問はいつでもできる。だが、それは最後の手段だ。ただ、朝まで一睡《いっすい》もさせないつもりである。そのため、一時間ごとにワットと交代で尋問していた。片倉は書記として交代もせずに付き合っている。優男だが、体力もあるようだ。しかも情報分析官としても精力的に仕事をこなす。

現地の状況を克明《こくめい》に記録しようと写真を撮って文章を付け、民兵や住民に得意の語学でインタビューするなど、戦場ジャーナリスト顔負けの働きをしていた。彼が日本に情報を持ち帰れば間違いなく日本政府は、シリアについて他国に抜きん出た生の情報を得ることになるだろう。

倉庫のドアが開いた。振り返ると、片倉が背筋を伸ばしながら出てきた。

「しぶといですね。なかなか口を割りません。分かったのはもう一人の名前が、ジャバドだということだけです」

片倉は浩志と並び、日本語で話しかけてきた。

建物の外で警戒に当たっているのは加藤と村瀬と鮫沼だけで、米国人であるアンディーやマリアノは交代で仮眠しているので、気を遣う必要はない。ヌスラ戦線の民兵は、全員倉庫の片隅で雑魚寝《ざこね》している。日没後の戦闘はないと決めつけているようだ。政府軍にしろ反政府勢力にせよ、毎日戦闘を続けるには休息は必要だ。協定こそないが夜間の休戦は暗黙の了解なのだろう。

「月が実にきれいですね。素朴で美しい風景だ」

街外れだけに遮る物はない。月は午前三時を過ぎれば地平線に沈む。それだけに低い位置にある月は大きく見え、夜空に映《は》えた。視線を少し北に移せば、雄大なユーフラテス川が視界に入る。片倉は美しい夜景に溜息を漏らした。

「自然に恵まれた土地だけに平和じゃないのが、もったいないですね。シリアの紛争っていったいなんなんでしょう。アサド大統領が酷い奴というのは、確かです。しかし、反政府勢力として闘っているのは、私の見る限り、シリア人より外国から来た民兵の方が多いような気がします。そもそも彼らはシリアのために闘っていない。この戦争の意味が分かりません」

黙っていると、片倉は一人で話を続けた。

「戦争とはそういうものだ。人が殺し合うための意味を求めているに過ぎない。闘うのは利権や既得権のためだ。アサドにしろ、反政府勢力にしろ正義は最初からない。互いに自分の正当性を主張しているに過ぎない。だからこそ、一般人を巻き添えにしながら闘えるのだ」

浩志は月を見ながら答えた。

「そうですよね。もし、まともな人間同士なら、小さな子供が一人でも戦闘の犠牲になったら、そこで闘いを止めるはずです。憎しみが憎しみを呼んでいるなんてのは、むしろきれいごとですよね」

片倉は大きな溜息をついた。

英国の調査機関によれば、二〇一三年十一月までの三年間の紛争で一万一千四百二十人にも及ぶ十七歳以下の子供が犠牲になり、そのうち三百八十九人が狙撃による死亡と報告されている。いかに無関係の市民が巻き添えになっているのか分かるというものだ。

「むっ！」

浩志は片倉の肩を摑んで座らせ、銃を構えた。

「どうしたんですか？」

片倉は声を潜めて尋ねてきた。

「倉庫に入っていろ」

浩志は片倉を倉庫の方に押しやると、耳を澄ました。規則正しい機械音が、微《かす》かに聞こえてきた。キャタピラの音だ。

「こちらリベンジャー。トレーサーマンです。トレーサーマン、応答せよ」

——トレーサーマンです。タンクのようです。

加藤も戦車を感知していたようだ。

「斥候に行ってくれ」

——了解。

「ピッカリ、応答せよ」

——ピッカリだ。どうした？

尋問中のワットはすぐに返事をよこした。

「タンクが近付いて来る。こっちに向かっているかどうかはわからないが、全員を起こして、いつでも撤収できるように準備してくれ」

——分かった。

「ハリケーン、サメ雄、集まれ」

浩志は見張り中の村瀬と鮫沼を呼び寄せた。

「二人とも、ＲＰＧを取って来い」

「了解しました」

二人は揃って敬礼して、建物に飛び込んで行った。二年も前に傭兵になったにもかかわらず、未だに海自の癖がぬけないらしい。

昨年、シリアで仕事をした辰也から、政府軍の戦車は旧ソ連製の第二世代の戦車Ｔ72だと聞いている。彼はＴ72の装甲板が薄い側面に、ＲＰＧ7のロケット弾を命中させて、撃破したらしい。

建物からワットを先頭に次々と彼の部下と民兵が出てきた。倉庫の守備兵らは、〝テクニカル〟に掛けられていたシートを取り除いて乗り込んだ。もっとも相手が戦車なら、重機関銃ではまったく歯が立たない。

〝テクニカル〟に乗った民兵たちが激しく言い争いをはじめた。エンジンがかからないようだ。シートで覆ったまま使っていなかったのだろう。バッテリーが古いために上がってしまったに違いない。民兵たちは車を諦めて下りはじめた。

「捕虜《ほりょ》はどうした？」

民兵を見て苦笑を漏らすワットに浩志は尋ねた。

「ターハが管理するというので、任せた。政府軍が攻撃して来るようなら、ラッカの事務所に連れて帰るそうだ」

ワットは両手で頬《ほお》を叩きながら答えた。戦闘に備えて気合いを入れているようだ。

ターハ・イスマイールが三人の部下とともに、両手を縛り上げたナシルとジャバドを連れて倉庫から出てきた。

「さっさと歩け、逃げようとすれば、殺すぞ」

ターハの部下がナシルらをＡＫ47で小突きながら、荷物のように車に押し込んだ。

「重要参考人だ。殺すなよ」

堪《たま》り兼ねたワットが、アラビア語で怒鳴った。

ターハらはラーダ・ニーヴァに乗り込むと、川沿いの道に向かって走り去った。捕虜を連れているとはいえ、闘う気もないようだ。

――トレーサーマンです。Ｔ72が二台、国道４号を西に向かっています。距離は六百メートルです。

加藤は国道まで出て確認したようだ。

「随伴兵士の数は？」

戦車が二台も出撃してくるなら、それを盾として一個小隊ほどの兵士が随伴していてもおかしくはない。

――まだ、見つけられません。本隊がどこにあるのか調べます。

加藤も夜目が利く。彼が見つけられないのなら、近くにはいないのかもしれない。夜中の戦闘で味方の被害をなくすため、戦車だけで出撃したとしても、先導する兵士はいるはずだ。最新鋭の戦車ならモニターで運転席にいながら外部の状況を確認できるが、旧式の戦車は視界が極めて狭いために外に出て目視をしながら、操縦者に指示しなければならない。そのため、先導兵を必要とするのだ。

「先導兵を探せ」

――了解しました。

「全員集まってくれ！」

浩志は仲間を呼び寄せ、円陣を組んだ。

「T72が二台接近してくる。狙いはこの倉庫に違いない。今なら車で逃走できる。どうする？　撤退することも重要だぞ」

あえてムスタフに問いただした。武器や物資は必要だが、命と引き換えにするようなものではない。交戦しなければ、人的被害はゼロだ。

「倉庫には武器と補給物資が備蓄してある。破壊されたら、この街から撤退を余儀なくされる。戦車を阻止したい。あんたたちは逃げてくれ。俺たちは死守する」

ムスタフは毅然《きぜん》と答えた。

「分かった。手を貸そう。ただし接近戦はしない。RPGをぶっ放し、失敗すれば撤退する。それ以上の闘いは無意味だ。俺のチームは後方の二台目、ムスタフのチームは一台目だ。加藤の報告では、随伴兵士が見当たらないらしい。だが、戦車が単独行動を取ることは考えられない。必ず戦車を誘導する先導兵が最低でも数人いるはずだ。ワットのチームは、我々のバックアップと先導兵の対処を頼む」

浩志は、それぞれのチームにA、B、Cと簡易的な名前を付け、配置とRPG7の発射角度を地面に描いて指示した。夜間だけに下手《へた》に動けば同士討ちになるからだ。

「配置に就け」

浩志は号令をかけた。

四

戦車のエンジン音とキャタピラの音が、月夜の静寂《せいじやく》を破壊しながら迫ってくる。

浩志らのAチームは一台目をやり過ごし、ムスタフ率いるBチームが先頭車両に仕掛けると同時に二台目を攻撃する。その間、ワットのCチームは、加藤とアンディーとマリアノの他に倉庫の守備兵も加え、戦車の先導兵を探し出して抹殺《まっさつ》するという作戦だ。あえて

Ｃチームの人数を増やしたのは、戦車の目となる先導兵を倒せば、敵の動きを止めることができるからだ。

ＡＢチームともＲＰＧ７は、二丁ずつある。一発撃って命中を確かめた後で二発目を発射することになっていた。また、乗ってきた三台の車は片倉がリーダーとなり、ムスタフの部下と守備隊から一名ずつ選び出して運転を任せ、川沿いの道で待機させている。廃墟となった住宅があるため車を隠すには都合がいいらしい。

七十メートル先の民家を抜ける狭い道に一台目のＴ72が差し掛かった。月は沈みかけているので、敵味方平等に闇で覆われはじめた。戦車の不気味なシルエットをなんとか確認できる程度だ。

民家から倉庫までの距離はおよそ二百メートル、二台の戦車が民家から抜け出て綿畑にその巨体を晒したタイミングでＲＰＧ７の攻撃をはじめる予定だ。

浩志らは倉庫に近い民家の陰に、ムスタフらは綿畑の東の端にある瓦礫の後ろに隠れている。

「二人とも落ち着いてトリガーを引くんだぞ」

浩志は村瀬と鮫沼の肩を叩いた。二人にＲＰＧ７を持たせている。一発目は村瀬が発射することになっていた。

「待てよ？」

一台目のT72のシルエットを見た浩志は、改めて戦車が随伴兵士もなく行動していることに疑問を持った。

「ここで、指示を待て」

村瀬らを置いて、浩志はT72が通る道と並行している道を南に向かって走った。

「どうした？」

民家の陰からワットが声を掛けてきた。戦車を遠巻きにしながら先導兵を探しているのだ。

「確かめることがある」

浩志は焦っていた。

「近付き過ぎるな。巻き添えになるぞ」

「分かっている」

ワットから離れ、二台目のT72に近付くために交差点を西に向かった。周囲に敵兵はいない。

T72が目の前を通り過ぎた。鋼の車体はごつごつとしたレンガ状のブロックで覆われていた。

「くそっ！」

激しく舌打ちをした浩志は、来た道を戻った。

「攻撃中止！　撤収に備えよ！」

浩志は無線機で全員に命令をした。

「どういうことだ？」

暗闇から抜け出したワットが尋ねてきた。

「〝爆発反応装甲〟だ」

吐き捨てるように浩志は言った。

「シット！　〝爆発反応装甲〟か。それで随伴兵士がいなかったのか。早く気付くべきだった」

ワットも忌々しそうに繰り返した。

〝爆発反応装甲〟とは戦車などに取り付けるブロック状の補助装甲である。鋼板に爆発物を挟み込んだ構造をしており、外部から衝撃を受けると爆発して砲弾やロケット弾を弾き返す。第三世代でも装備している戦車もあるが、主に装甲の不十分な第二世代の戦車の車体を守る目的で、隙間なく装着する。

だが、ロケット弾や砲弾を弾き返すことはできるが、〝爆発反応装甲〟は文字通り爆発して広範囲に金属片をまき散らすため、随伴兵士をも巻き込んでしまう。無数の爆弾を車体に巻き付けているのと同じため、離れた場所で先導兵を付ける他ないのだ。また、爆発の衝撃で鋼板が車体を傷付けるというデメリットもある。二年前までシリア政府軍の戦車には装備されていなかったはずだが、反対勢力の紛争が深刻化したことに伴い、新たにロシアから購入したに違いない。

――こちらハリケーン、次の命令をお願いします。

村瀬は目の前をT72が通り過ぎて焦っているのだろう。

「二台目のタンクをやり過ごしたら、敵の背後を迂回して車に向かうんだ。〝爆発反応装甲〟を装着している。攻撃は無駄だ」

――〝爆発反応装甲〟ですか。了解しました。

声が裏返った。村瀬も驚いたようだ。

前方で凄まじい爆発音がした。

民家の向こうで煙が上がっている。T72が砲撃したわけではない。とすれば、民家を抜け出したT72にムスタフがRPG7で攻撃したに違いない。彼にも予備の無線機を渡してあった。

「ムスタフ、応答せよ。ムスタフ、応答せよ!」

何度も呼びかけたが、応答はない。無線を切っているのか、不具合が生じた可能性もある。

攻撃を受けたT72の銃撃がはじまった。ムスタフらが隠れている建物の瓦礫が的になっている。

「ワット、先導兵を探すんだ！」

ムスタフらを救うにはＴ72を潰すか、先導兵を倒すしかない。

浩志はＴ72が通った道の反対側に出た。先導兵がいるとしたら、国道に近い東側だと思っていたが、敵兵の姿はなかった。とすれば西側か。

二十メートル先の北側の路地に人影が過った。

浩志は拳を握って立ち止まり、一緒に走って来たワットに合図を送った。振り返ると、いつの間にかアンディーとマリアノの姿もある。

——こちらトレーサーマン。通りの西側で先導兵を見つけました。

加藤も移動していたようだ。

「位置は？」

——リベンジャーの四十メートル西の建物の裏です。

浩志の位置まで認識しているらしい。

「撃て！」

全員の位置を再確認し、トリガーを引いた。浩志の射撃を火ぶたに一斉に銃撃され、北側の路地で三名の影が倒れた。

「進め！」

浩志は右手を前に振って走った。

五

〝爆発反応装甲〟で装備したT72は、執拗《しつよう》にムスタフらBチームへの機銃攻撃を続けている。戦車の目となっている先導兵らしき兵士を三名倒したが、敵はまだ残っているに違いない。

浩志らは、先導兵を求めて北に進んだ。

二十メートル先の闇が点滅した。浩志と並んで暗闇を進んでいたワットの耳元をかすめて近くの民家の壁に銃弾が当たった。敵は暗視スコープを装備しているに違いない。

「一時の方角だ！」

ワットは敵の位置を叫んで建物の陰に転がり込んだ。浩志らも物陰に身を隠した。やはり敵はまだいた。

「まずいな」

浩志は首を振った。敵に位置を知られてしまったのだ。

破裂音がした。

近くの民家が爆発し、浩志とワットが吹き飛ばされた。戦車の砲撃を受けたのだ。暗視スコープを装備した先導兵が無線で指示しているに違いない。

「シット！」

路上に転がされたワットが、舌打ちをしながら立ち上がった。左腕を押さえている。怪我をしたらしい。浩志も右頰から流れる血をジャケットで拭った。金属片が頰を擦っていったのだ。数センチ右に立っていたら、頭を吹き飛ばされていたかもしれない。

――こちらハリケーン。応答願います。

「リベンジャーだ」

――大丈夫ですか？

「なんとかな。タンクの攻撃を受けた」

先導兵を倒さない限り、身動きが取れない。

――ＲＰＧで援護できませんか？　まだ位置を変えていません。

撤収を命じたが、留まったようだ。

「トレーサーマン。敵の位置を教えろ。ハリケーンはタンクが通り過ぎた通りの出口から東に三十メートルにいる」

――了解しました。ハリケーンの現在位置から西に向かって十一時の方角、距離は七十メートルです。

加藤はすぐさま反応した。

「着弾と同時に銃撃！」

浩志は他のメンバーに命じた。

――十一時の方角、距離は七十メートル。RPG、発射します。

復唱した村瀬の無線の直後、ポンと乾いた音がした。空気を擦る音が続き、二十メートル前方にロケット弾が着弾し、爆発した。

「撃て！」

号令とともに一斉射撃。

「撃ち方止め！」

数秒後、浩志は右手を上げた。

――敵二名の死亡、確認。一人は暗視スコープを装着していました。

はやくも加藤は敵の生死の確認までしたようだ。

バリ、バリ、バリ！

後方のT72に重機関銃で銃撃された。先導兵を失ったことを自覚したようだ。ターゲットは狂っているが、夢中で反撃している。前方のT72も相変わらず、ムスタフらを攻撃していた。

「そうだ」

浩志は倉庫を見て手を叩いた。

「マリアノ、ワットを安全な場所に移せ。加藤、アンディー！　俺と一緒に来い」

二人を呼び、倉庫に向かって走った。

「ＲＰＧを探してくれ」

倉庫にはヌスラ戦線の備蓄してある武器が積み上げられていた。ＲＰＧ７もまだ残っているはずだ。

浩志は、倉庫脇に置き去りにされていた〝テクニカル〟の荷台に飛び乗り、搭載されているソ連製のＮＳＶ重機関銃の弾丸を確認した。

兵士として武器の手入れは基本である。守備兵は車のメンテナンスはしてなかったが、重機関銃の手入れは怠っていなかったようだ。しかもいつでも攻撃できるように銃弾が装塡してあった。

手前のＴ72は十時の方角、距離百メートル。二台目後方のＴ72は一時の方角、距離百二十メートル。

浩志はバイクのようなＮＳＶ重機関銃のハンドルを握り締め、銃口を手前のＴ72に向けた。照準を戦車の砲塔を目印にし、左のハンドルに付いているブレーキのような形のトリガーを引いてすぐ離した。

ダッ、ダッ、ダッ、ダッ！

発射速度、毎分八百発、12・7ミリ弾が炸裂。全弾戦車上部に命中し、〝爆発反応装甲〟が次々と爆発した。一瞬だが、巨大な炎に包まれたＴ72の攻撃は止んだ。車体の鋼板を隔《へだ》てているとはいえ間近で爆発するのだ、内部の兵士たちは鼓膜が破れるほどの衝撃を受けるはずだ。

浩志は続けて銃口を一時の方向に向け、奥に位置する戦車を攻撃した。再び爆発と巨大な炎が次々と上がった。

「むっ？」
一、二秒だけトリガーを握っては離す。それを繰り返していたが、あっという間に弾丸は尽きた。総弾数は五十発あるが、連射すれば数秒で撃ち尽くしてしまう。
重機関銃の銃弾はベルト給弾式である。浩志は焼け付いたマガジンカバーを外し、荷台に置かれていた未使用の銃弾ベルトに換えて装填した。

バリ、バリ、バリ！

息を吹き返したかのように左前方のＴ72の機銃が火を噴いた。

「くっ！」

浩志が荷台から飛び下りると、倉庫の壁が煙を吐き、無数の穴が開いた。

ボン！

民家の近くで破裂音。次いで機銃を撃ってきたＴ72の側面が爆発した。村瀬か鮫沼がＲＰＧ７で援護してくれたようだ。浩志は再び〝テクニカル〟の荷台に飛び上がり、ＮＳＶ重機関銃のハンドルを握り締めた。

「藤堂さん、見つけました」

加藤とアンディーがＲＰＧ７を担いで倉庫から出てきた。

「俺が撃ち尽くしたら、砲塔の近くを狙ってぶっ放せ」

浩志は再び、ＮＳＶ重機関銃でＴ72の上部を狙って撃ちはじめた。

〝爆発反応装甲〟が反応し、Ｔ72は再び爆発の炎に包まれた。戦車の兵士も装甲板が爆発している間は何もできない。衝撃に耐えるために内部の計器にでもしがみついているに違いない。

二台の戦車を交互に攻撃し、五十発の12・7ミリ弾をすべて撃ち尽くした。

「撃て！」

浩志の号令と同時に、膝撃ちの姿勢で待機していた加藤とアンディーのＲＰＧ７が、炎を上げた。

二発のロケット弾は、二条の白煙を引きながら吸い込まれるように左右それぞれのＴ72の砲塔近くの可動部に当たり爆発した。

浩志が固唾《かたず》を飲んで見守るなか、加藤とアンディーはＲＰＧ７に新たなロケット弾を装塡している。

「待て！」

ＲＰＧ７を再び肩に担いだ二人を制した。

手前のＴ72が内部から炎と煙を吐きはじめた。遅れて後ろの戦車の内部が爆発し、炎に包まれた。ＮＳＶ重機関銃の銃撃で〝爆発反応装甲〟を剝がした場所にＲＰＧ７のロケット弾が命中したのだ。

「撃ち方止め！」

右拳を握りしめた浩志は、全員に命じた。

六

二台の旧ソ連製の戦車Ｔ72を撃破することに成功し、ヌスラ戦線の武器や補給物資の備蓄倉庫を守ることに成功した。だが、勝利には大きな代償を支払うことになった。ムスタフの二人の部下が戦車の機銃で死亡したのだ。そのうちの一人は浩志らがアザズにはじめて行った際に世話をしてくれたアリだった。

「俺が馬鹿だった。二人の命を奪ってまで守る価値はなかった。藤堂の忠告に従うべきだったんだ」

二人の遺体の前でムスタフはロシア語で叫んだ。彼は浩志が渡した無線機の扱いに慣れていなかった。迂闊《うかつ》にもチャンネルを回して周波数を合わせることができなかったために、浩志の撤退命令を聞いていなかったのだ。

「くそっ！」

ムスタフはＡＫ47を倉庫の壁に向かって乱射し、全弾を撃ち尽くすと膝を折って泣き崩れた。

「泣き叫んでも、死人は生き返らない」

浩志は冷たく言った。仲間の死を後悔《こうかい》するのなら、紛争に参加すべきでないのだ。

「ロシアに復讐するために俺たちはここまで来た。これからどうしたらいいんだ」

ムスタフは力なく言った。

「シリアにロシアの後ろ盾があることは確かだ。政府を倒すのは国民の仕事、所詮《しょせん》おまえらはよそ者なんだ」

シリアに入国して一週間が経った。見えてきたことはシリアという国を舞台に、国民とは無関係な部外者同士が勝手に戦争をしているということだ。政府が市民を巻き添えに無差別に空爆をはじめたのは過剰反応に違いないが、アサド大統領が言うようにテロリストに対する自衛であることも確かだった。

「……そうかもしれない。俺はシリア政府を倒せば、ロシアに、そして憎むべきプーチンに仕返しができると思っていた。だが、それは身勝手な妄想《もうそう》だったのか」

ロシアに復讐がしたいのなら、チェチェンに戻るべきだろう。

「だが、おまえ一人気付いたところで、この戦争が終わらないことも事実だ」

浩志は苦々しく答えた。

「一度シリアを離れて、何をすべきか考えてみる。だが、それは藤堂の仕事を手伝ってからの話だ」

ムスタフは袖《そで》で涙を拭くと、立ち上がった。

浩志は無線で仲間を呼び寄せ、倉庫の前で加藤とアンディーとともに待った。

待つこともなく村瀬と鮫沼がRPG7を担いで現れ、次いでワットとマリアノが姿を見せた。ワットは左腕を押さえている。上腕にバンダナを巻いていた。

川岸の道で待機していた片倉らも、無事に三台の車を倉庫前に停めた。

「重機関銃で〝爆発反応装甲〟を破壊するとはな。恐れ入ったぜ」

ワットは、笑顔で言った。

「大丈夫か？」

浩志はワットの腕を見て尋ねた。

「砲弾の破片で腕を切ったらしい。止血したから、血は止まった。あとでマリアノに縫ってもらうつもりだ。アンディーが縫えるのはパンツの穴ぐらいだが、マリアノはうまいんだ。そういうおまえも大丈夫なのか？」

ワットに逆に顔を指差された。頰に怪我をしていることを忘れていたのだ。市街戦用に持っている鏡で自分の顔を見ると、三センチほど鋭く切れて、血が流れていた。この程度なら放っておいてもそのうち治る。

しばらくすると、倉庫の守備兵も戻ってきた。彼らは無線機を持っていないので、銃撃戦が止んでから安全を確認していたのだろう。

「ムスタフの仲間を埋葬したら、ラッカまで戻る」

浩志は居並ぶ男たちに伝えた。勝利を喜ぶ者は誰もいない。味方の死をみな心に刻んでいるのだ。だが、戦争が長引けば、そのうち死体の傍で平気で飯を食うようになる。

「夜明け前に出発する」

ターハ・イスマイールが連行したロシア人を改めて尋問しなければならない。埋葬後にラッカに急行するつもりだ。

虚《うつ》ろな表情で立っていたムスタフが、ポケットから衛星携帯を取り出した。ずいぶん前から呼び出されていたようだ。

「なんだと！」

耳に携帯を押し当てていたムスタフが、甲高い声を出した。また何かが起きたようだ。凶事は重なる。戦場の決まり事と言えた。

「ラッカのターリクからの連絡だった」

電話を終えたムスタフが複雑な表情で言った。

浩志は無言で頷いた。

「ターハが事務所に戻る途中で襲われたらしい。ラッカの事務所が救援を要請してきた」

「政府軍の検問でやられたのか？」

浩志は表情を変えずに尋ねた。

ターハは、浩志らと行動を共にせずに単独で帰って行った。襲ってくれと言っているようなものである。驚くようなことではなかった。

「いや、４号線を走っていていきなり銃撃を受けたらしい。敵の姿は見ていないが、捕虜に逃げられたようだ」

政府軍か民兵かも分からないようだ。

「場所は？」

捕虜を逃がしたと聞き、浩志は舌打ちをした。

「ここから二十キロ先らしい」

「ムスタフ、おまえたちはここに残って仲間を弔《とむら》え、俺たちだけで行く」

ちらりとワットを見ると、当然という顔でにやりと笑ってみせた。もっともこの男なら腕がちぎれそうでも、一緒に行くと言うだろう。

「……しかし」

ムスタフは上目遣いで言いかけて止めた。いつもと違うところは、瞳に恐怖心が宿っていることだ。闘いに怯えているのに違いない。勇者とまで言われていた兵士もある瞬間に臆病者《おくびょうもの》になることがある。元々勇者などいないのだ。怯えを押し殺し、心に抱え込んでいるに過ぎない。ムスタフは、恐怖で満たされて行く心と必死に闘っていたが、耐えられなくなったのだろう。兆候《ちょうこう》はあった。

「行くぞ」

浩志はムスタフを無視し、車に乗り込んだ。

悪しきベルゼブブ

一

デリゾールで浩志らは迫撃砲で手荒く出迎えられ、破壊したとはいえ旧ソ連製の戦車T72で送り出される格好となる。さすがの浩志もこれほどタイミング悪く、襲撃されたことに疑問を抱くほどだった。何者かに監視されていたとしても、おかしくはない。

もっとも戦争に殺しの掟も常識もない。まして敵に待ったなどないことは確かだ。非道で人道に反していると訴えるなら、戦争の意味を知らないということだ。

現代は戦地からユーチューブやフェイスブックで情報が漏れて来る。それを平和国家で閲覧し、残酷だと批判する。尊《とうと》い生命が奪われるのに、たった一発の弾丸であろうと、化学兵器であろうと結果は変わらないのである。

浩志らを乗せたランドクルーザーとパジェロは、デリゾールの郊外の国道4号を走っていた。ヌスラ戦線のターハ・イスマイールが襲撃された地点に向かっている。助ける義理はないが、彼が連れていたチェチェン人に扮《ふん》していたナシルとジャバドと名乗ったロシア人らしき二人の行方を知りたかったのだ。

「私は紛争地の経験は少ないのですが、こんなに戦闘って続くものでしょうか？」

先頭を走るランドクルーザーの後部座席に座っている片倉が尋ねてきた。

「ミャンマーでは政府軍相手に何日も闘ったこともあった。中国やロシアでも同じような経験をしている。戦闘が続くことは珍しくない。それが戦争だからだ」

助手席に座っている浩志は、壁のように迫る前方の暗闇を見ながら答えた。

「ロシアでのブラックナイトとの闘争は知っていますが、中国でも戦闘があったのですか？」

浩志とブラックナイトとの戦闘は、一般人は知る由《よし》もない。政府でもトップシークレットとして扱われている。それを知っているということは、片倉が外務省でも現在の内調でもかなりセキュリティーレベルの高いポストにいるということだ。

「ご存じないかもしれませんが、藤堂さんは、記憶を失ってゲリラと一緒に人民軍と闘ったこともあるんですよ」

ふんふんと頷いていた加藤は、悪戯《いたずら》っぽく答えた。

「そうなんですか」

片倉は目を見開き、感心してみせた。

浩志は頭部に受けた衝撃で記憶を失い、チベット独立闘争をしていた反政府武装集団とともに一年近く闘っていた経験がある。共産党の報復を怖れた代理店の池谷は、日本政府にも報告しなかった。

記憶喪失《そうしつ》となった後に、中国共産党の陰謀《いんぼう》に巻き込まれた。消息を絶った浩志を執念《しゅうねん》で探し出したのは、他ならぬ片倉の実の妹である美香であるが、彼はそれを知らないようだ。

ちなみに美香と片倉が兄妹であることを知っているのは、当人たちの他、浩志と池谷だけである。それだけに片倉が関わりを持ってきたことを、池谷の策略だと浩志は思っていた。

「中国か……」

溜息をついた浩志はぼそりと言った。チベットの若者たちと一緒に闘ったことは忘れられない経験にもなったが、戦闘に巻き込まれた美香が大怪我をしたという苦い記憶もあった。浩志にとってはあまり触れてほしくない過去でもある。

「断続的に戦闘が起きるから戦争というのかもしれませんが、襲われるタイミングができ過ぎていませんか?」

片倉は納得していないようだ。

「おまえの疑念も分かる。シリアでは俺たちの行動が、まるで把握されているかのように襲撃されていることは確かだ。俺も腑《ふ》に落ちないと思っている。だが、それだけ政府軍が優勢だということかもしれない。やつらを侮《あなど》れないということだ」

　浩志はバックミラーで片倉をちらりと見て答えた。

「そろそろ十八キロになります」

　加藤が距離計も見ないで言った。

「ライトを消して、停めてくれ」

　ターハが襲撃された地点は、デリゾールから二十キロ地点だと聞いている。襲撃者は政府軍かあるいは政府系の民兵かは分からないが、まだ近くにいる可能性は考えられた。車で安易に近付くのは危険であった。

「ワットとマリアノは車の見張りだ」

　足を奪われれば死活問題になる。車に片倉だけを残してはおけないので、ワットら二人に命じた。

「俺たちは、待機かよ」

　ワットは肩を竦めたが、マリアノは苦笑して見せた。

　マリアノも足に怪我をしていることを浩志は知っていた。わずかに左足を引きずっている。隠しているつもりだろうが、タフな男だけに相当痛《いた》めているに違いない。

「その間に、裁縫《さいほう》が得意なマリアノに腕の怪我を縫ってもらうんだな」

浩志は二人を交互に見て言った。

「なるほど、いいアイデアだ」

ワットはようやく納得した。

浩志は加藤を先頭に村瀬、鮫沼、アンディーとともに国道4号に沿って、荒れ地を西に進んだ。星明かりが頼りなげなだけにゆっくりと進まざるを得ない。加藤には政府軍の兵士が使っていた暗視スコープが装着されたAK47を持たせている。

二キロほど進んだところで加藤が立ち止まった。

浩志は拳を握ってしゃがみ、仲間に警戒態勢を取らせた。

「百五十メートル先にラーダ・ニーヴァが停まっています。敵兵の姿はありません」

銃を構え、暗視スコープで周囲を窺っていた加藤が、囁くように報告した。

「前進」

浩志は先頭に立って進んだ。

荒れ地と思っていたが、周囲は綿畑だったようだ。低木の綿の木が等間隔に植えられている。綿の木をなぎ倒したラーダ・ニーヴァが、国道から三十メートルほど外れたところにハッチバックを開けた状態で停まっていた。

「うん？」

五メートルほど進んだところで、つま先で金属音がした。浩志は拳を握って仲間に停止を指示し、跪《ひざまず》いて地面を透かすように見たが、さすがに暗くてよく見えない。

「十メートルバックし、周囲を警戒」

仲間を全員見張りに立たせた浩志は、ポケットから小型のＬＥＤライトを出して地面を照らした。

「これか」

浩志は足下に落ちていたＡＫ47の薬莢《やっきょう》を拾った。他にも無数に落ちている。金属音はつま先で薬莢を蹴った音だった。どうやら何者かがこの近くで国道を走っていたラーダ・ニーヴァに向かって乱射したようだ。薬莢の数から犯人は複数だったらしい。

仲間を後退させたのは、ライトを点ければ、狙撃される恐れがあるからだ。それに、現場を仲間の靴で荒らしたくなかったこともある。だが、地面に頭を着けるようにして見ても靴痕は見つけられない。乾いた大地だけに残らなかったようだ。

拾った薬莢をポケットに入れた浩志は、ライトを車に当てて近付いた。運転席から後部座席にかけて無数の穴が開いている。

浩志は首を傾《かし》げた。というのも走って来る車を狙って連射するなら、外さないように進行方向の前から狙撃する。通常、エンジンルームあたりから銃弾の痕は残るものだが、弾痕は散っているものの運転席のドアから後部座席だけで収まっている。

車が低速で走っていたのならともかく、銃撃が正確だと言えるのだ。あるいは前方を塞いで車が停止したところを撃ったのかもしれない。だが、一旦停止して銃撃を受けた後で、道を外れて走ったというのも腑に落ちない。

車の中を覗いてみた。運転手はハンドルにうつ伏せになって倒れている。脈を調べてみたが、すでに死亡していた。ドアを貫通したＡＫ47の銃弾を喰らったのだろう。助手席の男は頭部を撃たれており、生死を確認するまでもなかった。後部座席にもう一人の死体を見つけたが、ナシルとジャバドはもちろんターハの姿もない。奥の後部ドアが開いている。

浩志はガバメントを抜いて、車の反対側に出た。

「むっ！」

前方の綿の木に銃を向けた。人が隠れているのかと思ったら、木に引っかかるように男が倒れている。駆け寄ってライトで顔を確かめるとターハだった。目立った外傷はなく、脈は正常である。左手に衛星携帯を握り締めていた。ラッカの本部に救援を要請した後、気を失ったらしい。

「リベンジャーだ。トレーサーマン、来てくれ」

浩志は無線で加藤を呼び、二人のロシア人の行方を追わせた。

二

ターハのラーダ・ニーヴァが襲撃された現場を元刑事の性《さが》ではあるが、浩志は入念に調べた。

最初に薬莢が散乱していた場所は、銃撃を受けたラーダ・ニーヴァの二十五メートルほど手前で、国道からは五メートルほど離れていた。見通しが利く場所ではあるが、車が通る寸前まで地面に伏せていれば夜の闇に紛れることは可能だ。

敵の数は分からないが、現場に残された薬莢の量と散乱した状況からして、数人に襲われたらしい。靴痕を探したが、乾燥した大地は硬く、場所によってはまったく発見することができなかった。

護送されていたナシルとジャバドを加藤に追跡させたが、現場周辺には三人分と思われる靴痕がわずかに残されていただけで、トレーサーマンの異名を持つ加藤でさえ、行方を追うことはできなかった。

現場に別の車のタイヤ痕もなければ、靴痕も周辺にはほとんどなかった。襲撃者の車は現場からかなり離れた所に停めてあり、銃撃した犯人が犯行後に呼び寄せて現場近くの国道に停められ、ナシルとジャバドはそれに乗せられたのだろう。

ただ一つ最後に疑問が残った。頭部を撃たれた助手席の男の銃創である。弾丸の入口である射入口は、左の耳のやや下辺りにあり、サイズは直径七、八ミリと、ＡＫ47と見て間違いない。射出口は右前頭部にあり、弾丸は斜めに貫通していた。

射出口の位置が若干《じゃっかん》高い。被害者は少し下の位置から撃たれたことになるが、銃身の長いＡＫ47を車外から突き入れて撃たれたのなら、それは考えられない。被害者は撃たれる瞬間逃げようとのけぞったのかもしれない。

撃たれた距離によっても違うが、弾丸は激しく回転しながら人体から飛び出して行くため、通常射出口は射入口よりも大きく開く。だが、男の射出口は射入口とほぼ同じ大きさであった。貫通する弾丸のぶれが少ないということは、速度があったことになる。つまり至近距離から撃たれた可能性が高いということだ。その証拠に射入口の周囲がわずかに黒くなっていた。これは発射された弾丸の煙渣《えんさ》が傷口の周囲に付着するためである。

不可解なのはその量であった。ＡＫ47であれば至近距離から撃てば黒い輪がはっきりと付き、皮膚《ひふ》や髪も焦げるはずだが、男の額はライトで照らしてはじめて分かるほどの量で、焼けた痕もごくわずかである。これが警視庁の捜査なら科学捜査研究所で実証実験をして解析する。煙渣の広がる範囲を調べれば、自ずと銃の発射された位置は分かることになるはずだ。あるいは過去の事件でのデータと比較することで判明するだろう。

気になるところだが、実験する術もなく、戦場の死体をいちいち検分する者はいないので、比較検討する資料もない。浩志もこれまで死体の銃創を調べることはなかった。考えられるとすれば、犯人の使った銃弾は、使用済みの薬莢を利用して作り直したリロード弾で、火薬の量が少なかったことだ。シリアは軍事国家だが、武器の品質管理が厳格かといえば、そうでもない。まして民兵は、弾丸やＲＰＧ７のロケット弾まで秘密工場で手作りしているので、火薬不足のリロード弾という可能性は充分あった。もっとも少なければ発射時の初速も落ちる。頭で考えても解決はできなかった。

襲撃された際、銃撃を受けた運転席と後部座席の手前にいた二人の男は、ほぼ即死状態だったが、運転席の男が盾となり助手席の男はかすり傷程度だった。そのため、襲撃者がＡＫ47で停止した車の至近距離から、生き残った男の頭部を撃ったと考えるのが妥当かもしれない。

一人だけ軽傷ですんだターハは、銃撃を受けて車が激しくスピンした瞬間に車外に放り出されたそうだ。襲撃者たちも暗闇の中で、数メートル離れた場所に転がっていたターハに気付かなかったのだろう。国道に残されたスピンした際に残されたタイヤ痕が、彼の証言を裏付けていた。

ナシルとジャバドは、あっという間に連れ去られたようだ。唯一の目撃者であるターハは気を失ったため記憶が曖昧《あいまい》で、襲撃者が去った後に自分で救援を要請する電話をしたこともよく覚えていないらしい。頭を殴られて気絶する場合は、前後の記憶を失うことが多いことから、彼の証言に矛盾は感じられなかった。

浩志らはターハの部下の死体を乗せたラーダ・ニーヴァとともに、一旦デリゾールに戻った。戦場で死体を放置するのは当たり前のことであるが、多少なりとも世話になったヌスラ戦線に対する礼儀として、死体を丁重に扱ったのである。

だが、疑わしきロシア人を逃した今となっては、彼らと協力して捜査する意味もなくなった。浩志らは夜明け前にデリゾールを出発するつもりである。国道4号は危険なので、ユーフラテス川沿いの未舗装の道を通り、とりあえずラッカまで行くつもりだ。時間は掛かるが安全だと地元の民兵が口を揃えて言った。

デリゾールに戻ると、ムスタフは二人の部下の埋葬を終えていた。イスラム教では死が確認されてから二十四時間以内に埋葬する慣《なら》わしはあるが、夜が明けてからでは浩志たちに追いつけないため急いで埋葬したようだ。

一方、三名の部下を一度に失ったターハは夜が明けてから埋葬するかと思ったが、単独で行動することによほど懲《こ》りたらしく、葬儀を地元のヌスラ戦線の兵士に任せて浩志らに付いて来た。

午前四時十八分、先頭車はムスタフのラーダ・ニーヴァ、二台目は浩志の乗るランドクルーザー、三台目はワットのパジェロ、最後尾はターハが一人で運転する銃撃で穴だらけのラーダ・ニーヴァが続いた。

川沿いの道は、ユーフラテス川流域の綿畑を抜けて行く道だった。農道として使われていたのだろう、舗装はされていないが、轍《わだち》はなく整備されていた。スピードは出せないが休むことなく走り続け、午前八時過ぎにはラッカに到着することができた。

浩志らはヌスラ戦線の支部が入っているビルの六階にある部屋をまた借りた。この三日間まともに食事や睡眠もとっていなかった。また相次ぐ戦闘で負傷者も出てきただけに、休息を必要としていた。次の目的地はアル・バーブであるが、安全も考慮して日が暮れてから移動することになった。

部屋の外でアンディーと村瀬が見張りに立っている。浩志は煮豆の缶詰を平らげると、瓦礫をどけて床に横になった。目を閉じると、すぐに深い眠りについた。

三

片倉はヌスラ戦線のラッカ支部があるビルの屋上に立っていた。見張り所が設《もう》けられているが、狙撃される恐れがあるためにめったに人が立ち入ることはないようだ。

「シット、これもだめか」

衛星携帯を手にした片倉は、英語で激しく舌打ちをした。一人でいる時は気分によって使う言語が違う。ネイティブのように正確に話せる言語は十カ国以上あり、ラテン系ならすべて理解できる。中国語以外のアジアの言語でも日常会話程度なら不自由はしない。

片倉は父親である誠治に連絡を取ろうとしているのだが、これまで彼から掛かってきた番号は、非通知かあるいは電話番号が残されていても使えなくなったものばかりだった。妹の梨紗ほどではないが、いつもは父親を疎《うと》ましく思っていたので片倉から連絡をしたことはなかった。だが、どうしても尋ねたいことがあったのだ。

シリアに二度も入国して浩志らと一緒に行動を取っているのだが、いつも戦闘に巻き込まれることを疑問に思っていた。戦争なのだから当然かもしれない。だが、何か釈然《しゃくぜん》としないのだ。襲撃される度に浩志の的確な判断で何とか凌《しの》いできたが、こんな状態が続けば、さらなる死傷者が出るのは時間の問題である。

それに傭兵代理店の土屋友恵がもたらしたシリアで暗躍しているらしい〝ベルゼブブ〟というコードネームが気になっていた。CIAのサーバーをハッキングして得られたという友恵の報告が本当なら、誠治が知っている可能性も考えられた。

「こんなところで何をしているんですか。狙撃されても知りませんよ」

振り返ると、ターハ・イスマイールが立っていた。電話が繋がらずに腹を立てていたために気が付かなかったらしい。

ターハはポケットから煙草の箱を取り出し、片倉に勧めてきた。赤と白のストライプ、ウィンストンである。

「私は吸いませんので」

煙草の箱にちらりと目をやった片倉は苦笑した。

「禁煙家ですか。水はどうですか」

今度はターハが左手に持っていたエリキリのペットボトルを渡された。

「ありがとうございます。彼女に電話を掛けていたんですよ」

右手の衛星携帯をポケットに仕舞うと、ペットボトルの水を飲んだ。冷えてはいないが、とろりと甘く感じる。干涸《ひから》びた喉を恵みの雨が降るように潤した。乾燥地帯だけにいつでも体は水分を欲しているのだが、清潔な水は手に入り難い。

子供の頃から海外生活が長かった片倉は、どんな食事が出ても躊躇することはない。旅慣れしているせいか、胃腸も丈夫だ。だが、水は別である。コレラや赤痢《せきり》も恐いが、激しい胃腸炎を引き起こす〝ジアルジア症〟の原因である〝ランブル鞭毛虫《べんもうちゅう》〟は世界中に分布しており、感染率も高いだけに注意が必要だ。そのため、水質を浄化するためのヨウ素剤はいつも携帯していた。

「確かに人目を忍んで電話を掛けるならここはいい。ところで、私は君をどこかで見たことがある気がするんだ。覚えはありませんか？」

煙草を吸いながらターハは、笑顔で尋ねてきた。

「そうなんですか。私は初対面だと思っていました。日本人がアラブ人の顔を覚えられないように、他人のそら似じゃないのですか。東洋人の顔って、同じように見えますから」

片倉も笑顔を浮かべ、嘘をついた。どこかでターハを見たことがあると思っている。だが、下手に自分から言い出すのは危険だ。情報は引き出すもので、披露するものではない。これは情報員としての英才教育を受けた父親から、子供の頃何度も言われたことだ。

「あなたは日本人と言っても、白人の血が混じっているかのようにはっきりとした顔立ちをしている。見間違えるとは思えない。それにアラビア語がずいぶん上手ですが、どちらで覚えられたんですか？」

ターハが言うことも一理ある。母親はロシア系ハーフの日本人だった。

「父は商社に勤めていまして、世界中の支社を転々としました。おかげで私も子供の頃から引っ越しに付き合わされて、様々な言語が話せるようになったのです」

これは半ば事実であるため、臆面《おくめん》もなく話せる。

「それにしては、うま過ぎる。特にあなたはアラビア語をシリア訛で話すこともできる。子供の頃、シリアにいたのですか？」

ターハは笑顔を崩さず執拗《しつよう》に質問をしてきた。

「私にとって言語は空気みたいなものです。違う土地や国に行ったとしても、そこで深呼吸すればすぐに理解し、話すことができるようになります。それは冗談ですが、シリアへ入国する際に自由シリア軍の兵士と行動を共にしました。シリア訛を覚えるのはそれだけで充分ですよ」

自慢するほどではないが、これも事実である。だが、普通に言えば嫌みに聞こえること も知っているので、片倉はわざと少し気取って笑ってみせた。

「羨ましい。私が話せるのはヨルダン訛のアラビア語と英語だけです」

ターハは、苦笑いを浮かべて溜息をついた。

「おいくつまでヨルダンにいらしたのですか？」

今度は片倉が質問した。ターハは確かにヨルダン系の訛が時折混ざるが、気になるほど ではない。

「私もあなたと同じで、父親の仕事で色々な国に行きました。もっとも、中東の国々だけ です。だけど、シーア派の国には行ったことがないですね」

ターハは無難に答え、白い歯を見せて笑った。

「そうなんですか」

片倉は笑顔で相槌を打った。だが、この男との会話は無意味であることを悟った。なぜ なら同じ臭いがするからだ。この男はただのヨルダン人ではない。というか、ヨルダン人 というのも怪しい。受け答え、表情の作り方、細部にわたって計算されているようだ。特 殊な訓練を受けているに違いない。

「すみません。また彼女に電話していいですか。さっき繋がらなかったんですよ」

片倉はポケットから衛星携帯を出すと、ボタン操作をして耳に当てて見せた。

「そうですか。それでは失礼しますよ。私は部下を三人も失ったために、関係者に訃報《ふほう》を知らせるべくこれから出掛けることになっています。ここでゆっくりと景色を眺めながら、会話を楽しんでください」

ターハは皮肉を言って階段を下りて行った。

「よし」

片倉は衛星携帯の画面を見てにやりと笑った。彼の持っている携帯は特注品で、近くにある携帯やスマートフォンとボタン操作一つで密かにペアリングできる機能が付いている。対象の機器の電源が切れていなければ強制的に実行され、相手の機器のあらゆる情報を見ることができ、しかもペアリング中は会話まで盗聴できる。片倉は電話を掛ける振りをして、ターハの衛星携帯とペアリングしたのだ。

「うん？」

ポケットに仕舞おうとした衛星携帯が鳴ったので、慌てて耳に当てた。

――私だ。

父親の誠治の声が響いてきた。

「タイミングがいい。ちょうど」

――ラッカにあるビルの屋上にいるのは、おまえだな。

話を遮られたと思ったら、妙なことを聞かれた。

「そうだけど……」

——おまえが私にコンタクトを取ろうとしていたことは、分かっている。通話不能の電話番号も実は誰から掛かってきたか、知ることができるようになっているのだ。GPSで位置も把握した。今、画像で最終確認する。空に向かって手を振れ。

通話不能を示すトーン信号を出す電話番号も実は生きていたようだ。

「なっ！」

手こそ振らないが、上空を見上げた。誠治はたった今、片倉の顔を監視衛星で確認しようとしているのだ。

——なんて間抜け面をしているんだ。

誠治の低い笑い声が漏れた。顔を認識したらしい。相当精度の高い監視衛星に違いない。

「ご丁寧にありがとうございます。僕を監視していたのですか？」

片倉は嫌みな口調で言った。

——馬鹿者。アクセスしてきたのはおまえだろう。現在地を調べてみたら、狙撃されてもおかしくない場所にいるから、注意してやったのだ。

「それぐらい分かっています」

——言っておくが、シリア軍のＭｉＧ23が二機、十分前にダマスカスの空軍基地を飛び立ち、北東に向かっている。方角からしてラッカだろう。あと数分で到着する。すぐに安全な場所に避難しろ。

「ＭｉＧ23戦闘機が……」

片倉はまたかと絶句した。

——これはサービスだ。ありがたく思え。

「ちょっと待ってくれ。聞きたいことがあったんだ」

いつも電話を勝手に切られてしまうため、片倉は慌てて言った。

——なんだ。はやく言え。

「〝ベルゼブブ〟のことを聞きたい」

——何、どこでそれを……。

誠治は言葉を失ったようだ。

「知っているんだね。教えてくれ」

だが、続く言葉はなく、電話は切られた。

「糞親父！　いつも、いつも！　糞ったれ！」

悪態をつきながら片倉は階段を駆け下りた。

四

ポケットの衛星携帯が振動した。

浩志はびくりと痙攣《けいれん》させるように体を一瞬震わせて目覚め、携帯を耳に当てた。

――電話、大丈夫ですか？

「うん？」

腕時計で時間を確かめながら、体を起こした。時刻は午後二時半になっている。

――柊真です。

囁くような声は、柊真だった。

目を擦って周囲を見た。ラッカのヌスラ戦線の事務所が入っているビルの六階にいることを思い出した。二時間ほど仮眠したら見張りを代わるつもりだったが、寝過ごしてしまったようだ。

最初見張りについていたアンディーと村瀬が、部屋の片隅で横になっている。鮫沼とマリアノがいないので見張りを交代したようだ。加藤は窓から外を警戒している。最初から眠っているワットはまだいびきをかいていた。

「どうした？」

——ハーンアサルで採取した土壌からサリンが検出されました。ためにかなり希釈されていたようですが、不純物の割合からシリア軍のものと違うという結果がでました。フランス政府は結局、これまでの主張を繰り返す必要上、情報は公表しません。任務は失敗だったわけです。

　柊真にとって溜息が出てきそうな内容だが、淡々と報告してきた。あらかじめ予想された内容だっただけに、残念という気持ちすらないのだろう。

「やはり、そうか」

　——偽物を摑まされて逃げ帰るように指示をした二人の上官に対して、軍の司令部は激怒したようです。

　柊真の疲れた笑いが携帯から漏れてきた。

「俺たちもしくじった」

　浩志はサリンを散布していた男たちを捕まえたが、逃げられたことを話した。

　——我々が基地に帰還した後、そこまでされていたんですか、さすがです。

「結果をださなければ、何もしないのと同じだ」

　柊真は感心したらしいが、浩志は憮然とした表情で言った。

　——今回ご一緒させていただいたチームのメンバーは、みんな藤堂さんの話でもちきりです。作戦はトップシークレットだっただけに、他の隊員に自慢できないのが残念だとみんな言っていますよ。

興奮した様子で柊真は言った。

「おまえらの経験値が足《た》りないだけだ」

若い兵士が憧れる気持ちも分からないでもないが、傭兵としては運良く長生きをしているだけの話だ。浩志は立ち上がって、背筋を伸ばした。ばりばりと筋肉が軋んだ。六時間近く寝たのに疲れは取れない。若くはないのだ。引き際を忘れた老兵だと、自分では思っている。

――これからどうされるのですか？

「アル・バーブに戻る。スタルクとの約束もあるからな」

化学兵器を使っている犯人の捜査は、限界だと思っている。そもそも戦場でまともな捜査ができるわけがなかったのだ。

スタルクからは浩志たちの状況が気になるらしく、頻繁《ひんぱん》に衛星携帯に連絡が来る。一人でも行くと見栄《みえ》を張っていたが、結局は浩志が頼りなのだろう。

――まだ、シリアに残られるんですね。

「長居をするつもりはないがな」

シリアで学んだことは、シリア人以外の兵士は出て行くべきだということだ。

浩志はふっと苦笑を漏らした。

衛星携帯をポケットに仕舞い、ガラスのない窓から外を見た。気温はすでに三十度近くになっているはずだ。部屋が北向きで全開状態の窓から乾いた空気が吹き込んでいる。

突然ドアが乱暴に開いた。

「藤堂さん、ミグが飛んで来るそうです。逃げてください！」

血相《けっそう》を変えた片倉がドアロで叫んだ。

「何！　どういうことだ」

浩志は振り返って尋ねた。戦闘機は機影を発見した時にはすでに手遅れだ。レーダーでも見たのならともかく、片倉の中途半端《はんぱ》な言い方は適切ではない。

「シリア軍のＭｉＧ23が二機、十分前にダマスカスの空軍基地を飛びたったと連絡が入りました。こちらに向かって来るそうです」

片倉はいらいらしながらも繰り返した。

「十分前、……あと二、三分でラッカ上空だぞ。待避、全員待避せよ！」

浩志は頭の中で即座に計算し、大声で叫んだ。もはや情報の出所を聞く暇もなかった。眠っていたワットを叩き起こし、全員を部屋から出した。

「先に逃げろ！」

浩志は三階でヌスラ戦線の事務所のドアを開けた。だが、責任者であるターリクもターハの姿もなかった。デスクで三人の若い民兵が談笑しているだけだ。

「逃げろ！　ミグだ。ミグが来るぞ」

出入口で浩志は手を振って声を張り上げた。

民兵らと団子状態で狭い階段を駆け下りた。ビルの玄関から出たところで、西の方角を見上げた。

雲もない青空に白い点が二つ。見る間に大きくなった機影が白い息を吐いた。

「いかん！」

浩志は民兵の背中を押して道を渡り、前のビルに飛び込んだ。同時に背後で爆発音が轟いた。

「くっ！」

前のめりに倒れて壁にぶつかった。爆風に吹き飛ばされていたのだ。

五

シリア政府軍の戦闘機による空爆は、紛争が二年目に入った二〇一二年ごろから陰湿になっている。長引く戦闘で小麦は不足し、市民生活を支えていたパン屋も相次いで閉店に追い込まれた。そのため、開店しているパン屋には市民の長い行列ができる。その列に向かって戦闘機は爆撃をするのである。

二〇一二年八月十六日から二十一日にかけて、アレッポ県内では少なくとも十軒のパン屋とその前に並ぶ行列に戦闘機によるミサイル攻撃と銃撃がされ、百人近くの市民が無差別に殺され、多くの負傷者を出した。もはや政府の攻撃対象はテロリストではなく一般市民である。これを国際的な常識では、戦争犯罪と言う。

西の方角からやってきたロシア製ＭｉＧ23戦闘機は、ヌスラ戦線のラッカ支部が入っているビルを爆撃した。

片倉から戦闘機の襲来を告げられた浩志は、半信半疑でビルから全員を避難させた。その直後に二機の戦闘機からミサイルが発射され、ビルは爆発炎上した。まさに危機一髪だったのだ。

周囲には黒煙と損壊したビルの塵《ちり》が立ち込め、焼けこげた臭いが鼻を突く。

「俺たちが狙われたのか」

浩志はパーカーについた粉塵を払いながら自問するように呟いた。道を渡って向かいのビルに逃げ込むのがやっとだった。

「そうだと思います」

傍らに立っていた片倉は厳しい表情で答えた。

「戦闘機の情報源は？」

通りに出た浩志は、黒い煙を吐き出しているビルを見上げながら尋ねた。一階から三階辺りにミサイルは命中したようだ。

「とある筋としか答えられません。すみません」

父親の言動からして、彼はＣＩＡの情報員に間違いないと思うが、直接聞いたわけではないので答えようがないのだ。

「他に情報は？」

「今のところありません。ただこれはあくまでも私見ですが、ターハが怪しいと思っています」

片倉は浩志に耳打ちするように日本語で言ってきた。

前のビルに逃げ込んだのは、二人の他にワットをはじめとした仲間だけでなく、ヌスラ戦線のムスタフやラッカ支部に詰めていた民兵も数人いたため聞かれたくないのだろう。

戦闘機の飛行音が遠のいたため、全員通りに出て破壊されたビルを見つめている。

「ターハが？」

浩志は振り返って片倉を見た。ターハの挙動がおかしいことはすでに分かっていた。だが、それが何に起因するのか判断しかねていたのだ。

「屋上にいた私は彼に尋問され、彼がいなくなった直後に爆撃がありました。それにデリゾールでも彼が逃げ出した後に戦車から攻撃されています。偶然というにはでき過ぎていませんか。ターハが手引きしているとしか思えないのです」

自信ありげに片倉は答えた。

「俺も怪しいと思っていたが、俺たちはターハに会う前から何度も襲撃を受けている。それはどう説明するんだ」

片倉の意見には賛成だが、あくまでも可能性の問題である。状況証拠だけでは判断できない。

「彼はヌスラ戦線の連絡将校です。野戦部隊や制圧した都市にある支部と緊密に連絡を取っているので、我々の行動が彼に知られていたとしても不思議ではありません」

片倉はきっぱりと言った。

頷いた浩志は手招きしてワットを呼び寄せると、片倉も連れて十メートルほど離れた別の無人のビルに入った。

「片倉から敵機襲来と聞いた俺は三階にあるヌスラ戦線の事務所に飛び込んで、民兵にも逃げるように指示した。だが、指揮官であるターリクもターハの姿もなかった。偶然かもしれないが、何か臭う。片倉もターハが怪しいと思っているようだ」

周囲に人がいないことを確認した浩志は、念のためにフランス語を使った。ワットは日本語がまだおぼつかない。三人の共通語はその他にも英語、中国語、ロシア語があるが、民兵に聞かれても大丈夫そうなのはフランス語と中国語だからだ。

「俺も連中は気に入らないが、ターハも襲われているぞ」

ワットは肩を竦めてみせた。

「偽装だとしたらどうだ？」

浩志は苦笑いをした。

「馬鹿な。三人の部下まで殺されたんだ。まさか……」

ワットは訝しげな表情で首を捻った。

「それが偽装だと言うんだ。助手席に座っていた男は少なくとも至近距離から撃たれていた。後部座席に座っていたターハの停止命令に従わずに、見せしめに殺されたとしたらどうだ。助手席の男が撃たれたために運転席の男は驚いてハンドルを切り、道から外れて綿畑に突っ込んだ。ターハと護送されていたナシルとジャバドが車から下りて、車越しに三人の部下目がけて乱射したとしたら辻褄《つじつま》が合う」

浩志は推理を披露した。ターハが犯人だとすれば、助手席の男が至近距離から撃たれた説明がつく。

「なるほど、後で地面に落ちていた薬莢を拾って別の場所にばらまけば、狙撃位置も偽装できる。ターハは俺たちが到着する寸前に、転がって気絶した振りをしていたというわけか。とすれば、捕虜の二人は、近くに潜んでいたかもしれないな。あるいは、現場近くに仲間が用意した車に乗って逃走したのか」

ワットは渋い表情で頷いてみせた。

「可能性はある。部下の葬儀もしないで付いて来たのも、情報収集しながら俺たちを抹殺するためだったのだろう。推測通りなら、奴は恐ろしく冷酷だ。これまで政府軍を呼び寄せていたのは、あいつに違いない。今回も仲間として働いていた者もまとめて戦闘機のミサイルで葬《ほうむ》るつもりだったんだ」

浩志はワットの考えに補足した。

「チェチェン人のモハメドの代わりにターハを我々の護衛に就けたターリクも、ぐるだと見て間違いないと私は思っています」

片倉は浩志の意見に同意した。

「今さらだが、イングーシ人をロシア人スパイとして拷問したのは、ターリクだ。さも協力しているように見せかけたのだろう」

浩志は片倉の意見に相槌を打った。

「くそっ、まんまと騙されたな。そういえば、友恵が言っていた〝ベルゼブブ〟というコードネームだが、ターリクかターハのどちらかを指すんじゃないのか」

ワットは右の拳を握り締めて言った。

「可能性は否定できないな。片倉、おまえはあの男に見覚えがあると言っていただろう。まだ思い出せないのか」

浩志は片倉に詰め寄った。

「すみません。ターハからも聞かれたのですが、なぜか思い出せないのです。私はこれまで変装して他国に潜入するようなことは一度もありません。だとしたら、彼が身なりを変えていたとしか思えません」

片倉は困惑した表情で答えた。

「弱ったな。俺たちをこんな目に遭わせて、まだその辺にいるとは思えない。捕まえるのは難しいぞ」

ワットは俯き加減に首を振った。

「秘策はあります」

片倉はにやりと笑ってみせた。

「なんだ？」

浩志が尋ねると、片倉はポケットから衛星携帯を出してみせた。

六

京王井《けいおうい》の頭《かしら》線の東松原《ひがしまつばら》駅にほど近いマンションの三階にある自室で、土屋友恵はパソコンに向かっていた。

下北沢《しもきたざわ》にあった傭兵代理店が、インターネット上の仮想店舗として運営しているために仕事場は自宅になっている。もっとも仕事柄、その方が便利であった。

インターホンが鳴り響いた。パソコンの画面の片隅にあるクロックを見ると、午後十時五十三分、たまに宅配業者が通販で買った商品を夜遅く届けに来ることもあるが、それにしても遅い時間だ。

友恵はインターホンのカラーモニターを確認した。中古で買ったマンションだが、セキュリティーは高い。

「今晩は。夜分遅くにすみません」

モニターに顔の細長い白髪頭の男が映っている。

「はーい」

友恵は明るい声で答え、エントランスのロックを解除するボタンを押した。

待つこともなく玄関のインターホンが鳴らされた。

「どうぞ」

友恵はドアチェーンを外して玄関ドアを開けた。

「日中は汗ばんだけど、夜になると涼《すず》しくなるね。はい、お土産」

男は友恵に紙包みを渡して、部屋に上がった。傭兵代理店の社長である池谷である。下北沢に店を構えていた頃は、質屋の親父としていつも事務服を着ていたが、今日はカジュアルなジャケットにチャコールグレーのチノパンを穿《は》いて歳よりは多少若く見える。

「やった。カレーパンにピロシキだ」

友恵は池谷を気にすることもなく、紙包みを開けて喜んでいる。

池谷はわざわざ下北沢の駅前商店街にある有名店で、パンを買ってきたのだ。もちろん彼女の好物を知っているからである。

「車で来られたんですよね？」

友恵は冷蔵庫からビール缶を出してリビングの椅子に座ると、カレーパンを頬張りながら尋ねた。池谷は下北沢を撤退した後、熱海《あたみ》の温泉街の外れにある東屋《あずまや》風の建物に住んでいる。陶芸や釣りを楽しみ、以前と違って勝手気ままに生活をしていた。

「加藤さんから連絡があってね。シリアでの仕事がうまくいってないようなんです。いても立ってもいられなくて、飛び出してきたというわけです」

池谷はソファーに座って疲れた様子で言った。

傭兵代理店から派遣された傭兵は、定時連絡する義務があった。今回、その任務は加藤が担《にな》っており、彼は衛星携帯で定期的に報告していたのだ。

「こんな時間に高速を飛ばしてきて、世捨て人も飽《あ》きてきたんでしょう？　まったく、仕様がないなあ。でもシリアに行くなんていいださないだけ、ましか」

左手にビール、右手にカレーパンを持った友恵は、悪戯っぽく言った。彼女は幼い頃にその才能を見いだされ、最高の教育を受けられるように池谷から援助を受けて育てられた。そのため二人だけの時は、池谷のことをおじさんと呼ぶほど親しい間柄《あいだがら》だ。

「まあ、それもあります。いずれは、傭兵代理店を都内にもう一度構えようと思っていますから」

インターネット上ですべて仕事ができるようにしていたが、傭兵代理店は人材派遣会社である。人と会うことなく仕事をすることは、所詮無理があるのだ。

「ふん、ふん。そしたら、また下北沢がいいなあ。ここから歩いて通えるところにして」

何度も頷きながらカレーパンを平らげた友恵は、ピロシキに手を伸ばしつつ言った。

「場所はまだ検討中です。世をはばかる業種だけに慎重に進めています。そもそも表稼業を何にするか決めないといけないし、前回のように襲撃されるようなことがあれば、ご近所にご迷惑がかかります。それに私は一度マスコミで騒がれたので、表には出られませんからね」

ブラックナイトの残党に店を発火性の爆弾で破壊されたため、マスコミに大きく取り上げられた苦い経験を池谷は持つ。そのため、下北沢で再起するのは無理だと彼は考えているようだ。

「でも、おじさんの性格からして、思い立ったが吉日、すぐに行動するんでしょう」

「年内には目処を立てて、新傭兵代理店を来年の春までにはなんとかしたいと思っています」

池谷はきっぱりと言った。元の場所では無理だと、先祖から受け継がれた下北沢周辺の不動産を売って整理をしていた。

「春ね。待ち遠しいなあ」

ビールでピロシキを流し込みながら、友恵はにこりとした。

「ところで、〝ベルゼブブ〟というコードネームの正体は分かったのですか？」

加藤からの報告では、ヌスラ戦線に不可解な行動をとる人物が二人いることが分かり、浩志らは彼らが〝ベルゼブブ〟ではないかと考えている。

「それが、ＣＩＡやモサドからほとんど情報が得られずにお手上げなんです」

友恵は三個目のパンに手を伸ばそうとして、大きな溜息をついた。

「〝ベルゼブブ〟はヘブライ語だから、モサドを調べているようですが、ロシアや英国の情報機関は調べましたか？　あるいはフランスとか」

「ＣＩＡとモサド、それにフランスの対外治安総局は調べました。すみません。まだロシアや英国までは手を出していないです」

どこの国も情報機関には膨大《ぼうだい》な情報量がある。ハッキングした後で、独自の検索エンジンにかけているが、使えない場合もあるので作業に時間が掛かっている。

「ただ、気になるワードをフランスの対外治安総局のサーバーで見つけました」

「それを早く言ってください」

大儀そうに腰を上げかけた池谷は、また座り直した。

「〝アコール〟というコードネームです。これはシリアでは蝿の神を意味するそうです。つまり、〝ベルゼブブ〟というヘブライ語を言い換えたものかもしれないのです」

中近東の神話はローマ、ギリシア時代にまで遡《さかのぼ》る。オリジナルは同じなのだろう。

「ということは、両者はデーモン、あるいはデビル、日本語に訳せば、悪魔という意味に当たり、同一の人物か組織を指している可能性があるということですか。どちらにせよ、忌まわしきコードネームですね」

腕を組んだ池谷は低い声で唸った。

「藤堂さんに知らせておいた方がいいですか？」

「いや、裏が取れていない情報を報告すれば、現場は混乱します。もっと具体的に分かってからにしてください」

池谷は重い腰を上げた。

マンビジの戦闘

一

ラッカで爆撃を受けた十五分後に浩志らは三台の車に分乗し、北部の乾燥地帯を猛烈な砂塵を巻き上げながら進んでいた。

片倉は特殊なカスタマイズがされた衛星携帯で、ターハ・イスマイールの衛星携帯とペアリングし、情報を引き出していた。その中で彼の携帯の識別番号も判明し、それを元にGPSでターハの位置を探り出した。もっとも、友恵の協力なしではできないことである。

今や通信技術は驚くべき進化を遂げており、スマートフォンや携帯をペアリングさせて個人情報を盗み出すのも半ば常識になりつつある。

一般人はパソコンやスマートフォンだけでなくフェイスブックなどのソーシャル・ネッ

トワーキング・サービス（ＳＮＳ）などの外部サーバーにまで個人情報を蓄《たくわ》えている。そのため、プライバシーの公開を厳しく制限しているにもかかわらず、ハッカーや国家の情報機関にとってはどこからでも個人情報を盗める状態になっているのだ。そもそもＳＮＳは、個人情報を得るための米国をはじめとした国家の情報機関による戦略である。便利だとか楽しいとか言って使うのも細心の注意が必要なのだ。

「マンビジに向かっているのでしょうか？」

ランドクルーザーのハンドルを握る加藤は、砂漠を割って西に延びる舗装道路を見て言った。東西に延びるトルコとの国境と並行してアレッポ県のアル・バーブから、マンビジを経て北西部のハサカ県を抜け、やがてイラク北部のムースルに至る幹線道路、Ｍ４ラインを走っていた。

午後四時四十分、ラッカを出発して八十キロ西北に移動し、一時間が経過していた。Ｍ４ラインは幹線道路としては比較的北側を通るので、政府軍の検問はない。ただし、〝ＩＳＩＬ〟の検問はあるとヌスラ戦線の民兵からは聞いている。

「……可能性は高いな」

浩志は一テンポ遅れて答えた。軍や民兵の検問はもちろん、いきなり銃撃されないとも限らない。先頭を走る車の助手席に座っているだけに全神経を前方に集中させていた。ちなみに二台目はワットらのパジェロ、三台目はムスタフと彼の部下であるアブデュラが乗るラーダ・ニーヴァが続いている。

日中の移動は危険なため日が暮れてからと思っていたが、友恵にGPSを調べさせたところ、ターハはラッカの街をすでに抜け出していた。そのため、急遽追跡することになったのだ。〝ISIL〟の検問所の位置はラッカの民兵に確かめていたので、途中で砂漠を迂回して回避した。

「三キロ先に検問です。政府軍のようです」

加藤はそう言うなり、ブレーキを踏んで停まった。

「構成は？」

浩志は目を凝《こ》らして前方を見たが、確認できない。

「軍用トラックが一台。軍用四駆が三台です。兵士の数までは確認できません。三キロ先にトルコの国境に向かう道があります。その交差点を取り締まっているようです」

さすがの加藤も日が傾きかけて、逆光になっているので見辛いようだ。だが、検問の兵士から浩志らを目視することはおそらく不可能だろう。

「こんな北部で軍の検問があるとはな」

浩志は舌打ちをして溜息を漏らした。

昨日は別のルートだったが、政府軍の姿を見かけることはなかった。たった一日でこの地域の勢力図が変わったようだ。

車を下りた浩志は衛星携帯で友恵に電話を掛けた。

「俺たちの三キロほど先に政府軍の検問がある。ターハはどうした?」

浩志らはGPSで直接ターハを追うことはできない。進路が変わった場合は、監視衛星を使っている友恵に報告してもらうことになっていた。

——ターゲットは、依然としてM4ラインを西に進んでいます。約二十五キロ先です。軍事衛星でも調べてみます。

「頼んだ」

浩志は携帯を仕舞い、後続車に向かって右手を上げた。

ワットとムスタフが車から下りて集まってきた。

「三キロ先に政府軍の検問がある。ターハは問題なく抜けて行ったようだ」

事実だけ淡々と説明した。

「これではっきりとしたな。奴らは政府と通じているんだ。ロシアか政府のスパイという線が濃厚になったな」

ワットはふんと鼻で笑ってみせた。

傍らのムスタフは、眉間に皺を寄せて黙って聞いている。部下を失った原因がはっきりとしたのだ。憎悪《ぞうお》の炎を燃やしているに違いない。

「たぶん、検問をパスできる特別な身分証明書でも持っているのだろう」

一般市民が持つ身分証明書ではない。見せるだけで優遇されるような強力な物でなければ、スムーズに軍の検問を抜けられるはずがない。ハーンアサルからナシルとジャバドを含む四人組が乗った車を追跡した時も、政府軍に阻まれた。あの時も同じ方法で彼らは抜けたに違いない。

「そんなところだろうな。ムスタフ、迂回路はあるか？」

ワットは西の方角をじっと見つめているムスタフに尋ねた。

「砂漠を南にまっすぐ六キロほど進めば、ユーフラテス川の手前でＭ４ラインに合流する道に出られる。俺に先導させてくれ、ターハを捕まえてやる」

浩志に向き直ったムスタフは嚙み付くように迫ってきた。

「いいだろう。だが、俺の命令に絶対従え」

厳しい口調で浩志は言い聞かせた。

「あんたの命令に従う。だが、ターハの脳天に弾をぶち込むのは、俺に任せてくれ。頼む、頼むよ」

ムスタフは浩志の両肩を摑んで言った。

「分かったから手を離せ。無線のチャンネルに触るな。スイッチも切るなよ」

浩志は苦笑を浮かべながら答えた。

「やったぞ。今に見ていろ！」

ムスタフは拳を握りしめた両手を振り上げると、走って自分の車に戻って行った。

「気持ちは分かるぜ」

ムスタフの後ろ姿を見送ったワットはしみじみと言った。米軍を退役する原因でもあるが、彼はアフリカで起きた爆弾テロで飛行機に乗った優秀な部下を一度に十四人も失っている。それだけにムスタフの気持ちは痛いほど分かるのだろう。それは仲間を何人も失った浩志も同じだが、口には出さなかった。

「急げ、ワット」

浩志は早くも動き出したムスタフのラーダ・ニーヴァを見て、ワットを促した。

二

友恵が軍事衛星で調べた結果、浩志らが追っているターハは二台の車で移動しているらしい。どこかで仲間と合流したようだ。浩志らが軍の検問を避けて迂回している間に彼らはユーフラテス川を渡っていた。

午後六時二十八分、浩志らもユーフラテス川の手前まで来ることができた。ターハらに一時間以上の遅れを取っている。だが、彼らはマンビジに留まっていると、友恵から連絡を受けていた。

「あと少しで追いつくのに弱ったな」

野営の準備をしている政府軍を見て、ワットは舌打ちをした。

途中で軍の検問所があったため、浩志は友恵に軍事衛星で進行方向のシリア軍の配置を調べさせていた。すると、ユーフラテス川に架かる橋の両岸で一個小隊のシリア軍が、通行を遮断《しゃだん》していることが分かった。そこでＭ４ラインから外れて、川岸を進み偵察に来たのだ。

「確か上流に橋があったな」

無意味な闘いをするつもりはなかった。浩志は傍らに立つムスタフに確認した。

「三十五キロほど上流に橋がある」

迂回しなければいけないことは分かっているはずだが、ムスタフは憮然とした表情で答えた。ターハに追いつこうと焦っているのだろう。

「出発だ」

浩志が車に乗り込むと、ムスタフは渋々車に戻った。

川沿いの道を北上し、四十分ほどで上流の橋に辿り着いた。移動の途中で日が暮れてしまい、闇に包まれている。

午後七時十分、月の出まで一時間近くあった。トルコとの国境から約二キロの位置にある全長三百メートルの橋は、墨《すみ》を流したようなユーフラテス川に溶け込むようにひっそりと佇《たたず》んでいた。

「ここまで監視を置くだけの余力は、政府軍にはなかったようだな」

ワットはＡＫ47の暗視スコープで橋の周囲を見ながら呟いた。敵兵から奪ったものだが、重宝している。

車で橋を渡る際は、逃げようがないので最大限の注意が必要だ。そのため加藤を斥候に出している。何かあれば、すぐに援護できるように全員橋の近くで銃を構えていた。

橋の上を移動してきた黒い影が急速に近付いて来る。加藤が戻ってきたのだ。

「対岸の五百メートル先まで調べてきましたが、敵の姿はありませんでした」

いつものように息も切らさずに加藤は報告した。

「先に行くぞ」

知らせを聞いたムスタフが車に乗り込んだ。

「油断はするな。スピードは出さずにゆっくりと走れ。ターハはマンビジにいる。急ぐ必要はないんだ」

浩志はラーダ・ニーヴァを覗き込み、注意した。

「分かっている。だが、俺が一番にマンビジに乗り込む」

ムスタフは不敵に笑って、左手の親指を立てて見せた。

浩志はラーダ・ニーヴァの天井を叩いて出発させると、すぐ後ろに停まっていたランドクルーザーに乗り込んだ。橋を渡ればマンビジまで南に約三十六キロ。舗装道路が続いているので三十分もあれば着くはずだ。

八キロほどユーフラテス川沿いに広がる穀倉地帯を抜けると、景色は一変して剝《む》き出しの大地が続く乾燥地帯になる。もっともヘッドライトで認識できる範囲の景色は、大して変わらない。

「月夜も嫌ですが、街灯もない真っ暗な道も困りますね」

加藤が不満を漏らした。元来《がんらい》不平を言う男ではない。不安を感じているのだろう。浩志も橋を渡ってから胸騒ぎを覚えていた。言葉では言い表せないが、息苦しさのようなものを感じる。長年戦地を流浪《るろう》していると、危険を予知する能力が身に付く。これは理屈ではない。外れることもあるが、おそらく危険な兆候をどこかで感じ取っているのだろう。

三十キロほど進んだが、何事も起こらなかった。あと五、六キロも走ればマンビジの北部に到着する。昨日は街の南部を通っただけだったが、政府軍の検問はなかった。

「うん？」

浩志はヘッドライトが照らし出す舗装道路の左側に車のタイヤの跡がいくつもあることに気が付いた。マンビジ周辺は農地である。乾き切った硬い剝き出しの大地ではない。農作業は行われていないはずだ。舗装道路を通らずに農地を走る必要はない。

「むっ！」

道が砂利道《じゃりみち》になった。途端に車体が上下に振動する。ぼろぼろになった工事中の看板がなぎ倒されていた。紛争前の工事だったのだろう。途端に浩志の脳裏《のうり》に危険信号が鳴り響いた。

「停めろ！　停まるんだ！」

浩志は無線機のマイクに向かって叫んだ。

加藤が慌ててブレーキを踏み、車体が砂利の上を滑りながら停まった。目の前を走るラーダ・ニーヴァのブレーキランプも点灯した。ムスタフも今度は無線をちゃんと聞いていたようだ。

「なっ！」

目の前が一瞬まばゆい光で満たされ、遅れて地響きのような轟音とともに十メートル先のラーダ・ニーヴァの車体が浮き上がった。まるでスローモーションフィルムを見ているようにラーダ・ニーヴァは後方に一回転して、仰向《あおむ》けに道路に叩き付けられた。

「くそっ！」

ＡＫ47を握って車を飛び降りると、加藤と村瀬も銃を構えて運転席を下りてきた。

「動くな！」

浩志は煙を上げている車に近付こうとする二人を呼び止めた。車が吹き飛んだのだ、対人用ではなく大型の対戦車用地雷なのだろう。

「この先は地雷原かもしれない。動くんじゃない」

道路と並行してあったタイヤの跡は、工事中の道路を利用して地雷を敷設《ふせつ》した車両が迂回して通ったからに違いない。

「しかし……」

加藤は悲しげな表情を浮かべた。

後続のワットらも駆けつけて来た。

「警戒態勢！」

浩志は命じると、自分のＡＫ47を加藤に投げ渡した。すると、ワットも自分の銃をアンディーに託した。

「ワット、援護してくれ。俺たちは今、無防備過ぎるぞ」

二人とも吹き飛ばされたのでは、洒落《しゃれ》にならない。浩志はワットを押しのけた。

「無茶するなよ」

ワットは首を横に振った。

「死ぬつもりはない」

浩志はポケットからＬＥＤライトを取り出して砂利道を照らし、ラーダ・ニーヴァの車輪の跡を辿った。砂利道だけにタイヤ痕などない。姿勢を低くし、砂利の荒れた様子を観察するのだ。途中で道の端で砂利が少し盛り上がっている場所があった。地雷が埋めてあるに違いない。対戦車用は、車や戦車のキャタピラで踏まれやすいように道の真中には仕掛けないのだ。

十メートルほど進んで、逆さになったラーダ・ニーヴァに辿り着いた。フロント部分は潰れて、覗くことはできない。助手席側に回り込んでドアを引っ張ったが、歪んでいるためびくともしない。仕方なく煙を吐く車に沿って進み、ハッチバックを足で蹴って開けると、腰を屈めて車内に潜り込んだ。

「くそっ！」

ムスタフとアブデュラが、折り重なって天井に落ちている。二人とも首の骨が折れていた。脈を調べる必要はなかった。

二人の死体を無理な体勢で車内から引っ張りだすと、いつの間にか全員が車の傍に立っていた。

「ここまでの地雷は撤去した」

ワットは、丸い金属製の地雷を抱えていた。旧ソ連製の対戦車地雷〝ＴＭ46〟だ。

浩志は頷くと再び車内に戻り、二人のＡＫ47を取り出した。

一キロほど戻り、道路から百メートルほど離れたところに二人を銃と一緒に埋葬した。

浩志とワットはそれぞれ血染めのＡＫ47のマガジンを握り締め、仲間が死体を埋めるのをじっと見守った。マガジンはムスタフとアブデュラのものである。

「こいつでターハの頭を撃ち抜けば、天国の二人は喜ぶだろうな」

ワットがマガジンを見つめながら言った。

「おそらくな」

浩志はマガジンの血を袖で丁寧に拭《ぬぐ》い、ポケットに仕舞った。

三

ムスタフとアブデュラの埋葬を終えた浩志らは舗装道路から外れ、東に向かっていた。地雷を敷設した車両の跡を追っているのだ。二人の仇はむろん取りたいが、それ以前にタイヤ痕に沿って進むのが一番安全だからだ。

北部に向かう幹線道路に無差別に地雷を敷設するのはシリア政府軍以外には考えられない。おそらく地雷を仕掛ける小隊があるのだろう。

マンビジには舗装された幹線の他に未舗装の農道がいくつか街に通じている。案の定タイヤ痕は、農道に出ると街に向かっていた。マンビジまで三十分ほどの距離だが、道が悪い上にタイヤ痕を確かめながら進まなければいけない。とはいえ、農地だけに岩のように硬い乾燥地帯ではないため、スピードを出さなければタイヤ痕ははっきりと確認できた。

浩志の衛星携帯が反応した。画面を見ると、スタルクである。

——今、どちらにいらっしゃいますか？

囁くような声だ。気を遣っているようだが、それなら掛けてこなければいい。反政府勢力の村に一人取り残されているので、不安らしく頻繁に連絡をしてくる。もっとも最初は民兵から客として扱われていたが、今は邪魔者扱いされているようだ。

「マンビジに向かっている」

浩志は面倒臭げに答えた。

——それではロシア人スパイを処理して、戻って来られるんですね。

スタルクの声が高くなった。自分の出番が来たとでも思っているのだろう。

「喜ぶな。連中はマンビジにいるようだ」

——そうですか。……この時間です。マンビジは空爆から逃れたホテルがあるので、そこに宿泊するかもしれませんね。

「ホテル？　まだ営業しているのか？」

浩志はおやっと思った。スタルクはシリア人で、しかもフランスの対外治安総局の情報員である。シリアの内情に詳しいことは当然だが、紛争がはじまってからはシリアには入国していないと言っていた。

だが、浩志らをアル・バーブに導《みちび》き、結果的にヌスラ戦線のムスタフらに出会うことになった。今またマンビジという片田舎のホテルが、紛争のさなかに開業していると言う。情報はいったい誰から仕入れたというのか。

――えっ、ええ、ヌスラ戦線の民兵に聞いたのです。シリア人はしたたかです。紛争中だろうと商売ができれば、営業しますよ。街で唯一の〝アル・シャーラホテル〟が、空爆も受けずに民兵の幹部や裕福な難民相手に商売しているようです。

スタルクの笑い声が聞こえた。確かにそれは言えている。キリスの難民キャンプでも、難民相手に商売をしているシリア人がいた。

「アル・バーブに戻れるのは先の話だ」

――分かっています。私も微力ながら、お手伝いに行きます。マンビジの街は行ったことがあります。〝アル・シャーラホテル〟に泊まっているようなら、シリア人の私が役に立つでしょう。それに元はと言えば、これはフランスの仕事であり、私の任務だと言えます。

気を取り直したのか、スタルクの口調ががらりと変わった。本気のようだ。

「馬鹿な。どうやって来るつもりだ」

浩志は鼻で笑った。紛争地ではバスもタクシーもない。車があったとしても一人では危険だ。

――藤堂さんが残されたダットサントラックがあります。夜道を飛ばせば、四、五十分で着きます。

もともと三台でシリアに潜入してきたことをすっかり忘れていた。

「未舗装の道路は使うなよ。地雷が埋めてある可能性がある。ムスタフが地雷で死んだ」

――なっ、なんてことですか……。

スタルクは絶句した。

「死ぬ覚悟をして来るんだな」

諦めさせるつもりで言ってみた。

――大丈夫です。強力な傭兵と一緒に行きます。ホテルは街の中心を通る国道沿いにあります。その前で待ち合わせをしませんか。

スタルクは逆に張り切っているようだ。アル・バーブにはヌスラ戦線も自由シリア軍の民兵も大勢いる。金で雇うことは可能だろう。

「勝手にしろ」

根負けした浩志は、投げやりに言った。心配なのはスタルクではない。連れて来る民兵らが足を引っ張らないかということだ。

午後九時七分、トラックのタイヤ痕を追って街に入ることはできたが、舗装道路に入った途端、痕跡はぷっつりと消えていた。

車から下りて道を調べていた加藤が首を横に振ってみせた。タイヤに着いているのは乾燥した砂だ、痕跡を残すのは難しい。浩志は手招きをして加藤を呼び戻した。地雷を敷設した連中は諦める他ないかもしれない。

「ホテルに行くぞ」

浩志は運転席に戻った加藤に指示をした。

M４ラインと並行する目抜き通りに沿って、東西に数キロにわたって街が延びているマンビジは、アレッポ県の県都であるアレッポの中心部から約八十六キロ離れている。そのためアレッポでの戦闘が激化するにつれ、マンビジへ難民が押し寄せ、二〇一三年十月までに国際赤十字に属するシリア赤新月社《せきしんげっしゃ》のボランティアによれば、二十万人の難民登録がされていた。

「まるでテント村ですね」

加藤は目抜き通りにまではみ出している難民のテントを見て、溜息を漏らした。街は人で溢れ返っているはずだが、ひっそりとしている。夜間外に出ることを誰でも怖れているのだ。ましてや車で移動するのは、民兵か政府軍である。車のエンジン音を聞いたらなおさら顔は見せないだろう。

「この国が必要としているのは、武器じゃないということだ」

浩志もボロ布で作られた粗末なテントを見て首を横に振った。

アレッポでの政府軍による空爆は容赦ない。戦闘機だけでなく、輸送用のヘリコプターまでも爆撃に使っている。TNT火薬や油を詰めたコンクリート製の樽爆弾を投下するのだ。安価で強力であるが、目標を絞り難いという欠点がある。そのため、犠牲者のほとんどは市民で、子供や女性にまで死傷者は出ている。

二〇一三年十月八日以降の政府軍による激しい攻撃のため、さらに十三万人もの難民を受け入れて限界に達したマンビジのシリア赤新月社は、十一月に登録を締め切った。難を逃れた人々は公共の施設に押し寄せ、あぶれた難民は広場や駐車場にテントを設営して暮らしている。

〝アル・シャーラホテル〟は街の西側にある病院のすぐ近くにあった。ホテルから百メートルほど東の路上に車を停めた。今回は片倉も同行させている。彼の衛星携帯は、ターハ・イスマイールの携帯とペアリングさせてあり、携帯を通じてターハの動向を探るためだ。

片倉を除いてAK47で武装した浩志らは、大通りに面した建物の陰に沿って進んだ。満月は充分過ぎるほど、街を照らし出していた。

ホテルの東側に位置する駐車場に侵入した。さすがに営業中のホテルの敷地内だけに難民のテントはない。車は八台停められている。スタルクの予測は当たったようだ。ターハの紺色のラーダ・ニーヴァが駐車場の片隅にあった。その隣の車が仲間の車だろう。浩志は村瀬と鮫沼に二台の車のタイヤをパンクさせるように指示をした。

二人がサバイバルナイフを突き刺してタイヤの空気を抜いている間、自分の携帯を操作していた片倉は画面を見て浩志に頷いてみせた。ターハの携帯と再度ペアリングが成功したようだ。一度ペアリングさせて履歴が残っている携帯は、特定できるらしい。

「どうする？」

村瀬らの作業を見ていたワットが尋ねてきた。

「宿泊するとすれば、朝までは動かないだろう。急ぐ必要はない。まずは、片倉に携帯で探らせる。下手に動けば市街戦になる。市民や難民に被害が出ることは避けたい」

浩志は密かに処理をしたかった。

「そうするか。寝込みを襲う方がいいからな」

ワットは腕時計を見ながら言った。時刻は午後九時二十分、ホテルの窓に灯りはないが、時間的に寝ているとは限らない。少なくとも二時間ほど様子を見た方がいいだろう。

浩志は仲間に待機を命じた。

四

午後九時五十分、〝アル・シャーラホテル〟に到着して三十分経過した。浩志はワットとチームを二つに分けてホテルの正面と裏口を見張っている。

浩志はホテルの向かいにある三叉路の交差点から、ホテルの玄関を見つめていた。ターハ・イスマイールに動きはなく、衛星携帯も今のところ使われていない。片倉は通話を盗聴すべく衛星携帯を握ったまま浩志の傍らでじっとしている。

——スタルクはどうしたんだ？

苛立ち気味にワットが無線で尋ねてきた。

〝アル・シャーラホテル〟は大きなホテルではなく、客室も二十ほどしかない。しらみつぶしに調べれば簡単だとワットは考えているのだ。浩志は、スタルクを使ってフロントに直接尋ねるつもりだった。

浩志のチームをAとし、片倉を除いて加藤、村瀬、鮫沼の四人。ワットはBチームで、アンディーとマリアノの三人である。全員軍人としての能力は高い。だが、ホテルに踏み込んで一斉に捜索するには人数不足だ。気付かれて逃げられるだけならともかく、銃撃戦になったらホテルが街中にあるだけに流れ弾で市民や難民に被害が出ることは目に見えている。

「慌てるな。十一時になったら、踏み込む」

——分かっているが、ターハは逃げ足がはやいぞ。

ワットの焦りも分かる。浩志も本当は突撃したい気持ちを抑えているのだ。

「銃の手入れでもしているんだな」

——銃の手入れだと。笑えないジョークだ。分解掃除の途中で銃撃戦になったら、どうするんだ。俺にいい考えがある。ホテルのバーに行って、バーテンダーから情報を聞くんだ。いいアイデアだろ。それに、俺は今、無性《むしょう》にマティーニが飲みたいんだ。

冗談を言ったところ、ワットは冗談で返してきた。いくら営業中だからといって、シリアの地方都市のホテルにバーがあるはずがない。

「マティーニか。俺はターキーのストレートが飲みたい」

バーボンのワイルドターキーを思い浮かべたら、渋谷のミスティックのカウンター風景が脳裏を過った。美香が店にいる頃はよく行ったものだ。彼女は久しぶりに日本に帰ると言っていた。店にも立ち寄るそうだ。日本に戻るのも悪くはない。

浩志の衛星携帯が振動した。スタルクからの連絡だ。

「どうした？」

——マンビジの三キロ西側にまで来ましたが、政府軍がいるため、動きが取れません。

「政府軍の状況は？」

——一個小隊、四、五十名です。地雷を仕掛けていたようです。おそらく街に通じる幹線にはすべて地雷を敷設したのでしょう。

「やはりな」

ムスタフとアブデュラを爆死させた部隊は、まだ近くにいたようだ。

——それだけでなく、新たな動きを見せるようです。

「どういうことだ?」

——榴弾砲の準備もはじめたのです。

「榴弾砲だと?」

舌打ちをした浩志は眉間に皺を寄せた。

シリア軍の装備ならロシア製122ミリ榴弾砲だろう。戦車などに取り付けて自走式にする場合もあるが、シリアならオリジナル通りに車輪で牽引《けんいん》して使っているはずだ。有効射程は、一万五千四百メートルもある。街の端から三キロ離れていても反対側の街外れまで、マンビジすべてを狙うことができる。

——122ミリだと思います。街を榴弾砲で狙えば、市民や難民はパニック状態になり、真夜中だろうと街を脱出します。

「脱出した住民を地雷が襲うということか」

浩志は拳を握りしめた。

——今度ばかりは、ターハが呼んだのじゃないのでしょう。このままではあの男も榴弾砲の餌食《えじき》になりますから。藤堂さん、今のうちにお逃げください。

「榴弾砲は、何基ある?」

——二基です。夜明けとともに攻撃するのか、住民の寝込みを攻撃するのかどちらかだと思います。

準備だけしておいて、明るくなってから攻撃するのが普通だろう。だが、夜中に攻撃したほうが、市民はパニックに陥りやすい。その上、少ない砲撃でも効果は上がる。

「おまえが雇った傭兵は使えそうか？」

逃げるのは簡単だ。だが、街の様子を知った以上、見捨てることはできない。敵は夜中に準備をして誰にも気付かれていないと思っているはずだ。スタルクが呼んだ傭兵が優秀なら、挟撃《きょうげき》して敵を混乱させ、撤退まで追い込むことができるかもしれない。

――保証します。なんなら傭兵と電話を替わりますよ。作戦があるのなら、直接お話しください。

自信ありげにスタルクは答えた。

「替わってくれ」

浩志は苦笑いを浮かべた。

――柊真です。スタルクに頼んで、藤堂さんの状況を報告してもらい、チームでシリアに入国しました。連絡できず申し訳ありませんでした。入国前に連絡すると、邪魔だと怒られると思ったものですから。

「なっ！」

思いもかけず、柊真の声が響いてきたので、危うく声を上げそうになった。彼からもたびたび電話があったことを思い出した。浩志の動向を探るためだったに違いない。

「……チームで？　どういうことだ」

浩志は、口元を手で覆って話しはじめた。

――前回の作戦が未完のうちに帰国したことをチーム全員残念に思っていました。そこで、ベルサレオ曹長が、上官に直談判し、作戦の継続を願い出たのです。ただし、今回は科学者や医者は伴っていません。藤堂さんの作戦に参加し、化学兵器を使用している者を捜せという指令です。

柊真は撤収を指示した上官を科学者と医者だと皮肉った。

偽物のサリンの土壌サンプルを摑まされたことを、軍の上層部でも腹に据《す》えかねたに違いない。柊真らは一旦基地に戻ったようだが、すぐにトルコに戻り、シリアの国境に近い街で待機していたのだろう。

「装備は？」

――前回と同じです。ただし、支給されたのは我々の人数分だけですので、藤堂さんたちの分まではありません。すみません。

当然ではあるが、自分たちだけ高性能な銃や防弾ベストを装備していることに恐縮《きようしゆく》しているようだ。柊真らがナイトビジョン付きのドットサイトとサプレッサーを装着したMP5を装備していることを確認できれば、充分であった。

「ベルサレオに替わってくれ」

浩志の頭には作戦が出来上がっていた。

五

マンビジの中心街を通る幹線と市の南部を通るM4ラインは交わることもなく、西のアル・バーブに繋がっている。街から三キロ西の地点で、その間隔は八十メートルと最も接近する。政府軍は二つの幹線に挟まれた地点にある小さな村を占拠し、マンビジを攻撃する準備をしていた。

浩志らは農道を使ってマンビジ南部へ抜け出し、二台の車を郊外にある無人の農家の庭先に隠して徒歩で荒れ果てた綿畑を進んできた。

ドーン、ドーン。

二発の破裂音と地響きが足下に伝わってきた。

「くそっ、はじまりやがった」

浩志は立ち止まって振り返り、マンビジの方角を見た。建物に榴弾が命中したらしく、炎が上がった。

「急げ！」

浩志は夢中で枯れた綿の木を縫って走った。

前方にちらちらと灯りが見える。さらに百メートルほど進むと、三百メートル先に榴弾砲のシルエットが見えてきた。灯りは、榴弾砲を扱う砲撃手のための作業用ライトである。だが、ライトを点けているだけあって、周囲はAK47を構える兵士で固められていた。

AK47にせよ、RPG7にせよ射程圏ではあるが、精度を高めるために少しでも接近したい。だが、背の低い綿の木に隠れても、月を背にしているだけにこれ以上進めば敵からは認識されてしまう。

「リベンジャーだ。タイタン、応答せよ」

浩志はベルサレオを呼び出した。〝GCP〟の四人はCチームとし、シリア政府軍の背後である西側で配置に就き、スタルクは銃弾の届かない後方に車の中で待機させてある。

――タイタンです。いつでも準備はできています。

ベルサレオは、はきはきと答えた。彼とはわだかまりも消え、一軍人として接することができるようになった。

「敵前、三百メートル地点に到達した。はじめてくれ」

――了解しました。

ベルサレオの無線が終わってすぐに敵陣に異変が起きた。一部でざわめきが起き、やがて叫び声や怒号に変わった。敵兵が一人、また一人と倒れて行くのだ。

Ｃチームは、今回もサプレッサーが装着されたサブマシンガンのＭＰ５にナイトビジョン付きドットサイトで狙っている。彼らが狙えば一発必中、銃撃音もなく仲間が撃たれるのだ。政府軍兵士にとって恐怖に違いない。

榴弾砲の周りを固めていた兵士らが右往左往《うおうさおう》している。銃撃音がしないため、狙撃者の位置も摑めず、混乱しているのだろう。

浩志はじっと敵陣の様子を窺った。やがて背後から撃たれていることに気が付いた兵士らは、後方に向かって銃撃を開始した。

「今だ」

浩志は右拳を突き出し、前進した。村瀬と鮫沼はＲＰＧ７を担いでいる。浩志を含め他の五人は二人の援護をする。

五十メートル進んだところでチームを散開させ、村瀬らの肩を叩いてＲＰＧ７を膝撃ちの姿勢で構えさせた。

「撃て」

浩志の命令で村瀬と鮫沼はトリガーを引いた。

破裂音とバックファイヤーを吐き出し、ロケット弾は白煙を引きながら二基の榴弾砲に命中した。

「銃撃、開始！」

浩志の号令と同時にＡＫ47の銃撃をはじめた。その間、村瀬と鮫沼が新しいロケット弾をＲＰＧ7に装塡している。後方に回っていた敵兵が前方に戻り、反撃してきた。

ＲＰＧ7の準備を終えた村瀬と鮫沼が再び、ロケット弾を発射した。敵陣の中央に炸裂し、作業灯も消えた。暗闇の中で、叫び声に混じって悲鳴が聞こえる。

前方で火の玉が見えた。

「ＲＰＧ！」

浩志は大声で叫び、地面に伏せた。

ヒュンという風きり音とともに、二メートル上空をロケット弾が通過し、十数メートル後方で爆発した。パニック状態の中でも、冷静に反撃してくる兵士がいるようだ。

足下を銃弾が飛び跳ねた。おそらく悲鳴を上げてパニックに陥っているのは、地雷を敷設する工作兵で、果敢《かかん》に反撃してくるのは彼らを護衛している陸軍の精鋭に違いない。堪らず、浩志らは膝撃ちの姿勢から腹這いになって伏せ撃ちの姿勢になった。

「うっ！」

数メートル離れた場所で村瀬が肩を押さえて倒れた。

「加藤！　村瀬が負傷した。後方に下げろ」

叫びながら浩志は破壊された榴弾砲に隠れて銃撃してくる兵士を撃った。だが、敵はこちらの位置を把握して隠れ、巧《たく》みに撃って来る。一方浩志らは盾にもならない綿の木があるだけで、しかも月光を浴びているため不利だ。

再び火の玉、数メートル先にロケット弾が着弾し、綿の木が土煙を上げて吹き飛んだ。もはや移動するほかないが、下手に起きあがれば撃たれてしまう。

ＲＰＧ７を撃った兵士が、後方に吹き飛ぶように倒れた。

「うん？」

反撃していた敵兵が次々と撃たれている。

左前方に黒い影と四つのマズルフラッシュが光った。Ｃチームだ。浩志らの攻撃開始と同時に、彼らは背後から回り込んで敵の側面を銃撃することになっていた。

「撃て！」

浩志はＡＫ47をフルオートモードに切り替えた。凄まじい衝撃が肩に伝わって来る。常人がフルオートで撃てば、衝撃で一発ごとに銃身が浮き上がり、四発目には銃口は空を向いていることだろう。だが、浩志の弾丸は前方の闇に吸い込まれ、確実に敵兵を倒して行く。

「進め！」

鬼の形相《ぎょうそう》になった浩志の号令で、三チームは敗走をはじめた政府軍を怒濤《どとう》のごとく追った。敵の数はすでに半数を切っているはずだ。だが、銃を手にする者は容赦しない。

「俺に貸せ！」

すぐ近くを走っていたワットが、立ち止まってＲＰＧ７を構えた。村瀬の使っていたＲＰＧ７だ。

浩志はムスタフが使っていた血染めのマガジンを出し、一発だけ弾丸を取り出してから装塡した。ここですべてを使うわけにはいかない。最後の一発はターハの脳天をぶち抜くために取っておくのだ。

二台の敵の軍用トラックが動きはじめた。振り返って反撃する者は、すべて倒した。ワットが走り去ろうとするトラックにロケット弾を叩き込んだ。続けて鮫沼もＲＰＧ７のトリガーを引いた。咆哮《ほうこう》を上げたロケット弾は、別のトラックに命中した。二台のトラックは爆発炎上し、取り残された兵士は銃を捨てて両手を上げた。

「撃ち方、止め！」

浩志は号令を掛け、はじめて立ち止まった。

六

マンビジ郊外の戦闘は、新造リベンジャーズとも呼ぶべき浩志が率いる三つのチームの勝利に終わった。

降伏した政府軍兵士は、武装解除した上で解放した。彼らは夜が明ける前に、できるだけ早くアレッポ南部の自軍陣地まで逃げ帰るほかないだろう。途中で反政府勢力に見つかれば、間違いなく殺されるからだ。シリアの紛争では国際法を守る者などいない。捕虜という概念《がいねん》もないようだ。アレッポまでは、七十数キロ。運がよければ助かるかもしれない。

浩志らは戦闘後すぐに街に戻った。味方で負傷したのは、村瀬とアンディーだけだが、二人とも腕や肩を撃たれただけで命に別状はない。当分銃は撃てそうにないが、自分で歩けるほどだ。スタルクに付き添われて街の病院で手当を受けている。

Cチームである柊真ら外人部隊は、政府軍が敷設した地雷を撤去する作業のために現場に残った。彼らに負傷者はいない。作業は夜を徹して行うようだ。

榴弾砲の爆撃は合計で五発あった。その一発が〝アル・シャーラホテル〟の向かいの建物に命中した。

ホテルの玄関脇の暗闇で片倉が足を投げ出して座り込んでいる。彼は一人でターハの見張りを続けていた。浩志は砲撃があるから危険だと注意したが、動こうとしなかった。強情なところは兄妹そっくりだ。

「怪我は？」

浩志は片倉の傍らに立って尋ねた。

「ホテルの駐車場の近くで、爆風で吹き飛ばされた建材が足に当たって負傷しましたが、大したことはありません」

片倉はズボンを捲《まく》ってみせた。榴弾が命中した建物は、ホテルからわずか十数メートルしか離れていない。危ないところだった。

「傷口を見せてみろ」

浩志はポケットからLEDライトを取り出して傷口を確認した。膝の下が、数センチ切れている。出血は少ないが、傷口が汚れていた。致命傷ではないが、放っておいていいものではない。

「傷口を見たら、急に痛くなってきました」

片倉はしかめっ面をしている。怪我とはそういうものだ。

「病院で見てもらえ」

「そうします。すみませんが手を貸してもらえますか」

片倉は手を伸ばしてきた。

「世話の焼けるやつだ」

浩志は片倉の腕を摑んで立たせた。

「砲撃がはじまった途端、ターハは車を盗んで仲間と一緒に逃げました。慌てた様子だったので、やはり政府軍の攻撃は偶発的だったようです」

ターハはロシアの情報員で、シリア政府と通じていると思われる。だが、政府軍も紛争が長引き、指揮系統が乱れている。政府や軍の上層部が全軍を把握していないのだろう。

「やつは、絶対逃さない」

必ずしも受信できるとは限らないが、ターハの衛星携帯をGPSでどこまでも追いかけるつもりだ。

「砲撃がはじまる二十分ほど前に、ターハの携帯の会話を傍受しました」

片倉はにやりと笑ってみせると、衛星携帯を差し出してきた。会話が録音されているらしい。浩志は携帯を耳に当てた。

――ブツの引き渡しは、二十七日だ。

どすの利いた男の声だ。

――分かった。〝アコール〟にすぐ渡す。

ターハの声である。二人とも英語で話していた。

「会話はそれだけです。何かの取引かもしれません」

「〝アコール〟は、コードネームか？」

衛星携帯を返すと、浩志は首を捻った。

「分かりません。ただ、シリアの神話では〝アコール〟は蝿の神とされ、デーモンやデビルと同義語だとされています。つまり、ヘブライ語で〝ベルゼブブ〟と同じ意味です」

片倉は答えて首を竦めてみせた。

友恵も〝アコール〟というコードネームをフランスの対外治安総局のサーバーで見つけている。だが、不確かな情報として、浩志には報告していなかった。

「ターハは〝ベルゼブブ〟と関係しているが、〝ベルゼブブ〟ではないということか。いずれにせよ。二十七日に分かるのだな」

浩志はポケットから一発の7・62ミリ弾を取り出した。ムスタフが残した血染めのマガジンから取り出した最後の一発である。与えられた使命は、この弾丸でターハの頭を撃ち抜くことであった。

偽《いつわ》りの兇器《きょうき》

一

トルコ、ガズィアンテプ。午後八時、三日前から降り続く雨で街は寒々としていた。

ガズィアンテプは、シリア国境に近い街だが雨はよく降る。五月の二十六日、日曜日、今月に入ってから晴れの日もあったが、雨の日は今日で十六日にもなる。

市の中心部の裏路地を、黒い傘をさした背の高い男が歩いていた。二十メートルほど後方にベレー帽を目深に被った男が付いている。

傘をさした男が振り返った。ベレー帽の男はさりげなく手前の路地裏に消えた。傘の男は首を捻りながらも、また歩き出し、街の中心部を通るキブリス通りに出た。すると黒いパーカーを着た別の男が路地裏から現れて、背の高い男を尾《つ》けはじめた。

背の高い男はターハ・イスマイールで、長く伸ばしていた顎髭は剃られているので、歳若く見える。最初にターハの後を尾けていたのは、フランス対外治安総局（DGSE）の情報員であるクロード・フーリエである。途中で交代したパーカーの男は、ジェレミー・スタルクであった。

ターハはいきなり交通量の多いキブリス通りに飛び出し、車に警笛《けいてき》を鳴らされながらも道を渡り、後ろを振り返った。明らかに尾行を気にしているのだ。スタルクは道を渡らず、素知《そし》らぬ振りをして歩いている。ターハは尾行がないと確信したのか、キブリス通りを北に向かって進み、交差点を渡ると角にある〝グランドホテル〟に入った。

銀縁《ぎんぶち》の眼鏡をかけた浩志は、ビジネスマン風のスーツを着てベージュのクッションの効いたソファーに座り、新聞を読んでいた。いつもの無精髭もきれいに剃り上げ、別人になっている。元刑事だけに変装は得意であった。ガラストップのテーブルに置かれたコーヒーカップに手を伸ばし、優雅《ゆうが》な所作《しょさ》でコーヒーを啜った。

微かな呼び出し音が響いた。浩志は耳元を軽く押さえて、耳に押し込んである超小型のブルートゥースレシーバーのスイッチを入れた。

――こちらアレニエ。リベンジャー、応答願います。

スタルクからの電話が、ポケットのスマートフォンに入って来た。アレニエは、フランス語で蜘蛛《くも》のことで、スタルクのコードネームの一つだ。通信は互いにブルートゥース対応のスマートフォンで連絡を取り合っている。へたな無線機よりも役に立つからだ。レシーバーは至近距離から見ても判別できないほど小型で、骨伝導で会話もできる優《すぐ》れものである。

「俺だ」

浩志はほとんど声を立てることなく返事をした。

――ターゲットは、またカゴに戻るようです。

浩志のすぐ横を濡れたコートを着たターハが通り過ぎて行った。〝グランドホテル〟のラウンジにいたのだ。

「今、確認した」

さりげなく新聞を広げた浩志は、ターハがエレベーターに乗るのを確認した。

三日前、政府軍によりマンビジが攻撃された夜、ターハは仲間と脱出してそのままシリアを出国した。だが、彼の衛星携帯をGPSで追跡し、浩志らはガズィアンテプまで追って来たのだ。トルコに戻ってきたことで、捜査態勢は整えられた。

ターハを尾行するチームをAとし、彼に面が割れていないスタルクとフーリエを中心に浩志と加藤と片倉の三人が二人のサポートに就いていた。さらにこの五人を援護するチームをBとして、柊真ら〝GCP〟の四人が二台のレンタカーで行動している。

ワットがリーダーのCチームは、鮫沼、マリアノが武装してホテル内の別室で待機し、彼らも二台のレンタカーを借りていつでも出られる準備はしていた。

怪我をした村瀬とアンディーは、銃を満足に撃てるまで回復していないため、雑用係を志願してワットらと一緒にいた。だが銃撃戦が起きれば参加するつもりなのだろう、銃の手入れを入念にしている。まったくタフな男たちだ。

〝グランドホテル〟は市の中心部を東西に抜けるアリ・ファアタ・セベソイ通りと南北を通るキブリス通りの交差点にあった。屋外プールやフィットネスセンターを備え、全室禁煙の九十三室のゲストルームには五つ星に相応《ふさわ》しい調度品やミニバーやジェットバスが完備されている。

浩志はエレベーターで六階まで上がり、毛足の長い絨毯《じゅうたん》が敷き詰められた廊下の六〇〇二号室に入った。カーテンが閉められた窓際のテーブルに向かって片倉が、ノートブックパソコンのキーボードを叩いていた。この部屋は尾行を担当しているAチームが使っている。

ちなみにターハは同じフロアーの六〇〇九号室に一人で宿泊しており、ワットらCチームは、下の階の五〇〇三号室と五〇〇四号室にチェックインしていた。Bチームである〝GCP〟の四人は、ホテルは使用せずにレンタカーで仮眠をとってがんばっている。

「衛星携帯は使ったか？」

浩志はジャケットを新聞紙と一緒にベッドに脱ぎ捨ててネクタイを弛《ゆる》めると、大きな溜息をついた。戦闘服を着慣れた身にとって、ビジネススーツを着るのは拷問に近い。

「使っていません」

片倉はパソコンの脇に置かれた衛星携帯をちらりと見て、首を振った。盗聴器もターハが留守《るす》の間に彼の部屋に仕掛けたが、聞こえて来るのはテレビ番組の音だけだ。盗聴を警戒しているのかもしれない。

「二十七日は明日だ。だが、昼間とは限らない。気は抜けないな」

背筋を伸ばして拳で肩を叩き、浩志は筋肉の張りをほぐした。

ガズィアンテプで監視活動に入ってから、二日が過ぎた。現役の刑事だった頃は尾行や張り込みに疲れはさほど感じなかったが、それは昔のことである。傭兵が生業《なりわい》となってからは、刑事のまねごとは気の重い仕事であった。もっとも歳ということもある。

背後でドアが開き、濡れそぼったスタルクが入ってきた。

「ようやくアジトが見つかりましたよ。フーリエに監視するように指示を出しました」

スタルクはポケットからハンカチを出して顔を拭った。

「やつの仲間はそこにいるのか？」

浩志は拳を握りしめた。

マンビジを一緒に脱出した仲間の所在が分からなかった。ＧＰＳで追跡し、〝グランドホテル〟にいるターハを見つけ出した。だが、フロントに確認したが、彼は一人でチェックインしており、この二日間、人の出入りもなかった。

「ここから、三キロほど南のハリル・バスク通りに面したアパートです。ターリク・アッキームも確認できました。左頬に傷跡がある男も含めて仲間は数人いるようです」

ターリクは、ヌスラ戦線のラッカ支部の責任者だった男だ。スタルクは左頬に傷跡があるナシルの顔を知らない。おそらくナシルの他にもジャバドもいるに違いない。

「仲間と一緒に行動していないのが気になるところだな」

浩志はターハだけが高級ホテルに宿泊していることに引っかかりを覚えた。

「彼らは元々、違う組織なのかもしれませんね」

スタルクも小首を傾げてみせた。ターハは「〝アコール〟にすぐ渡す」と衛星携帯で誰かと連絡をとっていた。あり得る話だ。

「どのみち、明日には決着が付くはずだ。これが終われば、またシリアに潜入する」

浩志はスタルクとの約束は実行するつもりだった。

「……あの件は、お忘れください」

しばらく俯《うつむ》いていたスタルクは、眉をハの字に下げて弱々しい声で答えた。

「家族を見捨てるのか？」

浩志は訝しげな表情で尋ねた。

「二度もシリアに潜入してホムスにはとてもじゃありませんが、近付けないことはよく分かりました。今ホムスに行くのは自殺行為です。またの機会を待ちます」

スタルクは悲しげに笑ってみせた。

二

三日続いた雨は、小降りになった。

午後十時を過ぎて、息を潜めていたターハが動き出した。

ホテルの玄関前に停められた、二〇〇〇年型ルノーのバンであるトラフィックの運転席に、カジュアルなジャケットを着たターハは乗り込んだ。

トラフィックは、ダウンタウンにあるレンタカー会社のネーム入りジャケットを着たトルコ人が乗ってきた。レンタカーのデリバリーサービスを受けたようだ。

浩志は片倉とともに、Bチームの柊真が運転するフォードのフォーカスに乗ってトラフィックを尾行している。スタルクは同じくBチームのベルサレオの車に乗って、ターハに先回りをすべくターリク・アッキームらが潜んでいるアパートに向かった。

Cチームは二手に分かれ、ワットとマリアノが浩志らを追いかける形で付いてきている。鮫沼は村瀬とアンディーを乗せて、ベルサレオらと行動を共にしていた。結局負傷者である二人は何食わぬ顔で出かけようとするので、ワットも許したようだ。

「ようやく動き出しましたね」

助手席に座るマーキー上級軍曹は目を輝かせている。シリアに潜入した時と同じく、柊真とコンビを組んでいた。

「正直言って、紛争地より緊張します」

柊真がバックミラーで浩志を見て言った。

二人とも〝GCP〟隊員として厳しい訓練を受け、紛争地も経験している猛者だが、諜報員のような仕事ははじめてなのだろう。

「考えすぎないことだ。ただし、油断は禁物だ。相手はどんな武器を持っているのか分からない。AK47を構えている民兵の方がよほど扱いやすいからな」

AK47のような旧式の銃を持つということは、テロリストは別として民兵かよほど軍事予算がない国の兵士である。ナイフぐらいは持っていたとしても、ハンドガンや手榴弾も装備していないことが多い。つまり見た目通りの装備だということだ。

だが、相手が情報員とすれば、話は別だ。一見民間人だったとしてもハンドガンやナイフを隠し持つ。そのため、油断すれば思わぬ怪我をすることになるのだ。

「確かにターハには、まんまと騙されましたからね。武器も予想外の物を持っている可能性がありますね」

マーキーが大きく頷いた。

「うん？」

前方のトラフィックがロータリー交差点で右折しなかったため、浩志は首を捻った。ホテルから出てイスタシオン通りを南に向かって走っていたのだが、ターリクのアパートに行くのなら右折しなければいけないからだ。

ターハが運転するトラフィックはそのまま直進し続け、十五分ほど走って街の郊外にある倉庫の前に停まった。柊真は三百メートルほど離れた民家の脇に車を停めた。ワットの車もすぐ近くに付けられた。監視するのに距離があるが、見通しが利くためこれ以上近付けないのだ。

「何か積み込んでいるようですね」

柊真はMP5に装備されているナイトビジョンを覗き込んで言った。

「貸してくれ」

MP5を受け取った浩志も覗いてみた。

ターハは倉庫からトラフィックの荷台に段ボール箱を積み込んでいる。箱に内容物を示す印字はない。五十センチ四方の箱を三個、それに麻の袋を二つほど積むとターハは、ハッチバックを閉めた。

「麻の袋が、気になるな」

マーキーからMP5を借りていたワットが渋い表情で言った。麻の袋には筒状の物が入っているようだ。

浩志らは車に乗り込んでターハが目の前を通り過ぎるのを待った。街に戻るらしい。おそらくタークのアパートに向かうのだろう。

十分後、ターハは予想通りにハリル・バスク通りに面した四階建てのアパートの前にトラフィックを停めた。

柊真はアパートの手前の交差点で曲がり、路地裏に車を隠した。ワットの車もすぐ後ろに付いている。

「すぐに出られるように、ここで待機してくれ」

浩志は車から下りて来たワットに言った。

ターハは逃げ足が速い。いつでも車が出せるようにしておきたいのだ。

「そうだな」

ワットは頷いて助手席に戻った。

浩志と片倉は近くにある建物の外階段を駆け上がり、隣の家の屋根に飛び移った。片倉の運動神経が、意外と優れていることはすでに承知している。雨上がりで足下は滑りやすいが、なにげに浩志に続いている。普段はのんびりしているようだが、いざとなれば機敏《きびん》に動く。もっとも運動神経抜群の美香の実兄だから頷ける。

三軒の屋根を伝って進むと、ターリクがアジトとしているアパートの前のビルの屋上に出た。屋上と言っても手すりはなく、古い室外機が一つ設置されているだけだが、監視するにはもってこいである。

ベルサレオ曹長とコルテス軍曹が、腹這いになってMP5を構えていた。ターリクらは三階の二部屋を借りているそうだ。ベルサレオらは監視するとともにいつでも攻撃できるようにしている。二人は浩志らに気が付き、敬礼して見せた。

「準備は整ったようだな」

ベルサレオらの傍らで、集音マイクを用意しているフーリエとスタルクに浩志は声を掛けた。彼らは事前にこのビルの非常階段を使って屋上へ上がっていたが、浩志らはターハに気付かれないように屋根を伝ってきたのだ。

「二人の分もありますよ」

ヘッドホンは三つあった。フーリエが浩志と片倉に差し出してきた。さすがにベテランの情報員だけに手慣れている。

下を覗くと、ターリクが手下らしき男たちを連れてアパートから出てきた。ナシルとジヤバドの姿もある。浩志はさっそくヘッドホンを耳に当てた。

——ブツはこの前と同じ物か？

ターリクがトラフィックの荷台を覗き込んで尋ねた。

——いや、今回のは希釈していない。取扱いに注意するんだな。

ターハはハッチバックを開けながら答えた。希釈という言葉を使うということは、中身はサリンなのだろう。

——よくもそんなやばい物をいつも手に入れて来るな。

——金さえ払えば、何でも手に入る。入手先は聞かない約束だろう。

荷台の荷物を指差してターハが笑った。

彼らは同じ組織の人間ではないようだ。とすれば、ターハはロシアのスパイではないのかもしれない。

——そうだったな。それじゃ、貰っておこうか。代金はいつものように支払われる。後で確認してくれ。

わざとらしいターリクの溜息が聞こえた。入手先を知りたいようだ。ナシルらが積荷を下ろし、アパートの中に運びはじめた。

——うまい酒がある。寄って行かないか?

作業を横目にターリクが媚《こ》びるように言った。この男が厳格なサラフィー系のイスラム教徒というのは、嘘だったようだ。

——遠慮しておく。仕事がまだ残っている。それに私がイスラム教徒だということを忘れたのか。

ターハが不機嫌そうな声で答えた。

——クゥダーハーフィズ。

仲間が三箱の段ボール箱を運び出すと、ターリクがにやにやと笑いながら聞き慣れない言葉を使った。

ターハは答えずに首を振ってハッチバックを閉めた。

浩志がヘッドホンを置いて立ち上がると、片倉とスタルクも立った。ターリクはすぐに移動することはないだろう。だが、ターハはまた姿を消す可能性があった。

「急げ！」

浩志ははやくも隣の建物の屋根に飛び移っていた。

三

ターハはホテルには戻らず、街の中心部に向かっている。浩志らは、ワットらとともに二台の車で追っていた。やがて、トラフィックは小高い丘の下にある広い駐車場に入って行った。駐車場は鬱蒼と茂る街路樹に囲まれており、丘の上には六世紀に建造されたガズイアンテプ城がある。この街で数少ない観光名所であるが、夜中だけに車は一台も停まっていない。

浩志らは森のような木々に囲まれた駐車場から離れた路肩に車を停めた。密会するにはもってこいの場所のようだ。ここでターハは誰かと会うに違いない。

浩志らは車から下りると駐車場の一番端の街路樹の陰に隠れた。トラフィックは月に照らされて輝いて見えるが、浩志らは濃い闇に包まれている。運転席は陰になっているのでよく見えないが、ターハが乗っていることはシルエットでよく分かった。

微かな呼び出し音が鳴った。この音は耳の中に押し込んであるブルートゥースレシーバーから聞こえるため、外部に漏れることはない。

浩志は耳元を押さえて、レシーバーのスイッチを押した。

――タイタンです、アパートがトルコの警察らしき部隊に取り囲まれました。我々は脱出します。

ベルサレオからの連絡だ。ターハの状況を見て、ベルサレオのBチームをアパートに踏み込ませるつもりだったが、その前に地元の警察になぜか嗅ぎつけられたようだ。

「分かった」

浩志は連絡を聞いて険しい表情になった。

「どうした?」

ワットが耳元で尋ねてきた。

「アパートが警察に取り囲まれたようだ」

「シット!」

ワットは激しく舌打ちをした。

「そうですか」

傍らで聞いていたスタルクが難しい顔で頷いてみせた。

「残るはあいつだけになったな」

ワットが街路樹の隙間から見えるトラフィックに顔を向けて言った。

「とりあえず、誰と会うのか見極めてからだ」

ターハは車からまだ出て来ないが、距離は二百メートルほどだ。ＡＫ47を連射し、車ごと破壊すれば殺すことはいつでもできる。


二十分近く経過した。時刻は午後十一時五十五分になろうとしている。

「時間になりました。車をお借ります」

腕時計を見ていたスタルクが妙なことを言った。

「どういうことだ」

浩志はスタルクの前に立った。

「ターハを呼び出したのは、実はこの私です。自由シリア軍の名を借りて取引を申し出たのです。午前十二時に約束をしました。幸い私は彼に面が割れていません。予定通り、彼と接触します」

スタルクは悪びれる様子もなく答えた。

浩志はスタルクの意図が分からず、聞き返した。

「取引?」

「敵味方関係なく武器の売買をし、シリア紛争を激化させている死の商人を調べ上げる任務も私は受けていました。そこで、シリア政府軍が化学兵器を使っている証拠を売って欲しいと頼んだのです。まさか彼が来るとは思いませんでしたが、指定した場所と時間に現れたところを見ると彼に間違いないようです。彼を殺すのはしばらく待ってください。聞きたいことが山ほどありますから」

「いいだろう」

浩志が頷くとスタルクは、フォードフォーカスに乗って駐車場に入って行った。

「死の商人か。戦場にはつきものだ。俺もラッカのヌスラ戦線が中国製の携帯地対空ミサイルを持っているのはおかしいと思っていた。まさかサリンまで売っているとはな。そういうことだったのか」

スタルクを見送ったワットは、何度も首を振って感心している。だが、ターリク・アッキームがロシアのスパイだとしても、ターハをラッカではまるで部下のように扱っていた理由が分からない。武器調達の顧問、あるいはアドバイザーとして雇っていたのだろうか。単なる死の商人がヌスラ戦線の連絡将校としての役割を持っていたことにも疑問を抱いた。

スタルクはトラフィックのすぐ隣にフォーカスを停め、車を下りた。すると、ターハも車を下りてきた。

耳の中で呼び出し音が鳴り響いた。浩志は耳元のスイッチを入れた。

――時間通りだな。

ターハの声が聞こえてきた。スタルクがポケットに入れてある自分のスマートフォンで浩志に電話を掛けてきたらしい。どうやら取引を浩志だけに聞かせるようだ。

――待ちましたか。さすがに優秀なビジネスマンは時間より早く来られるのですね。お願いした物は持って来られましたか。

スタルクが丁寧な口調で質問した。右手に小型のバッグが提げられている。取引用の金が入っているのだろう。

――もちろんだ。

ターハはトラフィックのハッチバックを開けて麻袋を出し、スタルクに渡した。スタルクはバッグを交換に渡した。

――シリア軍が使っていた化学兵器の弾頭の残骸《ざんがい》だ。これを欧米に渡せば、政府がサリンを使った攻撃の確かな証拠になるだろう。

スタルクから受け取ったバッグの中身を調べながらターハは言った。

――ありがたい。これで欧米諸国がシリアに攻撃を加えてくれれば、政府は転覆《てんぷく》します。

麻袋を覗き込んだスタルクは、笑顔で言った。

――一つ聞かせてくれ、どうして私の連絡先が分かったのだ。私が取引しているのは、シリア政府関係者とヌスラ戦線のごく一部の幹部だけだ。自由シリア軍に知られるはずがない。

ターハが言うところのヌスラ戦線の幹部とはロシアのスパイのことだろう。政府関係者とも付き合いがあるということは、やはりロシアと関係しているということか。

――それでは、その辺の事情を詳しく聞かせてもらおう。

スタルクは口調をがらりと変え、ポケットから小型の銃を抜いた。

――グロック26か。確かにコンパクトでいい銃だ。

ターハは驚く様子もなく落ち着いている。

――おまえがサリンを売り渡した相手はロシアのスパイだと分かっていたのか？

――サリンを売ったことを知っているのか？　やはりただ者じゃないな。

ターハの声のトーンが高くなった。さすがに動揺しているようだ。

――おまえは、彼らを警察に売ったな。

スタルクは銃口をターハに向けたまま質問を続けた。

――私の存在に気付きはじめたからだ。やつらはロシア連邦軍参謀本部情報総局所属の

〝アコール〟と呼ばれたチームだ。シリアで陰謀を専門に行う戦略部隊だ。トルコの警察にヌスラ戦線が殺人兵器を隠し持っていると、通報しておいた。

――やはりそうか。おまえは、ロシアに協力する一方で、反政府勢力にも武器を売っていた。シリア紛争を混乱に陥れる目的はなんだ？

スタルクは〝アコール〟の存在を知っていたようだ。

――それを答えるほど、私がお人好しに見えるのか？

ターハの右手が一瞬動いた。一拍遅れて、スタルクが首を押さえて崩れた。

「なっ！」

浩志は慌てて銃を抜いたが、ターハはいち早く車に乗っていた。

ワットとアンディーが後輪から白煙を吐きながら急発進したトラフィック目がけてAK47を連射した。だが、トラフィックは腰を振りながらも方向転換し、後部ウインドウを粉砕されただけで走り去った。

「ガッデムッ！」

ワットが地団駄を踏んで悔しがっている。スタルクが殺された衝撃で少なからず動揺していたのかもしれないが、ターハの運転技術をむしろ褒めるべきだろう。

浩志は銃撃のさなか、もがき苦しむスタルクに駆け寄っていた。

スタルクが撃たれた時、銃声はほとんど聞こえなかった。だが、ターハが腕を振り上げた瞬間にスタルクは首筋を撃たれていた。弾丸は頸動脈《けいどうみゃく》を擦ったらしく大量の血が流れている。

四

ターハは小型の銃を隠し持っていたようだ。一瞬のことだったが、手に隠れるほどの大きさで銃口だけが見えた。

浩志はスタルクの首筋を押さえたが血は止まらない。

「おまえは死ぬ。俺がおまえの希望を叶《かな》えてやる。シリアの家族のことを詳しく話せ」

スタルクが助からないことは、分かっていた。彼は諦めているようだが、浩志はシリアに戻って彼の家族を助け出すつもりだった。

「……本当にいいのです。……女房と娘は一年前に殺されました」

喘《あえ》ぎながらスタルクは言った。

「何！　嘘をついて、俺を紛争に引き込んだのか？」

浩志は首を捻った。スタルクの態度に偽りを感じ取ることはできなかった。

「とんでもない。……ホムスに本当に行くつもりでした。……女房と娘は見知らぬ者と一緒に空き地に埋められたと聞きました。……死体をちゃんとした墓に埋めてやりたかったのです。……紛争後も何度もシリアに潜入しましたが、……アレッポより先にはいけませんでしたから」

「だから、俺を雇ったのか」

浩志が問いかけると、スタルクは頷いてみせた。死体を探すと言われれば、さすがに引き受けなかっただろう。

「これは、……あなたの胸に……納めてください」

スタルクの声が次第に聞き取れなくなってきた。

浩志はスタルクの口元に耳を寄せた。

「私が……　〝ベルゼブブ〟です」

「なっ！」

浩志は驚いてスタルクの顔を見た。

スタルクは頷いてみせた。だが、その目は急速に光を失いつつある。

「〝アコール〟に対抗する部隊でもあるのか」

ロシアの陰謀組織〝アコール〟に対して、ＣＩＡ、モサド、ＤＧＳＥのいずれか、あるいは彼らが協力して反体制側にたって陰謀を張り巡らしていた可能性も考えられる。スタルクはそのトップだったのかもしれない。

スタルクは頷いたが、そのまま首をがくりと垂れて動かなくなった。

「タージム!」

浩志はスタルクのシリア人としての本名を呼んで肩を揺すった。だが、止血していたスタルクの血管は脈を打つことを止めていた。首を押さえていた手を離し、スタルクを静かに寝かせた浩志は、地面を拳で叩いた。

「思い出しました」

浩志の傍らに立っていた片倉は、呟くように言った。

「ターハをどこで見たのか思い出しました」

片倉は繰り返した。

「話せ」

浩志は立ち上がって片倉を暗い目で見た。

「四年前の十月一日、天安門《てんあんもん》です」

片倉は浩志の視線から目を逸らさずに答えた。

「十月一日、中国? 国慶節《こっけいせつ》か」

二〇〇九年十月一日の国慶節に、中国は建国六十周年を祝って十年ぶりに天安門広場で大規模な軍事パレードを行っている。

「私は外務省の分析官として、中東から出張して出席しました。日本人ですので、観覧席にも座れませんでしたが、ターハは来賓席《らいひんせき》に座っていました。その時は、顎髭ではなく、口髭を生やしていました。遠目で見たのですが、今ははっきりと思い出せます。彼は会場のどこかで私とすれ違っていたのでしょう。直接会ったわけではないのですぐに思い出せませんでした」

ターハも結局片倉のことを思い出せなかったのだろう。はっきりと認識していれば、早い段階で片倉を殺そうとしたに違いない。

「どうして、今頃思い出したんだ？」

「スタルクがターハにしていた質問です」

「シリア紛争を混乱に陥れる目的を尋ねたことか？」

ターハも質問を嫌ってスタルクを殺害した。最も触れて欲しくなかったことに違いない。

「ターハはシリア政府を裏で操るロシアをサポートしていると思っていましたが、そのロシアさえ裏切ったのです。つまり、結果的にシリア政府と反政府勢力を煽《あお》って紛争を激化させている。つまり、ロシアと米国をはじめとした西側諸国を揺さぶっているのです。そんなことをして得する国はどこか考えていたのです」

「答えは、中国ということか」

浩志は納得した。

シリア攻撃に反対しているのはシリアの後ろ盾となっているロシアと、アンチ米国の中国だけだが、シリアは武器の大半をロシアから輸入しているために中国にとっては旨味《うまみ》がなかった。そこで、米国には攻撃をさせないように反政府勢力の印象を悪くさせ、一方でロシアの陰謀に加担すると見せかけて罠にかけて追い出そうとしていると考えれば辻褄が合う。

シリアには油田がある。中国は武器や自国製品を売って、資源を安く買い取るという外交政策を世界中で展開している。ロシアに代わって武器を売り、石油を安く輸入することが、中国の最大の目的なのだろう。

中国はシリアの友好国であるイランから原油を輸入している。だが経済制裁をいいことに原油代金を支払わず多額の負債をわざと抱え、泣きついたイランに二〇一三年七月二十九日、中国製の地下鉄車両三百十五両を物々交換する形で支払った。

将来中国がシリアに求めるのは、第二のイランであり、友好国の名を借りた植民地である。ロシアを追い出して後釜《あとがま》に座り、なおかつ米国をはじめとした西洋諸国からは経済封鎖を受けて鎖国状態のままのシリアが望ましいのだ。

「化学兵器は、政府と反政府勢力は互いに敵に使わせたことにしたいのです。それを巧みに利用したんでしょうね。その意地汚い謀略にターハは巧みに入り込んだに違いありません。スタルクも気が付いていたのかもしれません。それから、彼はパキスタン人だと思います」

片倉は唐突に言った。

「そうともとれる顔立ちだが、根拠は？」

ターハははっきりとした顔立ちで、皮膚の色は浅黒い。パキスタンはアフガニスタンの隣国である。アラブ系の顔立ちをしていてもおかしくはない。

「なぜなら、ターリク・アッキームは、ターハがパキスタン人だと見破ったのだと思います。別れ際に〝クゥダーハーフィズ〟と言いました。パキスタン人が使うウルドゥー語でさよならの意味です」

片倉は自信ありげに言った。

「ターハは、ターリク・アッキームに正体がばれそうになっていると言っていたな。パキスタンは、中国と仲がいい。裏でも繋がっているということか。あの国ならサリンどころか、核爆弾も用意できる。ターハが簡単に手に入れられたはずだ」

眉間に皺を寄せた浩志は、眠ったように横たわるスタルクを見下ろし、黙禱《もくとう》した。

五

二〇一三年五月二十七日、ガズィアンテプでトルコの保安部隊がヌスラ戦線のアジトを捜索し、二キロのサリン入りシリンダーを発見したと、トルコのニュースで流された。だが、英国などの報道では、サリンではなくヘロインだったと訂正され、その後、米軍の機密情報が漏れ、サリンだったとする報道は正しかったという情報も流れた。だが、肝心の事件の真相を語るべきトルコ政府からは公式の発表はなく、真実は闇の中に埋もれてしまった。

この事件は、欧米諸国にとって最も都合が悪い情報であり、一方のロシアにとっては反体制派を糾弾する好材料であった。もっとも都合が悪い情報だったのが、日本式だからである。この事件の裏では、さまざまな情報機関が暗躍したことだろう。

八月二十一日、ダマスカス郊外グータでまたしても化学兵器が使用されたとみられる攻撃があった。政府は反体制派が使用したと攻撃し、反体制派は政府軍の攻撃だと反論した。まったく同じ非難の応酬（おうしゅう）を米国とロシアが、場外で行ったことは言うまでもない。

現場の証言は、ダマスカスの政府管理区域から発射されたミサイルによって被害を受けたと言う住民もいれば、ヌスラ戦線の民兵が化学兵器の正しい知識もなく誤爆させ、サリンが拡散したとする住民もいた。どちらかが嘘をついているのだが、証明できる術（すべ）はなかった。

情報が錯綜（さくそう）する中、第三者機関として国連の化学兵器調査団も調査はしたが、サリンが使われた形跡は認めたものの誰が使用したのかまでは解明できなかった。

米国のオバマ大統領はシリア政府が一線を越えたとして攻撃を提案したが、議会の反対にあい断念してしまう。一方で議会の反対を押し切って攻撃を表明したフランスのオランド大統領は、米国が折れたため攻撃を中止せざるを得なくなる。

九月十日、ロシアのラブロフ外相は、シリアのワリード・ムアレム外相と会談し、化学兵器の国際管理を提案し、シリア政府はこれを受諾《じゅだく》する。

これを機に米露は急速に擦り合わせを行い、シリアへの攻撃を回避し、化学兵器の管理、処分へと向かうのである。

米国は反体制派を支援することでアルカイダ系の勢力が拡大することを嫌った。また、ロシアは現政権が倒れることで長年培《つちか》ってきた既得権を失いたくなかったと世間では言われている。実際十二月現在で、両国はアサド政権がシリアを統治する方向で事態の収拾を図っている。だが、実のところ、五月二十七日、ガズィアンテプでの事件で中国の謀略を知った両国が裏で手を結び、これまでのお互いのスタンスを無理なく変えるシナリオに沿って行動していることは誰も知らない。

五月二十七日の未明、トルコの保安部隊がヌスラ戦線のアジトとされたターリク・アッキームのアパートを襲撃した際、ベルサレオらBチームは、やむなく撤退していた。

同じ頃、ガズィアンテプ城の駐車場でスタルクは死亡し、逃走したターハを加藤と柊真が運転する二台が追ったが、ターリクらを逮捕するために出動した保安部隊に行く手を阻《はば》まれて取り逃がした。ターハは街の中心部が混乱することをあらかじめ予想していたに違いない。

その後、ターハは衛星携帯の電源を切ったのか、ＧＰＳでの追跡も困難となり、ムスタフ・ハンビエフの無念の銃弾を手にした浩志はやむなく〝リベンジャーズ〟と〝ＧＣＰ〟にトルコからの撤退を命じた。

一〇〇字書評

切り取り線

購買動機（新聞、雑誌名を記入するか、あるいは○をつけてください）	
□（　　　　　　　　　　　）の広告を見て	
□（　　　　　　　　　　　）の書評を見て	
□ 知人のすすめで	□ タイトルに惹かれて
□ カバーが良かったから	□ 内容が面白そうだから
□ 好きな作家だから	□ 好きな分野の本だから

・最近、最も感銘を受けた作品名をお書き下さい

・あなたのお好きな作家名をお書き下さい

・その他、ご要望がありましたらお書き下さい

住所	〒				
氏名		職業		年齢	
Eメール	※携帯には配信できません	新刊情報等のメール配信を 希望する・しない			

この本の感想を、編集部までお寄せいただけたらありがたく存じます。今後の企画の参考にさせていただきます。Eメールでも結構です。

いただいた「一〇〇字書評」は、新聞・雑誌等に紹介させていただくことがあります。その場合はお礼として特製図書カードを差し上げます。

前ページの原稿用紙に書評をお書きの上、切り取り、左記までお送り下さい。宛先の住所は不要です。

なお、ご記入いただいたお名前、ご住所等は、書評紹介の事前了解、謝礼のお届けのためだけに利用し、そのほかの目的のために利用することはありません。

〒一〇一－八七〇一
祥伝社文庫編集長 坂口芳和
電話 〇三（三二六五）二〇八〇

祥伝社ホームページの「ブックレビュー」からも、書き込めます。

http://www.shodensha.co.jp/bookreview/

祥伝社文庫

悪魔《あくま》の大陸《たいりく》（上《じょう》）　新《しん》・傭兵代理店《ようへいだいりてん》

平成26年5月25日　初版第1刷発行
平成26年6月10日　　　第2刷発行

著　者　渡辺裕之《わたなべひろゆき》
発行者　竹内和芳
発行所　祥伝社《しょうでんしゃ》
東京都千代田区神田神保町3-3
〒101-8701
電話　03（3265）2081（販売部）
電話　03（3265）2080（編集部）
電話　03（3265）3622（業務部）
http://www.shodensha.co.jp/

印刷所　萩原印刷
製本所　ナショナル製本
カバーフォーマットデザイン　芥 陽子

Printed in Japan ©2014, Hiroyuki Watanabe　ISBN978-4-396-34035-3 C0193